Wladimir Megre

# Anastasia – Tochter der Taiga

D1995561

Die klingenden Zedern Russlands

Wladimir Megre

# Anastasia

Band 1:

## Tochter der Taiga

aus dem Russischen übersetzt von
Helmut Kunkel

Govinda-Verlag
Zürich

Herausgegeben von Ronald Zürrer

Weitere Titel von Wladimir Megre zu Anastasia:

| | |
|---|---|
| Band 2: | Anastasia – Die klingenden Zedern Russlands |
| Band 3: | Anastasia – Raum der Liebe |
| Band 4: | Anastasia – Schöpfung |
| Band 5: | Anastasia – Wer sind wir? |
| Band 6: | Anastasia – Das Wissen der Ahnen |
| Band 7: | Anastasia – Die Energie des Lebens |
| Band 8.1: | Anastasia – Neue Zivilisation |
| Band 8.2: | Anastasia – Die Bräuche der Liebe |
| Band 10: | Anastasia – Anasta |

*Hinweis zur Nummerierung: Gemäß dem Autor soll Band 9 im Laufe der Zeit aus Texten von Lesern und Bewohnern von Familienlandsitzen zusammengestellt werden.*

Kontaktadressen:

| | |
|---|---|
| Schweiz: | Govinda-Verlag, Postfach, 8053 Zürich |
| Deutschland: | Govinda-Verlag, Postfach, 79798 Jestetten |
| Internet: | govinda.ch \| meerstern.de \| familienlandsitz-siedlung.de |

Offizielle Website des Autors (Informationen über Wladimir Megre, seine Bücher, Leserveranstaltungen und weltweiten Projekte):
www.vmegre.com ⇨ Siehe auch Seite 202 in diesem Buch.

13. Taschenbuch-Auflage – September 2017

© 2003/2013 Govinda-Verlag GmbH. Alle Rechte vorbehalten.

Originaltitel: *Анастасия*
Übersetzung und Layout: Helmut Kunkel
Lektorat: Dania Asfandiarowa
Gestaltung Umschlag und Bildteil: Ronald Zürrer
Umschlagbild: © Kursiv
Gesamtherstellung: Finidr
Printed in Czech Republic

ISBN 978-3-905831-18-4

FSC www.fsc.org MIX Papier aus verantwortungsvollen Quellen FSC® C014138

# Inhalt

# 1

# Perestroika*

Mit dem Beginn der Perestroika in Russland im Jahre 1990 war es den Menschen plötzlich erlaubt, sich selbstständig zu machen und ein eigenes Unternehmen zu gründen. Für die Bürger der Sowjetunion, wo das Unternehmertum strafbar war und sogar mit Gefängnis geahndet werden konnte, war diese Entscheidung revolutionär.

Etwa ein Drittel der Bevölkerung, besonders in den Hauptstädten und Metropolen, träumte von einer selbstbestimmten Zukunft und einem Leben wie dem westlicher Millionäre.

Nowosibirsk, mein damaliger Wohnort, war dreitausend Kilometer von Moskau entfernt, aber selbst dort tat man sein Bestes, um den Menschen in der Hauptstadt der Sowjetunion in nichts nachzustehen, was die Gründung von privaten Unternehmen betraf.

Die Betriebe der ersten sibirischen Geschäftsleute waren zunächst klein. Sie boten Dienstleistungen an, wurden im Einzelhandel tätig oder eröffneten Cafés und kleine Geschäfte. Wer es schaffte, sich gebrauchte, aber funktionstüchtige Ausrüstung und Maschinen zu besorgen, sie im Keller aufzustellen und den damals modischen Plastikschmuck zu produzieren, galt praktisch schon als Industrieller.

Ich hatte Glück. Mir gelang es, die drei größten Passagierschiffe

* Dieses Kapitel wurde vom Autor für die vorliegende, vollständig überarbeitete Neuausgabe neu hinzugefügt. (Anmerkung des Verlags)

der westsibirischen Flussschifffahrtslinie zu chartern. Ich benutzte eines von ihnen – einen Dreidecker mit Restaurant, Bar und Konferenzsaal – für Vergnügungsfahrten und veranstaltete auf ihm Tagungen für sibirische Unternehmer.

Ich war damals gewählter Präsident einer überregionalen Vereinigung von Unternehmern, die sich «Sibirische Genossenschaft» nannte. Ich hielt mich für einen aufstrebenden, erfolgreichen Unternehmer. Allerdings gab es auch ernste Probleme. So manchem waren die neuen Geschäftsleute ein Dorn im Auge.

Zu Beginn der Perestroika spaltete sich die russische Bevölkerung in zwei scheinbar unvereinbare Teile. Einige wollten sich selbstständig machen, und da sie nichts Schlechtes im kapitalistischen System sahen, wollten sie in einer Gesellschaft nach westlichem Vorbild leben. Auf der anderen Seite gab es die Kriegsveteranen und Traditionalisten, die die neuen Entwicklungen im Land ablehnten. Auch ihr Standpunkt war durchaus nachzuvollziehen.

Vor dem Beginn der Perestroika konnte ein älterer Mann – viele waren Frontveteranen oder sozialistische Arbeitshelden – an einem Feiertag seine Medaillen anlegen und in einer Parade mitmarschieren. Er wurde zu Vorträgen vor Schülern eingeladen. Nach eigenem Ermessen hatte er ein ehrenhaftes und sinnvolles Leben geführt, zum Besten der sozialistischen Gesellschaft. Nun jedoch hatte sich alles drastisch geändert, und die einstigen Helden sollten auf einmal am Aufbau einer falschen Gesellschaftsform mitgearbeitet haben. Sie hätten eine kapitalistische – nicht eine sozialistische – Gesellschaft errichten sollen. Es sei ein Fehler gewesen, 1917 den russischen Zar abzusetzen und seine gesamte Familie zu töten. Die Auszeichnungen des zuvor geehrten Mannes bezeugten jetzt nicht mehr seinen Mut, sondern zeigten, dass er in erster Front an etwas mitgearbeitet hatte, was die Gesellschaft nicht brauchte. Wie konnte ein solcher Mann jetzt seinen Kindern und Enkeln in die Augen schauen? Solche Leute nahmen zu Beginn der Perestroika an Kundgebungen und Demonstrationen teil.

Eines Tages geriet ich mitten in eine solche Massenversammlung. Während meiner Verhandlungen mit Geschäftsleuten aus der

Türkei teilte mir mein Sekretär mit, dass sich in der Nähe der Büroräume des Nowosibirsker Regionalkomitees der Kommunistischen Partei spontan eine größere Menschentraube bildete und dass die Leute empört Parolen gegen Unternehmer ausriefen. Ich entschuldigte mich bei der türkischen Delegation und beschloss, mit ein paar meiner Kollegen dorthin zu gehen. Wir befürchteten, dass die Leute nach der Demonstration private Schaschlikstände und kleine Läden zertrümmern würden. «Du solltest deine Kleidung wechseln», riet mir einer meiner Kollegen. «Wenn die Leute uns in unseren Geschäftsanzügen sehen, werden sie umso ungehaltener sein.»

«Hast schon recht, aber dafür ist jetzt keine Zeit.»

Wir fuhren also in zwei Autos zur Massenversammlung, einem importierten Mercedes und einem russischen UAZ-Jeep. Wir stiegen in eleganten Anzügen und weißen Hemden mit Krawatte aus den Autos, wobei ich mit meinem extravaganten weißen Anzug wie ein Londoner Dandy aussah. Wir standen dort, beobachteten die Menge und wussten nicht, was zu tun war.

Die Versammlung bestand aus etwa 1500 oder 2000 Menschen. Rote Flaggen wurden über den Köpfen der Menge geschwenkt. Dazu hörten wir die Parolen: «Nein zum Kapitalismus!», «Unternehmer saugen das Blut der Menschen», «Zieht die Verräter der Partei zur Rechenschaft!» Ein älterer Mann mit Medaillen auf der Brust sprach in Rage und Verzweiflung auf einer improvisierten Bühne.

«Unsere Generation wurde betrogen! Unsere gesamte Generation! Wir haben in Schützengräben Blut gelassen. Wir haben die Faschistenschweine davon abgehalten, unsere Heimat zu überrumpeln. Wir litten Hunger und lebten in Zelten, aber wir erbauten Fabriken und Manufakturen. Wir haben Städte erbaut. Wir haben den Sozialismus aufgebaut und träumten vom Kommunismus.»

Gelegentlich fiel ein Invalide auf Krücken beipflichtend ein: «Wir haben uns nicht geschont.»

Zwei alte Frauen riefen vereint: «Rente! Rente!»

Es war offensichtlich, dass die Menge den Sprecher aufstachelte.

«Wir werden den Blutsaugern und Spießern Einhalt gebieten. Es gibt auf dem Markt nicht einmal mehr Fleisch zu kaufen, weil sie alles für ihre Schaschlikstände aufgekauft haben. Lasst uns ihre Fressbuden zerschlagen wie Schlangennester!», forderte er.

Nun erklangen Sprechchöre: «Schlagt sie kaputt! Schlagt sie kaputt! Schlagt sie kaputt!»

«Wir haben unser Leben für unsere Kinder aufgebaut, nicht für die da!», rief er und deutete gestikulierend auf unsere Gruppe.

Alle Demonstrationsteilnehmer schauten nun in unsere Richtung. Es wurde totenstill. Die Menge schien bereit, über uns herzufallen. Da ergriff ich ein Megaphon und kletterte aufs Dach des Jeeps, ohne recht zu wissen, was ich sagen würde. Ich begann also ohne einleitende Worte.

«Wie ihr sagt, habt ihr für eure Kinder gearbeitet – nun, hier sind wir, eure Kinder. Wir haben beschlossen, Unternehmer zu werden. Und ein Leben zu führen, das dem in Amerika in nichts nachsteht. Das Gesetz erlaubt es uns jetzt, private Geschäfte zu betreiben. Vielen Dank für eure Bemühungen, aber was ihr aufgebaut habt, ist einfach nicht nach unserem Geschmack, und wir wollen uns etwas Eigenes schaffen. Wenn ihr aber unsere Verkaufsstände zertrümmert, werdet ihr keine Rente bekommen, denn wir sind es, die das Geld für eure Rente bezahlen. Unternehmer sind keine Blutsauger. Unternehmer sind Leute, die versuchen, für ihr Land Gutes zu tun – und natürlich auch für sich selbst.»

Der Sprecher auf der Bühne hatte kein Megaphon, also musste er schreien, um mich zu unterbrechen.

«Da ist er, seht her! Der Anführer all derer, die das Blut der Leute saugen. Sie sind diejenigen, die dafür gesorgt haben, dass unsere Lebensmittelregale leer sind. Sie sind es, die das Fleisch aufgekauft haben und es jetzt als Schaschlik zum dreifachen Preis verkaufen. In nur drei Tagen ist uns das Fleisch ausgegangen.»

«So, so, interessant – aber ich glaube, Sie meinen eigentlich etwas anderes: Ihr habt geschuftet und geschuftet, und trotzdem hattet ihr nur Fleisch für drei Tage.»

Die Zwischenrufe aus der Menge verebbten. Die Menschen hörten jetzt unserem Dialog zu, wobei sie ihre Blicke immer dem jeweiligen Sprecher zuwandten. Der Mann auf der Bühne versuchte es nicht, mein Argument zu erwidern. Statt zu antworten, rief er laut: «Holt ihn runter von seinem Auto, den Blutsauger des Volkes! Schaut nur, wie diese Bastarde angezogen sind!»

Alle möglichen Gegenstände flogen jetzt aus der Menge auf mich zu. Zwei eingelegte Tomaten und ein Ei zerplatzten auf meinem weißen Anzug. Eine weitere Tomate landete an meinem Kopf. Die anwesenden Polizeibeamten bildeten eine Absperrung zwischen der Menge und dem Auto, auf dem ich stand. Der Polizeikommandant rief mir zu: «Steig von deinem Auto und hau ab. Wir können die Menge nicht zurückhalten.»

Ich wollte aber nicht klein beigeben, sondern schrie ins Megafon: «Wollt ihr, dass eure Kinder in Lumpen herumlaufen wie ihr? Ist es das, wofür ihr kämpfen wollt?»

Ein paar Leute lösten sich aus der Menge, durchbrachen die Polizeibarriere, rannten auf mein Auto zu und fingen an, daran zu rütteln. In diesem Augenblick – ich weiß selbst nicht genau, wie es geschah – begann ich Majakowskis Gedicht über Lenin* zu zitieren:

*Es ist Zeit …*
*von Lenin*
*zu sagen heb ich an.*
*Aber nicht,*
*weil Welt und Leid*
*vergangen wären.*
*Es ist Zeit,*
*weil unser herber Gram*
*begann,*
*sich zum hell bewussten Schmerz*
*zu klären.*
*Zeit,*
*heb wieder*
*Lenins Losung in den Wirbelwind!*

---

* W. Majakowski; «Wladimir Iljitsch Lenin», im Deutschen nachgedichtet von Hugo Huppert; Quelle: Majakowskis Werke, Bd. 2, Insel TB, 1974.

*Sollten wir*
*an Tränenpfützen*
*trüb erschlaffen?*
*Lenin*
*ist heut lebender,*
*als die am Leben sind.*
*Er verleiht uns*
*Wissen, Kraft*
*und Waffen.*

Die Menge erstarrte vor Staunen. Die Leute, die an dem Auto geruckelt hatten, hielten inne und hoben den Kopf. In dem Augenblick kam von der Seite her langsam ein Wodka-Lieferwagen über das Gras herbei, und ich und meine Kollegen beschlossen, zusammenzulegen und die Menge mit Wodka zu beschwichtigen. Während sich das Fahrzeug mir näherte, rezitierte ich weiter:

*Menschen und Boote.*
*Wenn auch zu Lande.*
*Während man so*
*seine Tage verlebt,*
*mancherlei*
*sudlige Menschengirlande*
*rau*
*an unsere Flanken*
*sich klebt.*
*Dann, wenn es gelang,*
*sich bösen Stürmen*
*zu entbalgen,*
*kehrt man*
*auf sein Sonnenplätzchen heim,*
*setzt sich,*
*schabt ihn ab,*
*den grünen Bart der Algen,*
*der Medusen himbeerfarbnen Schleim.*

*Ich*
*säubere mich*
*unter Lenins Sonne,*
*um in der Revolution*
*dann vorwärts zu schwimmen.*

Als der Lieferwagen mit Wodka ganz dicht an mein Auto herangekommen war, sprang ich auf die Ladefläche des Lieferwagens herüber und sagte: «Nur hatten wir leider Pech, Leute. Jedem seine eigene Revolution!»

Der Sprecher rief wieder dazwischen: «Seht ihr nicht, er macht sich über uns lustig! Er hat das Gedicht über Lenin rezitiert, damit wir alle aufhören, klar zu denken. Und genau das habt ihr auch getan.»

«Ich habe mir große Mühe gegeben, in der Schule Gedichte zu lernen. Auch strengte ich mich sehr an, sie aufsagen zu können, um zu beweisen, dass unsere Generation die Bestrebungen unserer Vorväter kennt.»

«Auf einen Schlag hat er mit seinem Gedicht alle übertölpelt, dieser Ausbeuter, dieser Blutsauger des Volkes. Was steht ihr da so belämmert herum? Zerquetscht diese Hydra, schlagt sie zu Brei. Er hat sich hinter Lenin und Gedichten verkrochen.»

Einige in der Menge riefen laut aus und versuchten erneut, die Polizeikette zu durchbrechen.

«Ich habe Gedichte vorgetragen, damit wir eine normale Unterhaltung anfangen können. Kommt her, genehmigt euch ein Glas und lasst uns vernünftig weiterreden, wie es sich für Russen gehört!»

Ich öffnete die Seite des Lieferwagens, setzte mich auf eine Kiste, öffnete eine Flasche Wodka, dann eine zweite und goss Wodka in kleine Plastikbecher. Ich hob einen Becher und nahm einen Schluck. Dann wandte ich mich an diejenigen, die die Polizeibarriere durchbrochen und meinen Jeep durchgeschüttelt hatten. Sie standen bereits um den offenen Lieferwagen herum.

«Na los, genehmigt euch auch einen, Leute. Lasst uns einen heben, sonst können wir uns nicht richtig unterhalten.»

Die Männer begannen nach den Bechern zu schnappen.

«Warum haben wir uns eigentlich so aufgeregt? Man kann sich doch auch normal unterhalten», bemerkte ein kleiner bärtiger Mann, und sein Freund fügte hinzu: «Warum sprechen wir nicht darüber, unter welchen Umständen ein Unternehmen etwas Gutes sein kann?»

Einer der Männer, die sich bereits einen Drink genehmigt hatten, wandte sich an die Polizisten und sprach: «Leute, haltet noch ein wenig aus, sonst bricht die Menge durch und hindert uns daran, normal zu reden.»

«Stimmt genau! Was für eine Unterhaltung kann man mit der Menge führen? Das gäbe nur einen Riesenlärm, sonst nichts», meinte ein anderer.

«Wir genehmigen uns noch einen, dann helfen wir euch.»

«Ihr solltet lieber den Soldaten helfen. Schenkt nach.»

Ich füllte weitere Becher mit Wodka.

«Was für Gedichte kennst du sonst noch?», fragte ein sehr großer, barhäuptiger Mann mit Bassstimme.

«Auswendig? Nur was ich in der Schule gelernt habe», antwortete ich.

«Gut, dann sag ein Gedicht von der Schule auf, und ich werde dazu ins Mikro singen. Immer wenn ich trinke, komme ich in Stimmung zu singen.»

«Einsam glänzt ein weißes Segel in des Meeres blauem Nebel!», rezitierte ich, und der Kahlkopf begann in mächtiger Bassstimme einzustimmen, verstärkt durch das Megafon:

*Einsam glänzt ein weißes Segel*
*In des Meeres blauem Nebel!*
*Von der Fremde, was verlangt's?*
*Was verblieb am Heimatstrand?**

---

* Die erste Strophe aus dem Gedicht «Der Segler» von Michail Lermontow (1814–1841).

Die Menge durchbrach die Polizeisperre. Eine größere Menschengruppe, zumeist männlich, rannte auf den Lieferwagen zu.

Der robuste Kahlköpfige hörte auf zu singen und rief mit sonorem Bass: «Stellt euch an, wie es sich gehört! Das hier ist eine normale Unterhaltung, kein lärmender Aufruhr.»

Die Neuankömmlinge stellten sich in einer Warteschlange an.

Der Sprecher auf der gegenüberliegenden Bühne redete nun weiter, an die vor ihm stehenden Menschen gewandt: «Seht, er macht die Leute betrunken. Frauen! Er macht eure Männer betrunken.»

Ein Wirrwarr unzufriedener Stimmen machte sich breit, größtenteils Stimmen älterer Frauen.

Ich ergriff erneut das Megafon und wandte mich an die Frauen: «Verzeihen Sie, meine Damen, ich hab es einfach verschwitzt zu sagen: Auf der anderen Seite des Platzes steht ein Lieferwagen mit importierten Hähnchenkeulen, ein Geschenk an Sie alle von der Genossenschaft der Unternehmer. Das ist nicht als Bestechung gedacht, sondern als kleine Aufmerksamkeit, damit wir eine Verschnaufpause haben können und Sie unsere Diskussion nicht stören. Natürlich reicht eine Wagenladung nicht für alle, das gebe ich zu, aber zumindest einige von Ihnen werden etwas umsonst bekommen.»

Eine größere Gruppe von Frauen – einige schnell gehend, andere laufend – eilte zum Lieferwagen mit den Hähnchenkeulen. Auf diese Weise waren die Protestler in zwei Gruppen geteilt: eine beim Wodkalaster, die andere beim Hähnchenkeulenlaster. Ich stellte fest, dass die Menge sich beruhigt hatte. Meine Kollegen und ich stiegen in die Autos ein und fuhren zurück zu meinem Schiff.

Während ich mich von den Wodkatrinkern entfernte, hörte ich jemand sagen: «Gar kein schlechter Typ, und wir hätten ihn fast zum Krüppel geschlagen.»

Solange das Schiff vor Anker lag, wurde es als Club für Unternehmer genutzt. Ältere und jüngere Leute trafen sich dort oft, sprachen über das Geschäftsleben und tauschten Erfahrungen aus. Fast jeder hatte das Gefühl, dass ein ungewöhnlich schönes Leben im Anzug war. Bisweilen versuchte ein Skeptiker, den anderen diese herrlichen Träume zu vergällen. Eines Tages kam der Mann, der auf der Kundgebung gesprochen hatte, zum Schiff. Der Wächter wollte ihn nicht einlassen, doch der Mann forderte, mit mir zu sprechen. So kam ich heraus, und wir stellten einander vor. Er hieß Pjotr Iwanowitsch und bat um Erlaubnis für den Besuch unseres Clubs.

«Was wollen Sie denn in unserem Club, Pjotr Iwanowitsch, wenn Sie gegen Unternehmer und gegen Privateigentum sind?»

Er entgegnete: «Ich bin gegen alles Absurde im Leben. Ich möchte Ihnen, der Avantgarde von heute, meine Meinung sagen. Oder fürchten Sie sich davor, sich andere Ansichten anzuhören?»

Einer meiner Kollegen schlug vor: «Lass ihn ruhig herein, sodass er sich den Kummer von der Seele reden kann. Das ist doch besser, als wenn sie wieder eine Kundgebung abhalten und die Leute kirre machen.»

Ich war einverstanden.

Pjotr Iwanowitsch kam Woche für Woche. Wir hatten vereinbart, dass er nicht länger als fünf Minuten sprechen sollte. Wie es sich herausstellte, hatte er früher Geschichte und Philosophie unterrichtet. Seine Reden im Unternehmerclub stießen auf herzlich wenig Interesse, doch hin und wieder brachten sie mich dazu, lange über den Sinn des Lebens nachzugrübeln.

Eines Tages trat er wieder ans Mikrofon und sprach zu den an den Restauranttischen sitzenden Unternehmern: «Wieso glauben Sie eigentlich, in Zukunft glücklich sein zu können? Drüben in Amerika gibt es schon sehr lange private Unternehmer, und sie haben dort viel mehr Geschäftsleute als wir hier in Russland. Vielleicht können wir in zwanzig Jahren den amerikanischen Lebensstandard erreichen, aber in diesen zwanzig Jahre werden sie uns noch weiter voraus sein als jetzt. Es wird dann zwar mehr Unternehmer in Russland geben, aber das heißt noch lange nicht, dass es auch mehr glückliche Menschen hier gibt.»

Damals, zu Beginn der Perestroika, haben sich unsere Unternehmer der ersten Stunde keine Gedanken über den Sinn des Lebens gemacht. Wir wollten einfach ein gutes Leben.

# 2

## Die klingende Zeder

Im Frühjahr 1994 unternahm ich mit meinen Schiffen eine viermonatige Geschäftsreise auf dem sibirischen Fluss Ob: von Nowosibirsk nach Salechard, einer Stadt am nördlichen Polarkreis. Ziel und Zweck dieser Reise war es, wirtschaftliche Beziehungen zum hohen Norden zu knüpfen.

Wir nannten unsere Expedition «Handelskarawane». Auf einem großen Dreidecker, auf dem der Führungsstab der Handelskarawane Quartier bezogen hatte, gab es eine Ausstellung mit Produkten sibirischer Unternehmer und einen Kaufladen. Ich wohnte dort in einem Luxusappartement. Zu diesem Zweck waren zwei Kajüten der ersten Klasse umgebaut und modern eingerichtet worden. Das war notwendig, um bei Verhandlungen Eindruck zu schinden.

Meine Schiffe mussten eine Strecke von 3500 Kilometern nordwärts zurücklegen und liefen dabei sowohl große Städte wie Tomsk, Nishnewartowsk, Chanty-Mansijsk und Salechard an als auch kleine, unbedeutende Orte, wo Frachtgüter nur zu bestimmten Zeiten angeliefert werden können. Im Winter ist der Ob zugefroren, und der Verkehr zwischen den Städten und den Einwohnern der sibirischen Siedlungen kommt dann zum Erliegen.

Tagsüber legten die Schiffe der Handelskarawane an besiedelten Orten an. Wir ließen die Schiffssirenen heulen und spielten über große Lautsprecher auf dem Oberdeck Musik ab, um die Menschen anzulocken. Wir trieben Handel, kauften von den Einheimischen wertvollen Fisch und andere Gaben der sibirischen Taiga – Moosbeeren, Dörrpilze und Pelze – und führten Gespräche, um Handelsbeziehungen mit den Jägern und Fischern der Region aufzubauen.

Die Nacht wurde in der Regel benutzt, um Fahrt zu machen. Wenn aber der Fluss wegen ungünstiger Witterungsverhältnisse unbefahrbar war, lief das Stabsschiff die nächste Anlegestelle an, und wir veranstalteten dort einen Kulturabend für die einheimische Jugend. Solche Veranstaltungen finden dort nur sehr selten statt, denn die Klub- und Kulturhäuser sind jetzt größtenteils verfallen. Unser Boot war also eine größere Attraktion.

Stellen Sie sich das nur einmal selbst vor: Die Bewohner eines sibirischen Dorfes, das Tausende von Kilometern entfernt von aller Zivilisation liegt, sehen auf dem Fluss ein schönes weißes Schiff vorbeifahren. Und auf einmal wendet es und legt an ihrem Ufer an. Auf dem Stabsschiff gab es ein Restaurant, eine Bar und einen Tanzsaal mit Säulen. Nicht nur sämtliche Jugendliche, auch die Erwachsenen strömten in Scharen auf das Schiff, um sich für ein paar Stunden zu amüsieren. Später dann standen sie winkend am Ufer, um die weiße Schönheit zu verabschieden.

Je weiter wir die Großstädte hinter uns ließen und je mehr wir uns dem Polarkreis näherten, desto mehr nahm der Ob an Breite zu, und an seinen Ufern konnte man mit dem Fernglas wilde Tiere beobachten. Manchmal sahen wir den ganzen Tag keine einzige Ortschaft – nur die Taiga, die sich endlos zu beiden Seiten des Ufers zu erstrecken schien, und den Fluss, die einzige Verkehrsader weit und breit. Damals ahnte ich noch nicht, dass in dieser Gegend eine Begegnung stattfinden würde, die mein Leben von Grund auf verändern sollte.

Eines Tages dann – wir waren bereits auf dem Rückweg und hielten auf Nowosibirsk zu – ließ ich unser Hauptschiff bei einem kleinen Dorf festmachen, das aus nicht mehr als ein paar Häuschen bestand. Ich hatte einen Aufenthalt von drei Stunden geplant, in denen sich die Besatzung an Land erholen konnte. Gleichzeitig sollten die Ortsbewohner bei uns Industriewaren und Lebensmittel kaufen können, und wir wollten die Gelegenheit nutzen, bei ihnen Wildfrüchte und Fisch zu erwerben.

Auch ich beschloss, an Land zu gehen. Während ich die Schiffstreppe hinabstieg, fiel mein Blick unwillkürlich auf zwei ältere Männer. Sie standen schweigend an der Seite einer Gruppe Einheimischer, die sich anschickte, das Schiff zu besuchen.

Besonders seltsam sah der Ältere der beiden aus, der einen grauen Bart hatte und einen Regenmantel aus Segeltuch trug, der ihm bis zu den Füßen reichte. Sein Kopf war in eine Kapuze gehüllt. Beim Vorbeigehen grüßte ich die beiden Alten. Der Ältere sagte nichts, sondern neigte nur leicht seinen Kopf. Sein Gefährte hingegen erwiderte meinen Gruß: «Guten Tag! Mögen Ihre guten Gedanken sich verwirklichen! Sie haben hier wohl das Sagen, ja? Können Sie Anordnungen geben?»

«Ja, das kann ich, solange sie vernünftig sind», antwortete ich und wollte meinen Weg fortsetzen.

Doch der Alte ließ mich nicht gehen. Er versuchte mich zu überreden, ihnen 50 Leute zur Verfügung zu stellen (die gesamte Besatzung zählte nicht mehr als 65 Mann), die sie in die Taiga mitnehmen wollten, zu einem Ort, der 25 Kilometer von der Anlegestelle entfernt lag. Dort sollte es einen besonderen Baum geben, den sie «klingende Zeder» nannten und fällen wollten. Diese vierzig Meter hohe Zeder* sollte außerdem in kleine, handliche Stücke zersägt und dann zum Boot getragen werden. Wir sollten die Stücke restlos mitnehmen und später in noch kleinere Teile zersägen. Jeder sollte dann ein Stück an sich nehmen, und die übrigen Stücke sollten unter unseren Angehörigen, Bekannten und allen anderen, die sich über ein solches Geschenk freuen würden, verteilt werden.

Der Alte meinte, diese Zeder sei etwas Besonderes und die

---

* Eigentlich ist dieser Baum (lat.: *Pinus sibirica*) keine echte Zeder, aber da man ihn im russischen Sprachgebrauch *Kedr* nennt, spricht man auch im Deutschen oft von der «sibirischen Zeder». In der vorliegenden Buchreihe haben wir es bei diesem volkstümlichen Ausdruck belassen, auch wenn in botanischer Hinsicht «Zirbelkiefer» oder «Arve» korrekter wäre. (Anmerkung des Verlags)

Stückchen solle man an einer Schnur auf der Brust tragen. Man solle sich eines davon anlegen, während man barfuß auf dem Gras stehe und es mit der linken Hand an die nackte Brust drücke. Nach einer Minute werde man eine angenehme, von der Zeder ausgehende Wärme spüren und dann werde ein leichtes Zittern den Körper durchlaufen. Ab und zu solle man, wann immer man möchte, die Seite des Holzstückchens, die den Körper nicht berührt, mit den Fingerspitzen reiben, während man es von der anderen Seite mit den Daumen hält. Schon nach drei Monaten, so behauptete der Alte, werde sich der Mensch bedeutend besser fühlen und werde von vielen Krankheiten geheilt werden.

«Auch von Aids?», fragte ich und teilte ihnen mit, was ich über diese Krankheit aus Presseberichten wusste.

Der Alte versicherte mir: «Von allen Krankheiten.»

Das war aber seiner Meinung nach nichts Besonderes. Die Haupteigenschaft der Zedernstückchen bestehe darin, dass sein Besitzer herzlicher, erfolgreicher und begabter werde.

Von der Heilkraft unserer sibirischen Taiga-Zeder hatte ich bereits gehört, aber dass sie auch Gefühle und Fähigkeiten beeinflussen konnte, erschien mir damals unglaubwürdig. Ich dachte: «Vielleicht wollen die Alten für diese angeblich besondere Zeder Geld von mir haben.» Ich erklärte ihnen also, dass in der modernen Welt die Frauen Gold- und Silberschmuck tragen, um anderen zu gefallen, und dass sie für ein Stückchen Holz schwerlich etwas ausgeben würden. Deshalb würde auch ich dafür kein Geld investieren wollen.

«Sie tragen es nur», entgegnete der Alte, «weil sie nicht wissen, dass Gold im Vergleich zu einem Stück Zeder reiner Klimbim ist. Aber wir sind nicht auf Geld aus. Wir können euch obendrein sogar noch Dörrpilze geben; für uns selber brauchen wir nichts.»

Aus Achtung vor ihrem Alter wollte ich nicht weiter streiten und sagte: «Nun, vielleicht wird jemand ein Stück von Ihrer Zeder tragen, wenn ein großer Holzschnitzer mit seinem Messer ein Kunstwerk daraus schafft ...»

Doch darauf erwiderte der Alte: «Natürlich kann man daraus etwas schnitzen, aber Reiben und Polieren ist besser. Am besten aber ist es, wenn man es mit seinen eigenen Fingern reibt, wann immer die Seele es wünscht; dann wird das Holz auch äußerlich schön sein.» Dabei knöpfte der jüngere Alte hastig seine zerschlissene Jacke und sein Hemd auf, und ich erblickte auf seiner Brust ein gewölbtes, rundlich-ovales Holzstück. Seine bunten Farben – violett, weinrot, fuchsrot – bildeten ein kompliziertes Muster mit Holzadern, die wie winzige Bäche wirkten. Ich bin zwar kein Kunstkenner, habe aber in meinem Leben hin und wieder Gemäldegalerien besucht. Die weltberühmten Meisterwerke haben bei mir keine besonderen Gefühle hervorgerufen, doch der Anhänger auf der Brust des Alten beeindruckte mich sehr – mehr als ein Besuch in der Tretjakow-Galerie*.

Ich fragte: «Wie lange haben Sie denn an Ihrem Zedernstück poliert?»

«Dreiundneunzig Jahre», antwortete der Alte.

«Und wie alt sind Sie?»

«Hundertneunzehn.»

Damals glaubte ich ihm nicht, denn er sah aus wie ein Fünfundsiebzigjähriger. Ohne meine Zweifel zu bemerken oder zu beachten, versuchte er mich nun leidenschaftlich davon zu überzeugen, dass ein solches Holzstück auch bei anderen schon nach drei Jahren ebenso schön sein werde, wenn es nur von den Fingern des Besitzers gerieben werde, und danach immer schöner – besonders bei Frauen. Vom Körper des Trägers werde ein angenehmer Duft ausgehen, der alle künstlichen, menschengemachten Duftstoffe bei Weitem übertreffe.

Von den beiden Alten ging tatsächlich ein Wohlgeruch aus, den ich ganz deutlich wahrnahm, obwohl ich rauche und mein Geruchssinn, wie wohl bei den meisten Rauchern, ziemlich beeinträchtigt ist.

Und noch etwas Seltsames hatte es mit den beiden Alten auf sich …

Während sie sprachen, fielen mir plötzlich Redewendungen und

---

* Riesige Galerie in Moskau mit der weltweit bedeutendsten Sammlung russischer Malerei. (Anmerkung des Übersetzers)

Gedanken auf, die bei Einwohnern des hohen Nordens gar nicht üblich sind. An einige erinnere ich mich noch heute, sogar an die Intonation. So sagte der Alte:

«Gott erschuf die Zeder als einen Speicher kosmischer Energien …

Von einem Menschen, der Liebe empfindet, geht eine Strahlung aus. In Bruchteilen einer Sekunde wird diese Strahlung von den Planeten im Weltall auf die Erde zurückgeworfen, erreicht wieder die Erde und nährt alles Leben hier …

Die Sonne ist einer dieser Planeten, und sie reflektiert nur einen Teil des Spektrums dieser Strahlung …

In den Kosmos steigt vom Menschen nur lichte Strahlung, und aus dem Kosmos gelangt auf die Erde nur wohltuende Strahlung … Von einem Menschen boshafter Gesinnung geht eine dunkle Strahlung aus, die nicht hinaufsteigen kann, sondern in das Innere der Erde gelangt. Von dort zurückgeworfen, kehrt sie wieder an die Oberfläche zurück – in Form von Vulkanausbrüchen, Erdbeben und Kriegen …

Die stärkste Wirkung der reflektierten dunklen Strahlung unmittelbar auf den Menschen besteht darin, dass seine bösen Gefühle verstärkt werden …

Die Zeder lebt 550 Jahre. Mit Millionen ihrer Nadeln empfängt und speichert sie Tag und Nacht lichte Energie, und zwar das ganze Spektrum. Im Laufe des Lebens der Zeder bewegen sich über sie alle Himmelskörper hinweg, die diese Lichtenergie reflektieren …

Selbst ein kleines Stückchen Zeder enthält mehr dem Menschen wohltuende Energie als alle von Menschenhand geschaffenen Energieanlagen auf der Erde zusammengenommen …

Die Zeder nimmt die vom Menschen ausgehende Energie durch den Kosmos auf, speichert sie und gibt sie wieder ab, wenn es daran im Kosmos und folglich auch im Menschen und allem anderen Leben mangelt, das auf Erden wächst und gedeiht …

In seltenen Fällen gibt es Zedern, die ihre gespeicherte Energie nicht abgeben. Nach fünfhundert Lebensjahren beginnen sie zu klingen. Mit diesem Zeichen teilen sie den Menschen mit, dass diese sie absägen und mitnehmen können, um die gespeicherte Energie auf der Erde zu nutzen. So bittet die Zeder mit ihrem Klang drei Jahre lang. Wenn sie in dieser Zeit nicht von Menschen berührt wird, verliert sie die Möglichkeit, ihre Energie unmittelbar an den Menschen abzugeben. Da sie ihre Energie auch nicht an den Kosmos zurückgeben kann, beginnt sie nach drei Jahren, die Energie in sich zu verbrennen. Dieses qualvolle Sterben durch Selbstverbrennung dauert 27 Jahre.»

Der Alte fuhr fort: «Vor Kurzem haben wir eine solche Zeder entdeckt und festgestellt, dass sie schon seit zwei Jahren klingt – leise vor sich hin klingt. Sehr leise. Vielleicht versucht sie auf diese Weise ihr Bitten auf längere Zeit auszudehnen, aber ihr bleibt nur noch ein Jahr. Deshalb soll sie gefällt und an die Menschen verteilt werden.»

Der Alte sprach lange, und aus irgendeinem Grund hörte ich ihm zu. Die Stimme des merkwürdigen alten Sibiriers klang bald ruhig und sicher, bald erregt. Wenn er unruhig wurde, fingerte er nervös an seinem Stückchen Zeder herum, fast als spiele er auf einem Musikinstrument.

Es war kalt am Ufer, und vom Fluss her blies ein kräftiger Herbstwind. Die grauen Haare der Greise flatterten im kühlen Wind, doch der sprechende Alte ließ seine Jacke und sein Hemd aufgeknöpft. Die ganze Zeit rieb er mit seinen Fingerspitzen an dem Zedernstückchen auf seiner Brust und versuchte, mir dessen Bedeutung zu erklären.

Dann kam eine Mitarbeiterin meiner Firma, Lydia Petrowna, vom Schiff zu uns ans Ufer und teilte mir mit, alle Mann seien an Bord, das Schiff sei bereit zur Abfahrt und man warte nur darauf, dass ich das Gespräch beende. Ich verabschiedete mich also von den Alten und ging schnell an Bord. Ihrer Bitte konnte ich aus zwei Gründen nicht nachkommen: Der verlängerte Aufenthalt von etwa drei Tagen hätte große Verluste gebracht, und außerdem hielt ich damals alles, was sie mir erzählt hatten, für Übertreibungen und Aberglauben.

Am nächsten Tag fiel mir bei unserer morgendlichen Besprechung auf, dass Lydia Petrowna ein Zedernstück betastete, das sie um den Hals trug. Später erzählte sie mir, dass sie noch ein wenig an Land geblieben war, während ich an Bord ging. Dort habe sie beobachtet, wie der Alte, der mit mir gesprochen hatte, ganz verstört bald mir nachschaute, bald seinen Gefährten ansah und sich aufgeregt Vorwürfe machte:

«Warum nur? Warum haben sie es nicht verstanden? Ich kann einfach nicht richtig in ihrer Sprache reden. Ach, ich konnte ihn nicht überzeugen! Hab's einfach nicht geschafft. Warum nur? Vater, sag doch was!»

Der Ältere legte seinem Sohn die Hand auf die Schulter und erwiderte: «Ja, du warst nicht überzeugend. Sie haben nichts begriffen.»

«Ich war bereits auf der Schiffstreppe», fuhr Lydia Petrowna fort, «da lief mir der Alte, mit dem du gesprochen hattest, plötzlich nach, nahm mich an der Hand und führte mich zurück auf das Gras. Dann holte er hastig einen Bindfaden aus der Tasche, an dem dieses Stück Zedernholz hing, hängte es mir um den Hals und drückte es mir mit meiner und seiner Handfläche an die Brust. Dabei spürte ich, wie ein Zittern meinen Körper durchlief. Das alles ging so schnell, dass ich gar nichts sagen konnte. Als ich wegging, rief er mir hinterher: ‹Gute Reise und viel Glück! Bitte kommt nächstes Jahr wieder! Alles Gute! Wir werden hier auf euch warten. Gute Reise!›

Als das Schiff ablegte, winkte uns der Alte noch lange hinterher, dann setzte er sich plötzlich ins Gras. Ich beobachtete sie durch ein Fernglas. Ich sah, wie der Alte, der mit dir gesprochen und mir dann das Stück Zeder gegeben hatte, im Gras saß und heftig mit den Schultern zuckte. Der Ältere, der mit dem langen Bart, beugte sich über ihn und strich ihm tröstend über den Kopf.»

* * *

Aufgrund von Geldsorgen, meiner Buchhaltung und dem Abschlussbankett unserer Reise hatte ich die beiden seltsamen Sibirier bald vergessen.

Nach der Rückkehr des Dampfers nach Nowosibirsk bekam ich plötzlich heftige Schmerzen. Ich suchte einen Arzt auf, und die Diagnose lautete: Zwölffingerdarmgeschwür und Osteochondrose der Wirbelsäule im Brustbereich.

In der Ruhe des Krankenhauses war ich vor den täglichen Sorgen behütet. Mein luxuriöses Einbettzimmer ermöglichte mir, die Ergebnisse der viermonatigen Reise in aller Ruhe zu analysieren und Pläne für die nächste Geschäftsreise zu schmieden. Doch in meinen Gedanken rückte alles, was damit zusammenhing, in den Hintergrund, und in den Vordergrund traten aus irgendeinem Grund immer wieder die Alten und ihre Geschichte von der Zeder.

Auf meine Bitte hin wurden mir verschiedene Bücher über Zedern gebracht. In Gedanken verglich ich das Gelesene mit den Beschreibungen der alten Sibirier, und je mehr ich las, desto mehr wunderte ich mich. Schließlich begann ich den Worten der Alten Glauben zu schenken. Immerhin lag ja anscheinend einige Wahrheit in ihren Worten, und wer weiß, vielleicht stimmte sogar alles, was sie gesagt hatten!

In Büchern über Volksmedizin wird viel von den Heilkräften der Zedern berichtet. Alle Teile der Zeder, so heißt es dort – von den Nadeln bis zur Rinde –, sind mit hochwirksamen Heilkräften ausgestattet. Das Holz der sibirischen Zeder sieht sehr schön aus und kann von Bildhauermeistern für Schnitzereien verwendet werden. Man stellt daraus Möbel und Schallböden für Musikinstrumente her. Die Zedernnadeln enthalten hochwirksame Phytonzide, die die Luft schnell desinfizieren. Das Zedernholz hat einen sehr angenehmen Balsamduft. Ein kleines Stück Zedernholz im Haus ist ein bewährtes Mittel gegen Motten.

In der populärwissenschaftlichen Literatur wird außerdem darauf hingewiesen, dass die Qualität der Zeder, die in nördlichen Regionen wächst, viel höher ist als die der Zeder des Südens.

Bereits im Jahre 1792 schrieb der Gelehrte P. S. Pallas, dass die sibirische Zedernfrucht potenzfördernd ist, die Jugend erhält und das Immunsystem bedeutend stärkt.

In der Geschichte gibt es eine Reihe bemerkenswerter Phänomene, die mit der Zeder zusammenhängen. Eines davon ist Grigori Rasputin.

Rasputin, der kaum lesen und schreiben konnte, stammte aus einem entlegenen sibirischen Dorf, einer Gegend, wo die sibirische Zeder wächst. Im Jahre 1907 kam er im Alter von fünfzig Jahren nach Moskau. Mit seiner prophetischen Gabe beeindruckte er die Zarenfamilie, mit der er engen Kontakt pflegte. Er war mit enormer physischer Kraft ausgestattet. Seine Mörder waren erschüttert, dass er, von Kugeln durchsiebt, noch geraume Zeit am Leben blieb. Lag das vielleicht daran, dass er im Land der Zedern aufgewachsen war und sich von Zedernnüssen ernährt hatte?

Damalige Journalisten beschrieben seine außergewöhnliche Ausdauer wie folgt: «Mit fünfzig Jahren konnte er mittags eine Sexorgie mit Zechgelage beginnen und bis vier Uhr nachts durchmachen. Im Anschluss daran besuchte er den Morgengottesdienst, betete und blieb so bis acht Uhr morgens auf den Beinen. Dann ging er nach Hause, wo er Tee trank und bis vierzehn Uhr Besucher empfing, als ob nichts geschehen wäre. Dann suchte er sich ein paar Damen aus und ging mit ihnen ins Dampfbad. Schließlich fuhr er in ein Restaurant außerhalb der Stadt, und alles ging wieder von vorn los. Ein normaler Mensch könnte einen solchen Tagesablauf nicht durchstehen.»

Doch alle Tatsachen und Beweise verblassen angesichts des schlagendsten Arguments, das jeder für sich selbst nachlesen kann und das auch meine Zweifel zerstreut hat: Wir finden es in der Bibel. Im Alten Testament, drittes Buch Mose (Leviticus 14,4) lehrt Gott, wie man die Heilkraft der Zeder nutzen kann!

Während ich die aus verschiedenen Quellen gewonnenen Fakten und Informationen verglich, ergab sich ein so überwältigendes Gesamtbild, dass alle Weltwunder, die wir kennen, dagegen belanglos wirkten. Die großen Geheimnisse, die den Geist des Menschen faszinieren, erschienen mir jetzt unbedeutend im Vergleich zum Geheimnis der klingenden Zeder. Nun zweifelte ich nicht mehr an ihrer Existenz. Die populärwissenschaftlichen Bücher und die alten vedischen Schriften hatten meine Zweifel besiegt.

Allein im Alten Testament wird die Zeder zweiundvierzig Mal erwähnt. Der alttestamentliche Moses, durch dessen Gnade die Menschheit die Gesetzestafeln erhielt, wusste wahrscheinlich sogar noch mehr darüber, als wir aus dem Alten Testament erfahren.

Für uns ist es nichts Besonderes, dass es in der Natur Pflanzen gibt, die menschliche Krankheiten heilen können. Die Heileigenschaften der Zeder werden in der populärwissenschaftlichen Literatur sowie von solch gewissenhaften und namhaften Forschern wie P. S. Pallas bestätigt. Auch das Alte Testament stimmt hiermit überein.

Und nun Achtung!

Im Alten Testament wird die Zeder als einzigartiger Baum bezeichnet, und keine andere Baumart wird dort so oft erwähnt wie die Zeder. Bedeutet das nicht, dass das Alte Testament die Zeder als das Bemerkenswerteste anerkennt, was es in der Natur gibt? Aber wie soll man die Zeder nutzen? Und weshalb hoben die beiden seltsamen Alten insbesondere die Bedeutung jener klingenden Zeder so sehr hervor?

Das ist aber noch nicht alles. Höchst rätselhaft ist folgende Begebenheit aus dem Alten Testament: König Salomon ließ einen Tempel aus Zedernholz errichten. Um das erforderliche Zedernholz zu bekommen, überließ er dem König Hiram zwanzig Städte seines eigenen Reiches im Land der Galiläer. Unglaublich! Mag das Holz auch noch so kostbar und edel sein, aber zwanzig Städte für etwas Baumaterial? Allerdings wurde ihm dafür noch ein weiterer Dienst erwiesen. Auf seine Bitte hin wurden ihm Männer zur Verfügung gestellt ... «die es verstanden, Bäume zu fällen».

Was waren das für Leute? Und was für ein Wissen hatten sie?

Ich habe gehört, dass es noch heute an sehr entlegenen Orten alte Männer gibt, die Bäume auszuwählen wissen, welche sich als Baumaterial eignen. Damals, vor 3000 Jahren, war dies wahrscheinlich noch Allgemeinwissen. Allerdings wurden bei jener Gelegenheit offenbar besondere Männer gebraucht.

Wie dem auch sei, der Tempel wurde erbaut, der erste Gottesdienst war im Gange, aber ... «da ward das Haus des Herrn von einer Wolke verhüllt, sodass die Priester wegen der Wolke nicht zum Dienste antreten konnten.»

Was war das für eine Wolke, wie kam sie in den Tempel und woher? Worum handelte es sich dabei eigentlich? Um eine Energie? Einen Geist? Hatte diese Wolke etwas mit dem Zedernholz zu tun?

Die beiden Alten hatten von der klingenden Zeder als einem Energiespeicher gesprochen.

Welche Zeder ist wirkungsvoller, die libanesische oder die sibirische? Nach dem Forscher Pallas zu urteilen, nehmen die Heilkräfte der Zeder zu, je näher sie zur Grenze der Waldtundra wachsen. Demnach ist die sibirische Zeder wirkungsvoller.

In der Bibel heißt es: «Urteilt nach den Früchten!» Ein weiterer Pluspunkt für die sibirische Zeder!

Könnte es sein, dass niemand auf all dies geachtet hat?

Hat niemand diese Fakten in Betracht gezogen?

Das Alte Testament, die Wissenschaft des vorletzten Jahrhunderts und die moderne Wissenschaft sind sich einig im Urteil über die Zeder.

Auch Helena Iwanowna Roerich schrieb in ihrem Buch *Lebendige Ethik:* «Bereits in den königlichen Riten der Schahs im alten Khorasan gab es eine Schale mit Zedernharz. Auch die Druiden verwandten eine Schale mit Zedernharz, genannt ‹Lebensschale›. Erst später, als sie das spirituelle Bewusstsein verloren, wurde das Harz durch Blut ersetzt. Das Feuer des Zarathustra stammte ebenfalls von der Verbrennung des Harzes in der Schale.»

Was ist von all diesen Kenntnissen unserer Vorfahren über die Eigenschaften und die Bedeutung der Zeder heute noch übrig? Vielleicht gar nichts?

Was wussten die beiden sibirischen Alten darüber?

Dann erinnerte ich mich an eine Begebenheit aus meiner Vergangenheit, die schon ein paar Jahre zurücklag, und ein leichtes Kribbeln durchrieselte mich. Damals hatte ich dem Geschehen keine Bedeutung beigemessen, aber jetzt …

Eines Tages, am Anfang der Perestroika, erhielt ich als Präsident des Verbandes sibirischer Unternehmer einen Anruf von einem

Vertreter des Nowosibirsker Exekutivkomitees (damals gab es noch Exekutiv- und Gebietskomitees der Partei). Dabei wurde ich zu einem Treffen mit einem einflussreichen westlichen Geschäftsmann eingeladen, der von unserer damaligen Regierung ein Empfehlungsschreiben erhalten hatte. An diesem Treffen nahmen einige Unternehmer und Beamte der Verwaltung des Gebietskomitees der Partei teil.

Jener westliche Händler machte auf mich sogleich den Eindruck eines hart gesottenen, mit allen Wassern gewaschenen Geschäftsmannes. Er war von orientalischem Äußeren, auf dem Kopf trug er einen Turban, und kostbare Ringe zierten seine Finger.

Wie gewöhnlich sprachen wir über Möglichkeiten der Zusammenarbeit auf verschiedenen Gebieten. Unter anderem sagte er: «Wir könnten von euch Zedernnüsse kaufen.» Dabei fiel mir eine gewisse Erregung in seiner Stimme auf. Seine scharfen Blicke wanderten rastlos in der Runde umher, wohl in Erwartung einer Reaktion der anwesenden Unternehmer. Ich erinnere mich noch sehr gut an diese Szene, denn schon damals dachte ich: «Wieso ist er plötzlich so anders?»

Nach dem offiziellen Meeting wandte sich seine Dolmetscherin, die aus Moskau stammte und ihn begleitete, an mich. Sie sagte, er wolle mit mir sprechen.

Der Geschäftsmann hatte ein diskretes Angebot an mich. Wenn ich Zedernnüsse, und zwar unbedingt frische Nüsse, liefern könnte, so sollte ich neben der offiziellen Zahlung eine satte Provision erhalten.

Die Lieferung sollte in die Türkei gehen, wo ein Öl hergestellt wurde. Ich sagte ihm, ich würde darüber nachdenken.

Ich wollte selbst erst herausfinden, um was für ein Öl es sich handelte. Dabei stellte ich Folgendes fest:

An der Londoner Börse, die eine bedeutende Rolle bei der Entwicklung der Weltpreise spielt, wird Zedernnussöl mit einem Preis von bis zu 500 Dollar pro Kilo gehandelt. Für ein Kilo Zedernnüsse wurde uns ein Preis von zwei bis drei Dollar angeboten.

Ich rief einen Unternehmer in Warschau an und bat ihn, die

Möglichkeit zu prüfen, direkte Beziehungen zu den Verbrauchern dieses Produkts herzustellen, und das Gewinnungsverfahren für Zedernnussöl ausfindig zu machen.

Nach einem Monat erhielt ich folgende Antwort: «Direkte Beziehungen sind nicht möglich. Verfahren herauszufinden hat auch nicht geklappt. Und überhaupt handelt es sich um eine Sache, mit der sich einflussreiche westliche Kreise befassen. Besser die Finger davon lassen und das Ganze vergessen.»

Da wandte ich mich an unser Institut für Verbraucherkooperation in Nowosibirsk, kaufte Nüsse und finanzierte die Forschungsarbeit. Im Labor dieses Instituts wurden 100 kg Zedernnussöl gewonnen. Auch stellte ich ein paar Leute an, die für mich die folgenden Informationen aus Archivdokumenten fanden:

Vor der Revolution und einige Zeit danach gab es in Sibirien eine Organisation, die sich «Sibirische Genossenschaft» nannte. Die Mitglieder dieser Organisation verkauften verschiedene Öle, darunter auch Zedernnussöl. Sie hatten Vertretungen in Harbin, London und New York und besaßen viel Geld von westlichen Banken. Nach der Revolution löste sich die Organisation auf, und viele Mitglieder wanderten aus.

Ein Mitglied der bolschewistischen Regierung namens Krasin traf sich mit dem Vorsitzenden der Sibirischen Genossenschaft im Ausland und schlug ihm vor, nach Russland zurückzukommen. Dieser aber entgegnete, er werde für Russland von größerem Nutzen sein, wenn er im Ausland bleibe.

In den Archivmaterialien wurde auch erwähnt, dass das Zedernöl mit speziellen Holzpressen (keine Pressen aus anderem Material!) in vielen Dörfern der sibirischen Taiga gewonnen wurde. Seine hervorragende Qualität war von der Erntezeit und von der Verarbeitung der Nüsse abhängig. Es konnten aber keine Angaben über diese Zeit gefunden werden, weder im Archiv noch im Institut.

Das geheime Verfahren ist verloren. Die Heilkraft des Zedernöls ist unvergleichlich. Ist das Herstellungsverfahren vielleicht jemandem im Westen bekannt, dem es ein Auswanderer mitgeteilt hat? Wie lässt es sich erklären, dass die heilkräftigsten Zedern in Sibirien wachsen, das Öl aber in der Türkei hergestellt wird? Zedern von sibirischer Qualität kommen ja in der Türkei gar nicht vor.

Welche einflussreichen Kreise des Westens meinte der Unternehmer aus Warschau? Warum sollte man von diesem Thema lieber die Finger lassen? Saugen etwa diese Kreise das Produkt mit der ungewöhnlichen Heilkraft aus unserer sibirischen Taiga heraus? Warum kaufen wir ausländische Arzneien für Millionen und Milliarden von Dollars und schlucken sie wie Irrsinnige, wo wir doch solche Reichtümer wie Zedern mit den höchsten Heilkräften besitzen, die sich seit Jahrhunderten und Jahrtausenden bewährt haben?

Warum geht uns Wissen verloren, das unsere Vorfahren noch besaßen – sogar noch im zwanzigsten Jahrhundert? Ganz zu schweigen von dem Wissen, wie es nach Angaben der Bibel vor 3000 Jahren vorhanden war!

Welche unbekannten Kräfte bemühen sich, Kenntnisse unserer Vorfahren aus unserem Gedächtnis zu löschen? Nach dem Motto: «Misch dich nicht ein! Es geht dich nichts an.» Dass solche Bemühungen unternommen werden, und zwar mit großem Erfolg, ist eine Tatsache.

Diese Erkenntnis machte mich zornig. Dazu habe ich noch gesehen, dass das Zedernöl, das in unseren Apotheken verkauft wird, durchweg Importware ist. Ich kaufte mir ein 30-g-Fläschchen und probierte es aus. Ich glaube, darin sind nicht mehr als zwei Tropfen Öl enthalten, der Rest ist irgendein Verdünnungsmittel. Es hält keinen Vergleich aus mit dem Öl, das wir in dem Institut in Nowosibirsk produziert haben. Und der Preis dieser Zwei-Tropfen-Mischung betrug damals stolze 50000 Rubel!

Was wäre nun, wenn wir das Öl nicht importierten, sondern es selbst herstellen und verkaufen würden? Allein von dem Erlös dieses Öls könnte ganz Sibirien ein gutes Leben führen! Wie konnte es nur passieren, dass wir das Herstellungsverfahren unserer Vorfahren vergessen haben?! Und dann beklagen wir uns noch über unsere Armut! Ich sagte mir: Nun gut, irgendwie werde ich schon dahinterkommen. Dann werde ich das Öl eben selbst herstellen, das wird meiner Firma sicher nicht schaden.

Ich beschloss, eine weitere Geschäftsreise den Ob hinab in Richtung Norden zu unternehmen, diesmal nur mit dem Stabsschiff «Patrice Lumumba». Ich lud also viele Waren an Bord, und der Kinosaal musste als Verkaufsraum herhalten. Außerdem war es nötig, eine neue Besatzung zusammenzustellen. Ich wollte keine Mitarbeiter meiner eigenen Firma anstellen, denn mit unseren Finanzen ging es ohnehin jedes Mal bergab, wenn ich fort war. Zwei Wochen nach unserer Abreise aus Nowosibirsk berichteten mir meine Sicherheitsleute, dass sie auf dem Schiff Gespräche über die klingende Zeder belauscht hätten. Unter der neuen Besatzung, so teilte man mir mit, gebe es, gelinde gesagt, «merkwürdige Gestalten».

Ich bestellte einige Besatzungsmitglieder in mein Arbeitszimmer und sprach mit ihnen über die bevorstehende Wanderung in die Taiga. Manche waren bereit, auch ohne Bezahlung mitzukommen. Andere forderten hohe Beträge für ihre Teilnahme an dieser Aktion, weil dies bei der Einstellung nicht vereinbart worden war. Schließlich hätten sie mit dem Aufenthalt auf einem komfortablen Boot gerechnet und keine Ahnung davon gehabt, obendrein einen 25-Kilometer-Marsch in die Taiga machen zu müssen, noch dazu mit einer Last auf dem Buckel. Zu dieser Zeit waren meine finanziellen Mittel knapp. Auch beabsichtigte ich nicht, das Zedernholz zu verkaufen. Es sollte verschenkt werden, so wie es die Alten gesagt hatten. Außerdem war das Geheimnis der Ölgewinnung für mich wichtiger als das Zedernholz selbst. Und ich war gespannt, mehr Informationen über diese Dinge zu erhalten.

Allmählich kam ich mithilfe meines Sicherheitsdienstes dahinter, dass ich beschattet wurde, besonders wenn ich das Schiff verließ. Mir war aber nicht klar, was damit bezweckt wurde. Wer stand wohl dahinter? Ich grübelte und grübelte und kam zu dem Schluss, am besten sei es, alle an der Nase herumzuführen.

# 3

## Die Begegnung

Ohne irgendjemandem meine Pläne zu offenbaren, ordnete ich an, unweit von der Stelle anzulegen, wo ich im Jahr zuvor den beiden Alten begegnet war. Dann fuhr ich mit einem kleinen Kutter allein zum Dorf. Dem Kapitän des Schiffes indes hatte ich befohlen, die Handelsroute fortzusetzen.

Ich hoffte, mithilfe der Einwohner des Ortes die beiden sibirischen Alten zu finden; dann wollte ich jene Zeder mit eigenen Augen sehen und den billigsten Weg finden, sie zum Schiff zu transportieren. Ich machte den Kutter an einem Stein fest und wollte schon zum nächsten Haus gehen, da sah ich eine Frau auf einem Hügel stehen und ging zu ihr, in der Hoffnung, von ihr nützliche Informationen zu erhalten.

Sie trug eine alte Wattejacke, einen langen Rock und Gummistiefel, wie sie viele Leute des hohen Nordens in Herbst und Winter tragen. Ihr Kopftuch war so gebunden, dass es Stirn und Hals völlig bedeckte. Es war schwer, ihr Alter zu schätzen. Ich begrüßte sie und erzählte ihr von den Alten, die mir letztes Jahr begegnet waren.

«Wladimir, du hast letztes Jahr mit meinem Großvater und meinem Urgroßvater gesprochen», sagte sie.

Ich war überrascht. Sie hatte eine junge Stimme, eine deutliche Aussprache, duzte mich sogleich und sprach mich mit meinem Vornamen an.

An die Namen der Alten konnte ich mich nicht erinnern. Ich wusste noch nicht einmal, ob wir uns einander überhaupt vorgestellt hatten. Ich dachte: «Bestimmt haben wir das getan. Wie wüsste sie sonst meinen Namen?» Also beschloss ich, sie ebenfalls zu duzen, und fragte: «Und wie heißt du?»

«Anastasia», antwortete die Frau und reichte mir ihre Hand mit der Handfläche nach unten, gleichsam zum Küssen.

Diese Geste einer Dorffrau in Wattejacke und Gummischuhen, die in jener Einöde am Ufer stand und eine Dame von Welt spielte, amüsierte mich. Ich drückte ihr die Hand, geküsst habe ich sie natürlich nicht. Sie lächelte scheu und schlug mir vor, mit ihr in die Taiga zu gehen, wo ihre Familie lebte.

«Aber wir müssen durch die Taiga gehen, und es ist ein Marsch von 25 Kilometern ... wenn es dir nichts ausmacht, Wladimir.»

«Nun ja, das ist eine ganz schöne Strecke», antwortete ich der Frau und dachte bei mir: «Fünfundzwanzig Kilometer durch die unwegsame Taiga gehen, das ist kein Klacks. Dazu bräuchte ich eigentlich einen Begleiter von der Wachmannschaft. Aber dafür müsste ich das Dampfschiff einholen, mit dem ich keinerlei Verbindung hatte.» Um keine Zeit zu verlieren, beschloss ich, allein zu gehen. Aber ich wollte von der Frau wissen: «Kannst du mir dann aber die klingende Zeder zeigen?»

«Ja, das kann ich.»

«Kennst du dich mit solchen Bäumen aus? Und wirst du mir davon berichten?»

«Alles, was ich darüber weiß, werde ich dir mitteilen.»

«Dann lass uns gehen.»

Unterwegs fragte ich Anastasia, wie lange sie schon allein in der Taiga lebte. Anastasia erzählte mir, dass ihre Familie schon seit vielen Generationen im Zedernwald lebte. Und von ihren Vorfahren habe sie gehört, dass ihre Ahnen hier bereits seit Jahrtausenden lebten. Mit Menschen unserer Zivilisation nehmen sie nur sehr selten Kontakt auf. Diese Kontakte finden nicht in ihren eigenen Wohnorten statt, sondern in Siedlungen, die sie, als Jäger oder Dörfler verkleidet – als wenn sie aus einem Nachbardorf wären –, ab und zu besuchen.

Anastasia war auch schon in zwei Städten gewesen: Tomsk und Moskau, aber jeweils nur einen Tag lang und ohne Übernachtung. Sie hatte herausfinden wollen, ob ihre Vorstellungen vom Stadtleben falsch waren. Sie hatte Beeren und Dörrpilze verkauft und so Geld für die Reise gespart. Eine Dorffrau hatte ihr einen Pass geborgt.

Anastasia missbilligte die Idee ihres Großvaters und ihres Urgroßvaters, das Holz der heilsamen klingenden Zeder an viele Menschen zu verteilen. Ich fragte sie nach dem Grund dafür. Sie antwortete, die Stücke würden nicht nur in die Hände guter Menschen gelangen, sondern auch – und zwar hauptsächlich – in die schlecht handelnder Menschen. Am Ende wäre der Schaden dann größer als der Nutzen. Worauf es ankomme, sei, guten Menschen zu helfen, und Menschen, durch die Gutes geschieht. Wenn man jedem ohne Unterscheidung helfe, ändere sich nichts am Missverhältnis von Gut und Böse oder alles werde sogar nur noch schlechter.

Nach der Begegnung mit den sibirischen Alten hatte ich viele populärwissenschaftliche Bücher sowie historische und wissenschaftliche Werke gelesen, in denen von den besonderen Heilkräften der Zeder die Rede war. Während ich versuchte, Anastasias Beschreibung der Lebensweise der Menschen im Zedernwald zu ergründen und zu verstehen, dachte ich bei mir: «Womit könnte ich ihre Lebensweise vergleichen?»

Dabei fiel mir die Familie Lykow ein, die durch zahlreiche Veröffentlichungen in der Presse bekannt geworden war. Mehr als einhundert Jahre lang hatte diese Familie in der wilden Taiga gelebt.

Als die Lykows zufällig von Geologen entdeckt wurden, erschienen viele Zeitungsartikel über sie. Außerdem erinnerte ich mich an eine Fernsehsendung mit dem Titel «Sackgasse Taiga», die von der Familie handelte.

Aufgrund der von mir gelesenen Artikel hatte ich mir die Lykows als Menschen vorgestellt, die sich in der Natur gut auskennen, ansonsten aber völlig ungebildet sind und keine Ahnung von der modernen Zivilisation haben. Anastasia hingegen schien nicht nur über unser Leben, sondern auch über andere Dinge Bescheid zu wissen, wenngleich mir nicht klar war, was diese anderen Dinge waren. Sie sprach eine Menge über das Stadtleben und kannte sich sehr gut damit aus.

Nach etwa fünf Kilometern Waldwanderung ging mir die Puste aus, denn es gab in dieser Wildnis keinen Weg, ja noch nicht einmal einen erkennbaren Pfad. Wir mussten uns irgendwie durch umgestürzte Bäume, Gebüsch und Gestrüpp schlängeln. Die voranschreitende Frau hingegen zeigte keinerlei Anzeichen von Müdigkeit, und es wäre mir peinlich gewesen, meine eigene Schwäche einzugestehen, indem ich eine Rast vorschlug.

Als wir an eine kleine Lichtung kamen, an deren Rand ein kleiner Bach verlief, sagte die Frau: «Du bist wahrscheinlich müde, Wladimir. Wenn du willst, können wir uns an diesem Rinnsal ausruhen.

«Sehr müde bin ich eigentlich nicht, aber es wäre für mich an der Zeit, etwas zu essen», antwortete ich und setzte mich sogleich aufs Gras am Rande der Lichtung. Dann öffnete ich meinen Rucksack und holte ein paar belegte Brote und ein Fläschchen feinen Cognac hervor. Ich bot ihr auch einen Schluck an, aber sie lehnte ab. Auch wollte sie nicht mit mir essen, sondern sagte: «Ich habe gar keinen Hunger, Wladimir. Iss du nur allein, ich werde in der Zwischenzeit in der Sonne baden.»

Nach diesen Worten ging sie drei Schritte von dem Ort fort, an dem ich saß, zog sich die Jacke, das Kopftuch und den langen Rock aus, legte alle Sachen in einen hohlen Baum und behielt nur ein kurzes, leichtes Kleidchen an. Nachdem sie das Kopftuch abgenommen hatte, das einen Großteil ihres Gesichtes bedeckt hatte, war ich von dem Anblick so überrascht, dass ich mich fast an dem Cognac verschluckt hätte. Doch als sie dann nur noch in ihrem kurzen Kleidchen vor mir stand … hätte ich an Wunder geglaubt, so hätte ich das Ganze sicher für eine Art magische Verwandlung gehalten.

Vor mir stand eine junge, tadellos gebaute Frau mit langem, goldblondem Haar. Sie war von außergewöhnlicher Schönheit. Ich konnte mir keine Schönheitskönigin vorstellen, die es mit ihr hätte aufnehmen können, und wie es sich später herausstellte, war auch ihr Intellekt unvergleichlich. Alles an dieser sibirischen Frau war attraktiv und bezaubernd.

Anastasia legte sich mit ausgestreckten Armen ins Gras, die Handflächen zur Sonne gewandt, und schloss selig ihre Augen. Ich war so hingerissen von ihrem Anblick, dass ich darüber das Essen vergaß und nur noch sie anschaute.

Offenbar spürte sie meinen Blick, denn sie wandte ihren Kopf mir zu, sah mich an, lächelte und schloss wieder die Augen.

Sie trug kein Make-up, hatte ebenmäßige Züge und eine zarte Haut – kein Vergleich mit den rohen, verwitterten Gesichtern der Einwohner des sibirischen Hinterlands. Ihre großen, gütigen Augen waren graublau, und ihre Lippen lächelten sanft.

Obwohl sie nur ein leichtes Kleidchen trug, das an ein Nachthemd erinnerte, hatte ich den Eindruck, dass ihr trotz der vielleicht 12 bis 15 Grad nicht kalt war.

Das goldene Sonnenlicht spiegelte sich in ihren nach oben gerichteten Handflächen. Sie war halbnackt und wunderschön.

Ich betrachtete sie. Meine Gedanken und Gefühle gerieten in Verwirrung. Während ich versuchte herauszufinden, was als Nächstes zu tun war, dachte ich: «Warum hat sie sich ausgezogen? Warum hatte sie sich so verführerisch auf das Gras gelegt? Wieso entblößen die Frauen eigentlich immer ihre Beine, ihre Brüste oder beides gleichzeitig, indem sie kurze Röcke und ein Kleid mit tiefem Ausschnitt tragen? Wohl um die Aufmerksamkeit der Männer auf sich zu lenken. Als wollten sie sagen: ‹Seht mich an, wie reizend, verführerisch und zugänglich ich bin!› Was kann ein Mann da tun? Entweder dem Verlangen widerstehen und so die Frau mit seiner Gleichgültigkeit beleidigen oder ihr den Hof machen?»

Aber wie sollte ich ihr in dieser Situation meine Aufmerksamkeit zeigen? Wir waren allein im Wald, sodass eigentlich keine Worte nötig waren, sondern etwas anderes. Sollte ich sie einfach küssen? Oder wollte sie mehr? Ich fragte sie: «Anastasia, fürchtest du dich nicht, allein durch den Wald zu laufen?»

Sie öffnete die Augen, wandte ihren Kopf mir zu und sagte lächelnd: «Ich habe hier nichts zu befürchten.»

«So? Und wie würdest du dich wehren, wenn zwei, drei Männer – sagen wir Geologen oder Jäger – dich überfallen?»

Statt mir zu antworten, lächelte sie nur.

Ich dachte nach: «Wieso nur hat diese junge, schöne und außergewöhnlich verführerische Frau vor nichts und niemandem Angst?» Was dann geschah, ist mir noch heute peinlich …

Ich legte mich zu der im Gras liegenden Anastasia, legte meinen Arm um ihre Schultern und zog sie zu mir heran. Sie leistete kaum Widerstand, obwohl ich spürte, dass in ihrem wendigen Körper beachtliche Kräfte steckten. Von dem Duft ihrer Haare, den ich einatmete, wurde mir ein wenig schwindlig, und ich versuchte …

Doch mein Annäherungsversuch scheiterte, denn im gleichen Augenblick schwanden mir die Sinne. Das Letzte, woran ich mich erinnere, bevor ich ohnmächtig wurde, sind ihre Worte: «Bitte lass das, Wladimir. Beruhige dich.»

Und noch davor erinnere ich mich, wie mich plötzlich eine panische Angst überkam, eine grundlose Angst, wie man sie aus der Kindheit kennt, wenn man ganz allein zu Hause ist.

Als ich erwachte, kniete sie bei mir. Sie hatte eine Hand auf meine Brust gelegt, und mit der anderen gab sie jemandem nach oben hin und zu den Seiten Zeichen. Dabei lächelte sie, doch ihr Lächeln galt nicht mir, sondern irgendjemandem, der uns unsichtbar umgab oder sich über uns befand. Mit ihren Gesten wollte Anastasia ihrem unsichtbaren Freund offenbar zeigen, dass ihr nichts Böses geschehe. Dann schaute sie mir ruhig und zärtlich in die Augen und sprach: «Beruhige dich, Wladimir, alles ist vorbei.»

«Was ist denn geschehen?», wollte ich wissen.

«Die Harmonie hat dein Verhalten mir gegenüber, hervorgerufen durch dein Verlangen, nicht gebilligt. Später wirst du alles selbst verstehen.»

«Was redest du da von Harmonie? Du selbst warst es doch, die sich gesträubt hat.»

«Ja, auch ich habe dein Verhalten missbilligt. Es war mir unangenehm.»

Ich setzte mich auf und rückte meinen Rucksack näher zu mir.

«Ist ja drollig! Sie hat es missbilligt! Es war ihr unangenehm! Ihr Frauen unternehmt einfach alles, um Männer zu verführen: Ihr entblößt eure Beine und Brüste, tragt hohe Absätze – auch wenn sie noch so unbequem sind –, wiegt euch beim Gehen kokett in den Hüften, und wenn einer anbeißt, bekommt er zu hören: ‹Bitte lassen Sie mich in Ruhe. Für wen halten Sie mich eigentlich?› Wozu dann erst diese ganze Show? Heuchlerinnen! Als Geschäftsmann habe ich viele von eurer Sorte kennen gelernt. Erst treibt ihr eure Spielchen, dann ziert ihr euch, doch in Wahrheit wollt ihr alle nur eins. Wieso hast du zum Beispiel deine Kleider abgelegt? Es ist doch gar nicht heiß! Dann hast du dich ins Gras gelegt, dich in Schweigen gehüllt und verführerisch gelächelt.»

«Ich trage solche Kleider nicht gern, Wladimir, und ziehe sie nur an, wenn ich den Wald verlasse und unter die Menschen gehe, um wie sie auszusehen. Ich habe mich zur Entspannung gesonnt und um dich nicht beim Essen zu stören.»

«So, so, nicht stören wolltest du mich also. Ist dir leider nicht ganz gelungen.»

«Bitte vergib mir, Wladimir. Natürlich hast du recht: Jede Frau möchte die Aufmerksamkeit der Männer erregen, wenn auch nicht nur auf ihre Beine und ihren Busen. Sie möchte halt nur nicht, dass der Mann ihrer Träume, der auch ihre anderen Werte zu schätzen weiß, achtlos vorbeiläuft.»

«Aber hier ist doch niemand vorbeigelaufen. Und welche anderen Werte soll man noch sehen, wenn einem diese Beine praktisch ins Gesicht springen? Ihr Frauen habt keinen Sinn für Logik.»

«Tja, leider, so ist es manchmal im Leben. Sollen wir vielleicht weitergehen, Wladimir? Bist du mit dem Essen fertig? Hast du dich ausgeruht?»

Mir schoss der Gedanke durch den Kopf, ob ich mit dieser wilden Philosophin wirklich weitergehen sollte. Außerdem verfügte sie offenbar über recht ungewöhnliche Fähigkeiten, denn ich hatte allein durch ihre Berührung mein Bewusstsein verloren. Was war zu tun? Sollte ich umkehren? Nein, ich würde den Weg zurück zum Fluss gar nicht finden. Wir mussten weiter.

Also sagte ich: «Nun gut. Lass uns gehen.»

# 4

## Tier oder Mensch?

Also brachen wir auf und gingen weiter in Richtung von Anastasias Zuhause. Ihre Kleidung und ihre Stiefel hatte sie in der Baumhöhlung gelassen, und so hatte sie nur ihr leichtes Kleidchen an.

Um mir den Weg zu erleichtern, nahm sie mir meinen Rucksack ab. Obwohl sie barfuß war, ging sie leichten, graziösen Schrittes vor mir einher und schwenkte dabei den Rucksack, den sie mit einer Hand trug, hin und her.

Unterwegs sprachen wir ständig miteinander. Unsere Unterhaltungen waren für mich sehr interessant, ganz egal worum es ging. Vielleicht lag das daran, dass sie über alles eine eigene, ungewöhnliche Meinung hatte.

Manchmal drehte sich Anastasia im Gehen zu mir um und ging eine Zeitlang rückwärts, während sie mit mir sprach und lachte. Sie war so sehr in das Gespräch vertieft, dass sie nicht einmal auf den Weg achtete. Ich wunderte mich, dass sie nicht ein einziges Mal strauchelte oder sich an den vertrockneten Zweigen den Fuß verletzte. Einen richtigen Pfad konnte ich auf unserem Weg nirgends ausmachen, aber es gab auch nicht die üblichen Hindernisse der Taiga.

Mal streichelte sie im Vorbeigehen flüchtig ein Blatt oder den Zweig eines Strauches; mal bückte sie sich und pflückte, ohne hinzusehen, irgendwelche Kräuter ab und aß sie auf.

«Genau wie ein Tier», dachte ich.

Wenn am Wege Beeren wuchsen, gab sie mir davon zu essen.

Besonders muskulös war ihr Körper nicht. Sie war von mittlerer Statur, weder mager noch fett, gelenkig und sehr gut gebaut. Meiner Meinung nach ruhten aber beachtliche Kräfte in ihr, und auch ihr Reaktionsvermögen schien sehr gut zu sein.

Als ich einmal stolperte und im Fallen begriffen war, wandte Anastasia sich blitzschnell um und fing mich mit ihrer freien Hand auf, sodass nicht einmal meine Hände beim Fallen den Boden berührten. Ich fiel mit der Brust auf ihre geöffnete Handfläche, und sie brachte mich sogleich mit nur einer Hand wieder ins Gleichgewicht. Dabei sprach sie ununterbrochen weiter, und das Ganze schien sie gar nicht weiter anzustrengen.

Danach setzten wir unseren Marsch sogleich fort, als sei nichts geschehen. Unwillkürlich dachte ich in diesem Moment an meine Gaspistole, die in meinem Rucksack lag.

So schön die Taiga-Einsiedlerin auch sein mochte, sie hatte mich dennoch in eine Situation gebracht, in der ich mit allerlei Gefahren rechnen musste.

So legten wir einen langen Weg zurück und unterhielten uns lebhaft. Plötzlich blieb Anastasia stehen, stellte meinen Rucksack unter einen Baum und sagte freudig: «Hier ist mein Zuhause!»

Ich schaute mich um. Eine kleine, idyllische Lichtung, viele Blumen und herrliche Zedern, doch keine Spur von irgendwelchen Bauten. Es gab noch nicht einmal eine kleine Hütte oder eine Spur von einem nächtlichen Unterschlupf – einfach nichts! Indes war sie so glücklich, als wären wir soeben in eine Komfortwohnung eingekehrt.

«Dein Zuhause? Und wo kann man hier schlafen, essen und Schutz vor dem Regen finden?», fragte ich, ohne mich sonderlich zu bemühen, die Beunruhigung in meiner Stimme zu verbergen.

«Hier ist mein Zuhause. Es mangelt hier an nichts.»

Ein vages Gefühl der Angst beschlich mich.

«Wo ist denn alles? Gib mir einen Kessel, damit ich Wasser kochen kann. Auch brauche ich eine Axt, um Feuerholz zu hacken.»

«Ich habe keinen Kessel und keine Axt. Auch wäre es besser, wenn du hier kein Feuer machst.»

«Was sagst du da – du hast nicht einmal einen Kessel? Du hast mich doch zu dir nach Hause eingeladen, und unter einem Zuhause verstehen normale Leute ein überdachtes Gebäude, in dem es mindestens eine Küche und ein Schlafzimmer gibt und einen Vorrat an Lebensmitteln. Ich habe kein Wasser mehr. Du hast es doch selbst gesehen, nach dem Essen habe ich die leere Flasche weggeworfen. Nur noch zwei Schluck Cognac bleiben mir jetzt. Bis zum nächsten Fluss oder Dorf ist es ein ganzer Tagesmarsch. Und ich bin schon jetzt müde und durstig. Woher nimmst du dein Trinkwasser? Und woraus trinkst du?»

Anastasia, die über meine Verstörtheit besorgt war, nahm mich flink bei der Hand und führte mich über die Lichtung in den Wald, wobei sie mich beruhigte: «Mach dir keine Sorgen, Wladimir. Reg dich bitte nicht auf. Ich werde für dich sorgen. Du wirst dich ausruhen und auch Schlaf finden. Du wirst nicht frieren. Hast du Durst? Ich werde dir gleich zu trinken geben.»

Nur zehn oder fünfzehn Meter von der Lichtung entfernt, hinter einer Reihe von Büschen, lag ein kleiner See. Anastasia schöpfte mit ihren Händen etwas Wasser und bot es mir an: «Hier ist Wasser. Bitte trink.»

«Bist du übergeschnappt? Wie kann man Wasser aus einem Waldtümpel trinken, ohne es zuerst abzukochen? Du hast doch gesehen, wie ich Bordschomi* getrunken habe. Auf unserem Schiff wird das Flusswasser mit speziellen Anlagen gefiltert, gechlort und ozonisiert – sogar das Wasser zum Waschen.»

«Das ist kein Tümpel, es ist reines, lebendiges, gutes Wasser – nicht halbtot wie bei euch. Man kann es trinken. Es ist wie Muttermilch. Sieh nur!»

Sie führte ihre Hände zum Mund und trank.

---

* Eine Sorte Mineralwasser aus dem gleichnamigen Ort in Georgien. (Anmerkung des Übersetzers)

«Anastasia», entfuhr es mir unwillkürlich, «sag mal, bist du ein Tier?»

«Wieso ein Tier? Bloß weil ich mich anders bette als du? Und weil ich keine Haushaltsgeräte und andere Annehmlichkeiten habe?»

«Weil du wie ein Tier im Wald lebst und nichts hast. Mir scheint sogar, dieses Leben gefällt dir.»

«Stimmt. Es gefällt mir hier.»

«Na bitte. Jetzt hast du es selbst bestätigt.»

«Meinst du, Wladimir, der Mensch unterscheidet sich von den anderen Lebewesen der Erde nur dadurch, dass er sich künstliche Gebrauchsgegenstände erschafft?»

«Ja, oder genauer gesagt: die Umstände des zivilisierten Lebens.»

«Denkst du, deine Lebensverhältnisse sind zivilisierter? Sicher denkst du das. Ich bin aber kein Tier, Wladimir. Ich bin ein Mensch.»

# 5

## Was für Menschen sind das?

In den folgenden drei Tagen unseres Zusammenseins beobachtete ich, wie diese seltsame junge Frau allein in der entlegenen sibirischen Taiga lebt, und versuchte einen Sinn in ihrer Lebensweise zu entdecken. Dabei kam ich nicht umhin, Vergleiche zum Leben der Menschen in den Großstädten anzustellen.

Anastasia lebt allein im Wald, hat kein Dach über dem Kopf, trägt fast keine Kleidung und legt keine Vorräte an. Sie ist eine Nachfahrin jener Menschen, die dort seit Jahrtausenden leben und einer eigenen Zivilisation angehören. Dass sie die ganze Zeit überlebt haben, ist meiner Meinung nach auf eine sehr weise Entscheidung zurückzuführen, möglicherweise auf die einzig richtige Entscheidung. Einerseits mischen sie sich unter uns, wobei sie sich bemühen, sich äußerlich von uns nicht zu unterscheiden. An ihren Wohnorten hingegen verschmelzen sie praktisch mit der Natur, sodass es sehr schwer ist, sie überhaupt ausfindig zu machen. Die Anwesenheit eines Menschen an einem solchen Ort kann eigentlich nur dadurch ausgemacht werden, dass es dort gepflegter und schöner aussieht als in der Umgebung – so wie es auch mit Anastasias Lichtung der Fall ist.

Anastasia wurde hier geboren und ist ein Bestandteil der Natur. Im Gegensatz zu den großen, uns bekannten Einsiedlern lebt sie nicht nur eine Zeitlang in der Abgeschiedenheit, vielmehr stammt sie aus der Taiga und besucht nur gelegentlich unsere Welt. Und was mir zuerst wie ein mystisches Ereignis vorgekommen war – die plötzliche Angst bei meinem Versuch, mich Anastasias zu bemächtigen, und meine anschließende Ohnmacht – ließ sich eigentlich ganz leicht erklären: Der Mensch kann Tiere zähmen – Katzen, Hunde, Elefanten, Tiger oder Adler. Hier, im Wald, ist Alles gezähmt. Und dieses Alles kann nicht zulassen, dass Anastasia etwas zustößt. Anastasia erzählte mir, dass sie als kleines Kind von weniger als einem Jahr von ihrer Mutter öfters allein im Gras liegen gelassen wurde.

«Bist du denn nicht vor Hunger gestorben?», wollte ich wissen.

Die Taiga-Einsiedlerin schaute mich erstaunt an und antwortete: «Wladimir, die Welt wurde ursprünglich so geschaffen, dass der Mensch seine gedankliche Energie nicht für die Nahrungsbeschaffung zu verwenden braucht. Alles wächst und gedeiht in der Natur in der Reihenfolge, wie es für den Menschen nötig ist. Man sollte es mit dem Essen halten wie mit dem Atmen und seine Aufmerksamkeit nicht von der Hauptsache ablenken lassen. Dieses Problem hat der Schöpfer anderen zugeteilt, damit der Mensch seine Bestimmung erfüllen kann.»

«Willst du damit sagen, dass Hunderte Millionen Menschen auf der Welt Tag für Tag umsonst zur Arbeit gehen, um sich ernähren zu können?»

«Aufgrund der Wahl ihrer Lebensweise sind sie gezwungen, zur Arbeit zu gehen.»

«Was denn für eine Lebensweise? Die Lebensweise der Bauern unterscheidet sich von der der Städter, aber auch sie müssen arbeiten, um ihre Familie zu ernähren – von morgens bis abends.

Selbst dich wird es nicht wenig Mühe kosten, um dir zum Beispiel eine Zedernnuss zu besorgen. Die Zapfen wachsen ja hoch oben im Geäst, in vielleicht zehn Metern Höhe.»

«Ja, das ist hoch», stimmte Anastasia zu. «Darüber habe ich noch gar nicht nachgedacht. Ich habe es einfach immer so getan, wie ich es von meinem Großvater gelernt habe.»

Bei diesen Worten hob sie die rechte Hand und schnippte mit

den Fingern. Nach zwei, drei Minuten erschien neben ihr auf dem Gras ein rotbraunes Eichhörnchen.

Das Tier stand auf seinen Hinterbeinen, und in den Vorderpfoten hielt es einen Zedernzapfen. Anastasia schnippte ein zweites Mal mit den Fingern, ohne auf das Eichhörnchen zu achten, und setzte unser Gespräch fort.

Das Tier begann die Kerne zu enthülsen und legte sie in einem kleinen Häufchen zusammen. Als Anastasia ein drittes Mal mit den Fingern schnippte, schälte das Eichhörnchen die Kerne und sprang ihr flink auf die Hand.

Auf dem Waldboden standen inzwischen mehr als ein Dutzend Eichhörnchen mit Zedernzapfen in den Vorderpfoten, und ihre Anzahl nahm schnell zu. Anastasia schlug mit der Hand auf das Gras, einen Meter von der Stelle entfernt, wo ich saß. Alle Eichhörnchen begannen, die Zapfen zu entkernen und die Nüsse an der bezeichneten Stelle aufzuhäufen. Sobald ein Zapfen entkernt war, lief das entsprechende Eichhörnchen fort, um einen neuen zu holen. Nach nur wenigen Minuten lag vor mir ein beachtliches Häuflein mit Zedernnüssen.

Die Szenerie erschien mir zunächst phantastisch, aber dann erinnerte ich mich an eine Wohnsiedlung in Akademgorodok bei Nowosibirsk, die am Rande eines Kiefernwalds errichtet wurde. Die vielen Eichhörnchen, die dort ohne jede Menschenscheu die Passanten um Nahrung anbettelten, wurden ärgerlich, wenn sie nichts bekamen. Hier in der Taiga war es einfach umgekehrt, und ich sagte: «In unserer Welt ist alles anders. Geh nur mal zu einem Kiosk und schnippe mit den Fingern – du kannst sogar eine Trommel schlagen –, nichts wirst du bekommen. Und dann sagst du: ‹Der Schöpfer hat für alles gesorgt.›»

«Wer ist schuld daran, wenn der Mensch beschlossen hat, das Werk des Schöpfers zu ändern? Ob es zum Guten oder zum Schlechten war, magst du selbst entscheiden.»

Dies war die Unterhaltung, die ich mit Anastasia zum Thema Ernährung führte. Ihr Standpunkt ist sehr einfach: Es ist eine Sünde, unsere Gedanken für Dinge zu verschwenden, die uns ursprünglich im Überfluss gegeben wurden. Die Lebensweise des Menschen in seiner künstlichen Welt führt zu Problemen. Wie sich zeigte, denkt die Taiga-Einsiedlerin Anastasia überhaupt nicht ans Essen und verwendet darauf weder physische noch geistige Energie. Dabei bekommt sie erstklassige, ökologisch reine Nahrung. Und wie ist das bei uns in der zivilisierten Welt? Wir müssen nicht einfach nur an unsere Ernährung denken, sondern von morgens bis abends dafür schuften, bekommen aber dafür Lebensmittel sehr fragwürdiger Qualität.

Wir haben uns an unsere Welt gewöhnt und nennen sie zivilisiert. Aber hat die moderne Zivilisation die Möglichkeit eines anderen Lebens vergessen – eines Lebens in Harmonie mit der Natur? Welche Höhen hätte die Menschheit wohl erreichen können, hätte sie anstatt einer künstlichen Welt eine natürliche Welt kultiviert?

Aus der Literatur, der Presse oder dem Fernsehen kennen sicher schon die meisten von uns Fälle von Kleinkindern, die umständehalber plötzlich der Wildnis ausgeliefert waren und von Wölfen aufgezogen wurden. Hier aber leben Menschen seit Generationen in der Wildnis, und ihre Beziehungen zur Tierwelt sind völlig anders als unsere.

Ich fragte Anastasia: «Warum frierst du in deiner Aufmachung nicht, während ich eine Jacke tragen muss?»

«Das liegt daran», erklärte sie, «dass der Organismus eines Menschen, der sich immer warm anzieht und sich vor Hitze und Kälte schützt, im Laufe der Zeit die Fähigkeit verliert, sich den wechselnden Verhältnissen anzupassen. Ich habe diese Eigenschaft des menschlichen Organismus nicht verloren und brauche deshalb kaum Kleidung.»

# 6

## Ein Schlafzimmer im Wald

Ich hatte keine Schlafsachen mitgebracht, um im Freien zu übernachten. Anastasia brachte mich in einer Bärenhöhle unter. Von der anstrengenden Wanderung ermüdet, fiel ich schnell in festen Schlaf. Als ich erwachte, fühlte ich mich sehr behaglich, als läge ich auf einem bequemen Prachtbett.

Die Höhle war geräumig, und ihr Boden war mit kleinen, weichen Zedernzweigen und getrockneten Gräsern ausgelegt, die den Raum mit angenehmen Düften erfüllten. Ich räkelte mich, und dabei berührte ich mit der Hand ein weiches Fell. Daraus schloss ich, dass Anastasia wohl auf die Jagd ging. Ich rückte näher an das Fell, kuschelte mich mit dem Rücken daran, um es wärmer zu haben, und wollte noch etwas schlafen.

Anastasia stand am Eingang des Taiga-Schlafzimmers, und als sie bemerkte, dass ich erwacht war, sagte sie sofort: «Möge der Tag dir Glück bescheren, und mögest auch du dem Tag frohen Herzens begegnen! Aber fürchte dich bitte nicht.»

Sie klatschte in die Hände, und das «Fell» erhob sich. Mit Schrecken erkannte ich, dass es sich nicht um ein einfaches Fell, sondern um einen ausgewachsenen Bären handelte. Der kletterte nun vorsichtig aus der Höhle heraus. Anastasia gab ihm zur Belohnung einen Klaps, und er leckte ihre Hand und trottete davon. Wie sich herausstellte, hatte sie Schlafkräuter neben meinen Kopf gelegt und den Bären daneben platziert, damit ich nicht fror. Sie selbst hatte zusammengerollt vor dem Eingang geschlafen.

«Wie konntest du das nur tun, Anastasia? Er hätte mich zerreißen oder zerquetschen können.»

«Nicht er, sondern sie. Es ist eine Bärin. Sie hätte dir nichts antun können», erwiderte Anastasia. «Sie ist sehr folgsam. Es macht ihr Spaß, Befehle entgegenzunehmen und sie dann auszuführen. Sie hat sich im Schlaf nicht einmal bewegt. Sie steckte ihre Schnauze zwischen meine Füße und schlief glücklich ein. Nur hin und wieder zuckte sie zusammen, als du dich im Schlaf strecktest und mit den Händen gegen ihren Rücken schlugst.»

# 7

## Anastasias Morgen

Anastasia legt sich schlafen, sobald es dunkel wird. Meist übernachtet sie in einer Bärenhöhle oder einem Tierbau. Wenn es warm genug ist, legt sie sich gelegentlich auch einfach ins Gras. Morgens nach dem Erwachen freut sie sich wie ein Kind über den Sonnenaufgang sowie die frischen Keimlinge und Triebe. Sie berührt sie mit den Händen, sie streichelt und hegt sie. Dann geht sie zu den kleineren Bäumen und schlägt ihnen an den Stamm, sodass von der zitternden Krone etwas Blütenstaub oder Tau auf sie herabrieselt.

Als Nächstes legt sie sich ins Gras, um sich für fünf Minuten genüsslich zu räkeln und zu strecken. Ihr ganzer Körper wirkt dann, als sei er mit einer Feuchtigkeitscreme eingerieben. Danach läuft sie zum Teich, springt hinein und planscht im Wasser herum. Sie taucht auch gern, und das mit großer Gewandtheit.

Ihre Beziehung zu den Tieren der Umgebung ähnelt unserer Beziehung zu Haustieren. Während ihrer Morgenzeremonien wird sie von vielen Tieren beobachtet. Sie kommen nicht näher, es sei denn, Anastasia wirft ihnen einen Blick zu oder gibt ihnen einen unmerklichen Wink. Dann rühren sie sich plötzlich und rennen froh zu ihr.

Eines Morgens spielte sie mit einer Wölfin, so wie ein Kind mit einem Haushund spielt. Anastasia gab der Wölfin einen Klaps an den Hals und lief geschwind davon. Die Wölfin rannte Anastasia nach, und als sie sie fast eingeholt hatte, sprang Anastasia hoch, stieß sich mit beiden Beinen an einem Baumstamm ab und lief in umgekehrter Richtung weiter. Die Wölfin rannte an dem Baum vorbei, kehrte um und rannte Anastasia weiter hinterher, die lauthals lachte.

Anastasia kümmert sich nicht im Geringsten um Kleidung und Essen. Meist läuft sie halbnackt oder völlig nackt umher, und sie ernährt sich von Zedernnüssen, Kräutern, Beeren oder Pilzen. Sie isst Pilze nur im getrockneten Zustand. Dabei sammelt sie weder Nüsse noch Pilze, und Vorräte legt sie auch nicht an, nicht einmal für den Winter. Das tun die vielen Waldeichhörnchen für sie. Für die ist es nichts Besonderes, Wintervorräte zu sammeln. Alle Eichhörnchen tun das instinktiv. Was mich aber erstaunte, ist, dass Anastasia nur mit den Fingern zu schnippen brauchte, und alle Eichhörnchen der Umgebung rannten um die Wette, um ihr auf die ausgestreckte Hand zu springen und ihr einen Zedernnusskern anbieten zu dürfen. Wenn Anastasia ein Bein hebt und sich aufs Knie oder auf den Waldboden schlägt, stoßen die Eichhörnchen einen Laut aus, der allen als Signal dient, getrocknete Pilze und andere Vorräte herbeizubringen und vor Anastasia auf dem Gras aufzuhäufen. Wie mir schien, taten sie das mit großem Vergnügen. Ich dachte, Anastasia habe die Eichhörnchen durch Dressur dazu gebracht, aber sie erklärte mir, dass sie aus einem Instinkt heraus handeln und nur dem Beispiel ihrer Mutter folgen.

«Es ist schon möglich, dass einer meiner entfernten Vorfahren sie dressiert hat, aber ich glaube eher, sie folgen ihrer Bestimmung. Jedes Eichhörnchen sammelt für den Winter viel mehr Vorräte, als es selbst braucht.»

Auf die Frage, wie sie ohne Winterkleidung auskomme und nicht friere, antwortete Anastasia mit einer Gegenfrage: «Gibt es in eurer Welt etwa keine Beispiele von Menschen, die ohne Kleidung Kälte ertragen können?»

Ich musste an das Buch von Porfirij Iwanow denken, der bei beliebiger Kälte barfuß und nur mit einer kurzen Hose bekleidet umherlief. In jenem Buch wird auch beschrieben, wie die Faschisten, um die Widerstandskraft dieses ungewöhnlichen Russen zu prüfen, ihn bei 20 Grad unter Null mit Wasser übergossen und ihn dann nackt auf dem Motorrad umherfuhren.

In ihrer Kindheit bekam Anastasia nicht nur die Milch ihrer eigenen Mutter, sondern auch die Milch verschiedener Tiere. Sie gewährten ihr freien Zugang zu ihren Zitzen. Dem Essen widmet sie keine besondere Aufmerksamkeit, ja sie setzt sich noch nicht einmal dabei hin. Ganz nebenbei pflückt sie ein paar Beeren oder Knospen ab und steckt sie sich in den Mund, ohne dabei ihre jeweilige Tätigkeit zu unterbrechen.

Nach meinem dreitägigen Aufenthalt bei Anastasia hatte ich eine ganz andere Vorstellung von ihr als zuvor. Nach alledem, was ich gesehen und gehört hatte, betrachtete ich sie nicht mehr als eine Art Tier, da sie von beachtlicher Intelligenz war. Und erst ihr Erinnerungsvermögen … es ist so ausgeprägt, dass sie nichts mehr vergisst, was sie einmal gehört oder gesehen hat. Manchmal hatte ich den Eindruck, dass ihre Fähigkeiten das Begriffsvermögen eines gewöhnlichen Menschen bei Weitem übersteigen. Aber gerade diese meine Auffassung störte, ja betrübte Anastasia.

Im Gegensatz zu den meisten bekannten Menschen, die mit ungewöhnlichen Fähigkeiten ausgestattet sind und sich mit einem Flair des Geheimnisvollen, des Außergewöhnlichen umgeben, wollte Anastasia mir ihre besonderen Fähigkeiten offen mitteilen und mir beweisen, dass gar nichts Übernatürliches darin lag. Sie wollte, dass ich sie als Mensch sah, als eine Frau. Ich bemühte mich, das einzusehen, und suchte nach einer Erklärung für ihre Besonderheiten.

In unserer Zivilisation ist das Denken der Menschen darauf ausgerichtet, sich das Leben so bequem wie möglich zu machen sowie den Essens- und Geschlechtstrieb zu befriedigen. Dafür verwendet Anastasia überhaupt keine Zeit. Auch Menschen wie die Lykows müssen sich um Nahrung und eine Bleibe kümmern. Die Natur hilft ihnen nicht in dem Maße, wie das bei Anastasia der Fall ist. Sogar Volksstämme, die fern von aller Zivilisation leben, haben nicht so engen Kontakt mit der Natur wie Anastasia. Ihrer Meinung nach sind diese Menschen in ihren Gedanken nicht rein genug, und die Natur und die Tiere spüren das genau.

# 8

## Anastasias Strahl

Äußerst ungewöhnlich, ja geradezu mystisch schien mir damals ihre Fähigkeit, einzelne Menschen, die weit entfernt von ihr leben, und alles, was mit ihnen geschieht, zu sehen. Möglicherweise verfügen auch andere Eremiten über diese Fähigkeit.

Zu diesem Zweck bediente sich Anastasia eines unsichtbaren «Strahls». Sie behauptete, jeder Mensch besitze einen solchen Strahl, aber da die Menschen nichts davon wüssten, könnten sie ihn auch nicht benutzen.

Sie erklärte mir: «Der Mensch hat noch nichts erfunden, was es in der Natur nicht schon gibt. Die Technik, auf der das Fernsehen beruht, ist nur eine kümmerliche Nachahmung dieses Strahls.»

Da der Strahl unsichtbar ist, glaubte ich nicht an ihn, obwohl sie mehrmals versuchte, mir seine Wirkungsweise vorzuführen und mir anhand von Beispielen und Beweisen alles verständlich zu machen.

Einmal fragte sie mich: «Sag mal, Wladimir, was sind eigentlich Träume? Haben wohl viele Leute die Fähigkeit zu träumen? Was denkst du?»

«Also, ein Traum, das ist … wenn sich der Mensch eine erwünschte Zukunft vorstellt. Ich denke, das können viele.»

«Gut. Dann wirst du mir wohl nicht widersprechen, wenn ich sage, der Mensch sei in der Lage, bestimmte Situationen in der Zukunft in seinem Geiste Gestalt annehmen zu lassen.»

«Nein, das will ich nicht abstreiten.»

«Und was ist Intuition?»

«Intuition … hm, so eine Art inneres Gefühl. Man kann vielleicht nicht im Einzelnen darlegen, was wahrscheinlich geschehen wird und wieso, aber irgendwie ahnt man, was zu tun ist.»

«Dann wirst du wohl auch nicht bestreiten, dass der Mensch neben der Fähigkeit der logischen Analyse noch andere Möglichkeiten hat, seine Handlungen und die anderer Menschen vorherzusehen?»

«Einverstanden.»

«Sehr gut!», rief Anastasia aus. «Dann kommen wir wieder zum Traum zurück. Was ist das? Was sind diese Bilder, die fast jeder im Schlafe sieht?»

«Ach, was weiß denn ich … einfach das, was es nun mal ist. Ein Traum im Schlaf eben.»

«Nun gut. Belassen wir es dabei – einfach ein Traum. Du streitest also nicht ab, dass es Träume gibt. Dir und anderen ist bekannt, dass der Mensch während des Schlafs, wenn sein Körper von einem Teil des Bewusstseins kaum mehr beherrscht wird, Menschen und auch gewisse Ereignisse sehen kann?»

«Das wird wohl niemand bestreiten.»

«Außerdem können die Menschen im Traum miteinander sprechen und Gefühle austauschen.»

«Ja, das geht.»

«Und was denkst du? Kann der Mensch seinen Traum bewusst lenken? Kann er die gewünschten Gestalten und Ereignisse in seinem Traum Form annehmen lassen – so ähnlich wie zum Beispiel bei einem gewöhnlichen Fernseher?»

«Ich glaube nicht, dass jemand das kann. Träume kann man nicht steuern, die kommen wie von selbst.»

«Da irrst du dich. Der Mensch kann alles steuern, und gerade dazu ist er auch geschaffen. Der Strahl, von dem ich dir erzählt habe, besteht aus den Informationen eines Menschen, seinen Vorstellungen, Intuitionen, Emotionen und folglich auch seinen traumartigen Visionen, die durch seinen eigenen Willen bewusst gelenkt werden.»

«Wie kann man einen Traum im Schlaf lenken?»

«Nicht im Schlaf, sondern wenn man wach ist. Man kann ihn im Voraus und mit absoluter Genauigkeit programmieren. Bei euch geschieht das im Schlaf und völlig unkontrolliert. Der Mensch hat seine Fähigkeit der Beherrschung größtenteils eingebüßt – der Beherrschung der Natur und seiner selbst. Deshalb hält er seine Träume für überflüssige Produkte seines erschöpften Gehirns. Fast alle Menschen auf der Erde ... Nun, soll ich dir dabei helfen, etwas zu sehen, was weit weg von hier stattfindet?»

«Warum nicht?»

«Dann leg dich aufs Gras und entspanne dich, sodass dein Körper weniger Energie verbraucht. Es ist wichtig, dass du bequem liegst. Gibt es etwas, was dich stört? – Gut. Nun denke an einen Menschen, den du gut kennst, zum Beispiel an deine Frau. Erinnere dich an ihre Gewohnheiten, an ihren Gang und ihre Kleidung. Denk daran, wo sie sich wahrscheinlich gerade aufhält, und stell dir dies alles vor.»

Ich dachte also an meine Frau. Ich wusste, dass sie gerade in unserem Landhaus sein musste. Ich konzentrierte mich darauf, mir unser Haus, unsere Möbel und bestimmte Gebrauchsgegenstände vorzustellen. Ich dachte an viele Einzelheiten, doch sehen konnte ich nichts. Ich teilte dies Anastasia mit, und sie antwortete: «Es ist dir nicht gelungen, dich völlig zu entspannen – so als ob du schläfst. Ich werde dir dabei helfen. Schließ deine Augen, und strecke deine Arme aus.»

Dann spürte ich, wie ihre Finger die meinen berührten, und begann einzunicken.

Ich sah meine Frau in der Küche unseres Landhauses stehen. Über dem Schlafrock trug sie eine Strickjacke. Folglich musste es kalt sein im Haus. Es gab wohl mal wieder Probleme mit der Heizung.

Meine Frau stand am Gasherd und machte Kaffee. Der Topf für den Hund stand ebenfalls auf dem Feuer. Sie schaute mürrisch und unzufrieden drein. Ihre Bewegungen waren schlaff. Plötzlich hob sie den Kopf, schritt leichten Fußes zum Fenster, sah sich den Regen draußen an und lächelte. Der Kaffee war inzwischen übergelaufen, und sie nahm den Cezve* vom Herd. Doch sie regte sich nicht auf wie sonst. Sie zog ihre Jacke aus …

Da erwachte ich.

«So? Hast du sie gesehen?», fragte Anastasia.

«Das schon, aber vielleicht war es ja ein gewöhnlicher Traum.»

«Wie könnte er gewöhnlich sein? Du hast dir doch gewünscht, sie zu sehen!»

«Ja, das wollte ich, und ich habe sie gesehen. Doch wo ist der Beweis, dass sie zum Zeitpunkt meines Traumes tatsächlich in der Küche war?»

«Wenn du dir sicher sein willst, dann merke dir den Tag und die Uhrzeit. Wenn du nach Hause kommst, kannst du sie fragen. Ist dir sonst nichts Ungewöhnliches aufgefallen?»

«Nein.»

«Hast du denn nicht ihr Lächeln bemerkt, als sie ans Fenster trat? Selbst der übergekochte Kaffee konnte ihr die gute Laune nicht verderben.»

«Sie wird wohl draußen etwas gesehen haben, was sie aufgeheitert hat.»

«Nein, draußen hat sie nur Regen gesehen, und den hat sie noch nie gemocht.»

«Warum hat sie dann gelächelt?»

«Ich habe sie auch betrachtet – mit Hilfe meines Strahls – und sie erwärmt.»

«Dein Strahl hat sie also erwärmt. Und was ist mit meinem Strahl? Ist der etwa kalt?»

«Du hast sie nur aus Neugier angesehen, ohne dein Gefühl mit einfließen zu lassen.»

«Dein Strahl kann also einen Menschen aus der Ferne erwärmen?»

«Genau.»

---

* Ein meist nach oben schmäler werdendes Metallgefäß, oft aus Messing oder Kupfer, mit einem langen Stiel. In ihm wird der traditionelle türkische Kaffee zubereitet. (Anmerkung des Übersetzers)

«Und was kann er sonst noch?»

«Man kann damit Informationen übertragen und empfangen, die Stimmung eines Menschen heben und sogar seine Krankheiten teilweise heilen. Dabei kommt es auf die vorhandene Energie, die Intensität der Gefühle, die Willenskraft und die Wünsche an.»

«Kannst du auch in die Zukunft sehen?»

«Gewiss!»

«Und in die Vergangenheit?»

«Zukunft und Vergangenheit sind fast das Gleiche. Sie unterscheiden sich voneinander nur durch äußerliche Einzelheiten. Im Kern ändert sich nichts.»

«Wie soll ich das verstehen? Was bleibt unverändert?»

«Zum Beispiel: Vor Tausenden von Jahren trugen die Menschen andersartige Kleidung. Sie gebrauchten andere Haushaltsgegenstände. Aber darauf kommt es nicht an. Ob vor Jahrtausenden oder heute – die Menschen haben immer die gleichen Gefühle, unabhängig von der Zeit: Furcht, Freude, Liebe. Jaroslaw der Weise, Iwan der Schreckliche oder ein Pharao im alten Ägypten konnten genauso Frauen lieben, wie du und andere es heute tun.»

«Klingt interessant, aber mir ist nicht ganz klar, was das bedeutet. Willst du damit sagen, jede dieser Personen hatte die gleiche Art von Strahl?»

«Ja, natürlich. Und auch die heutigen Menschen sind durchaus noch in der Lage, etwas zu erfühlen oder intuitiv zu erahnen; sie haben Träume und Phantasien und können manchmal Situationen vorhersehen oder im Geiste modellieren. Nur läuft das bei euch alles völlig unkontrolliert und chaotisch ab.»

«Vielleicht ist einfach etwas Schulung in Form von Übungen vonnöten?»

«Ja, mithilfe von Schulung ginge es. Aber weißt du, Wladimir, da gäbe es noch eine unerlässliche Voraussetzung, damit der Strahl sich unserem Willen fügt.»

«Was für eine Voraussetzung?»

«Man muss unbedingt rein im Geiste sein, denn die Kraft des Strahls ist von der Stärke der positiven Gefühle abhängig.»

«Ach so! Da dachte ich schon, ich kapiere es allmählich … und jetzt kommst du auf einmal mit der Reinheit des Geistes und positiven Gefühlen. Was hat das zu bedeuten?»

«Darauf beruht die Energie des Strahls.»

«Genug, Anastasia. Das wird mir langsam alles zu viel. Am Ende wirst du noch etwas hinzufügen.»

«Das Wesentliche habe ich bereits gesagt.»

«Mag sein, aber es sind mir zu viele Bedingungen. Lass uns lieber über etwas anderes reden. Etwas Einfacheres.»

* * *

Den ganzen Tag verbringt Anastasia mit Nachdenken, wobei sie in ihrem Geist alle möglichen Situationen unserer Vergangenheit, Gegenwart und Zukunft entstehen lässt.

Sie hat ein phänomenales Gedächtnis. Sie erinnert sich an eine große Anzahl von Menschen, die sie in ihrer Vorstellung oder mithilfe ihres Strahls gesehen hat, sowie an deren Gefühle. Wie eine hervorragende Schauspielerin kann sie deren Gang, deren Stimme und deren Art zu denken nachahmen.

Sie sammelt die Lebenserfahrungen vieler Menschen aus Vergangenheit und Gegenwart und bewahrt sie auf. Sie benutzt diese Erfahrungen, modelliert die Zukunft und hilft so anderen Menschen. Sie tut dies aus großen Entfernungen, und zwar mithilfe ihres unsichtbaren Strahls. Die Menschen, denen sie hilft, Entscheidungen zu treffen, oder die sie heilt, ahnen noch nicht einmal etwas davon.

Später erfuhr ich, dass von jedem Menschen solche unsichtbaren Strahlen ausgehen, nur in unterschiedlicher Intensität. Der Wissenschaftler Akimow hatte sie mit speziellen Geräten fotografiert und die Aufnahmen 1996 im Maiheft der Zeitschrift *Wunder und Abenteuer* veröffentlicht.

Leider sind wir nicht in der Lage, diese Strahlen wie Anastasia zu benutzen. Der wissenschaftliche Begriff für dieses Phänomen ist «Torsionsfeld».

* * *

Anastasias Weltanschauungen sind sehr seltsam und interessant.

«Was ist Gott, Anastasia? Gibt es Ihn? Wenn ja, warum hat Ihn noch niemand gesehen?»

«Gott ist Geist, kosmisches Bewusstsein. Er stellt aber nicht eine einheitliche Substanz dar. Eine Hälfte von Ihm befindet sich im immateriellen Bereich des Universums. Das ist das Gesamtspektrum aller Energien. Die zweite Hälfte von Ihm ist auf der Erde aufgeteilt und ist auch in jedem Menschen präsent. Die dunklen Kräfte bemühen sich immer wieder, diese göttlichen Teilchen zu blockieren.»

«Was erwartet unsere Gesellschaft in der Zukunft?»

«Die Menschen werden verstehen, dass die technokratische Entwicklung zum Untergang führt, und man wird sich an den Ursprung wenden.»

«Willst du damit sagen, alle unsere Wissenschaftler seien nicht recht bei Trost und führen uns in den Ruin?»

«Ich will damit sagen, dass sie durch ihre Arbeit den Vorgang beschleunigen und damit auch zur Bewusstwerdung der Fehlentwicklung beitragen.»

«Und was ist mit all den Maschinen und Häusern, die wir bauen? Ist das etwa alles umsonst?»

«Allerdings.»

«Ist es dir nicht langweilig, hier allein zu leben, Anastasia – ohne Fernseher und Telefon?»

«Das sind recht primitive Geräte. Der Mensch hatte sie von Anfang an, nur in vollkommenerer Art. Auch ich habe sie.»

«Fernseher und Telefon?»

«Was ist denn schon ein Fernseher? Ein Gerät, mit dessen Hilfe man Menschen mit fast völlig verkümmerter Einbildungskraft ein paar wenige Informationen, Bilder und Themen darbietet. Mit meiner Imagination kann ich beliebige Bilder und die unglaublichsten Situationen und Geschichten kreieren. Außerdem kann ich in ihnen teilnehmen und sie beeinflussen. Ach, wahrscheinlich habe ich mich wieder nicht klar genug ausgedrückt, oder?»

«Und wie steht es mit dem Telefon?»

«Die Menschen brauchen kein Telefon. Um über weite Entfernungen zu kommunizieren, braucht man nur den Willen, den Wunsch und eine genügend entwickelte Einbildungskraft, natürlich auf beiden Seiten.»

# 9

# Ein Konzert in der Taiga

Ich schlug Anastasia vor, nach Moskau zu kommen und dort im Fernsehen aufzutreten.

«Stell dir vor, Anastasia, mit deiner Schönheit könntest du ein Topmodel von Weltrang werden.»

Ihre Reaktion zeigte mir, dass nichts Irdisches ihr fremd war. Wie jeder anderen Frau gefiel es auch ihr, als Schönheit zu gelten.

Anastasia lachte freudig. «Die Allerallerschönste, ja?», fragte sie und begann herumzualbern wie ein Kind. Sie schritt über die Lichtung, als sei sie ein Model auf dem Laufsteg.

Es sah urkomisch aus, wie sie nach Art eines Mannequins ein Bein vor das andere setzte und dabei nicht vorhandene Kleider vorführte. Ich applaudierte. Dann schlüpfte ich in die Rolle eines Ansagers und verkündete: «Und nun, verehrtes Publikum, sehen Sie die unübertroffene Akrobatin und einzigartige Schönheit Anastasia!»

Das spornte sie noch mehr an. Sie lief in die Mitte der Lichtung und schlug einen unglaublichen Salto, dann einen Salto rückwärts, gefolgt von einem Rad nach links und einem nach rechts. Dann sprang sie sehr hoch und ergriff mit einer Hand den Ast eines Baumes, hängte sich daran, schwang zweimal hin und her und wuchtete sich zum nächsten Baum. Nach einem weiteren Salto verbeugte sie sich graziös, und ich klatschte. Dann lief sie fort und versteckte sich hinter einem dichten Gebüsch. Lächelnd lugte sie aus ihrem

Versteck hervor wie ein Schauspieler hinter den Kulissen und erwartete ungeduldig meine nächste Ansage. Ich erinnerte mich an eine Videokassette mit Aufzeichnungen meiner Lieblingslieder, vorgetragen von bekannten Sängern. Manchmal sah ich sie mir abends in meiner Kajüte an. Ohne zu wissen, ob Anastasia etwas davon vorführen könnte, kündigte ich an: «Verehrtes Publikum, jetzt werden Ihnen die besten Popsänger der Gegenwart ihre schönsten Lieder vortragen. Bitteschön!»

Nun musste ich erleben, wie sehr ich mich in ihr getäuscht hatte, denn sie tat etwas Unglaubliches, etwas, was ich ihr nie zugetraut hätte. Anastasia trat hinter den «Kulissen» hervor und sang mit der Stimme Alla Pugatschowas. Nein, das war nicht etwa eine Parodie auf jene große Sängerin – sie versuchte nicht einfach, ihre Stimme zu imitieren. Vielmehr kam der Gesang von Herzen, und sie gab nicht nur Stimme und Melodie, sondern auch die Emotionen originalgetreu wieder.

Noch erstaunlicher jedoch war, wie Anastasia einzelne Wörter betonte und damit dem Lied neue, eigene Akzente verlieh, sodass Alla Pugatschowas Interpretation des Liedes, die ich bislang für unübertrefflich gehalten hatte, um ein ganzes Spektrum von Gefühlen bereichert wurde. Auch in ihrer Gestik war Anastasia ausdrucksvoller, so zum Beispiel bei der hervorragenden Darbietung der folgenden Strophe:

*Es war einmal ein Maler,*
*Der hatte ein Häuschen und Leinwand.*
*Doch er liebte eine Schauspielerin,*
*Welche Blumen liebte.*
*Da verkaufte er sein Haus,*
*Die Bilder und auch seine Leinwand,*
*Und für all das Geld kaufte er*
*Ein ganzes Meer von Blumen.*

Anastasia legte besondere Betonung auf das Wort «Leinwand». Verwirrt, beinahe erschrocken rief sie dieses Wort aus. Die Leinwand ist einem Maler am teuersten, denn ohne sie kann er nicht schaffen. Der Maler in jenem Lied aber gibt sie her um der Liebe zu einer Frau willen. Bei den Worten «Und der Zug brachte sie weit, weit fort» stellte sie den Schmerz, die Verzweiflung und die Verwirrung dar, mit denen der verliebte Maler dem Zug nachschaut, der seine Geliebte auf Nimmerwiedersehen von ihm trennt.

Alles, was ich dabei erlebte, war so überwältigend, dass ich vergaß, Beifall zu klatschen, als das Lied zu Ende war. Anastasia verbeugte sich und wartete eine Weile vergeblich auf den Applaus. Dann begann sie mit noch größerem Eifer, ein weiteres Lied zu singen. Sie sang alle meine Lieblingslieder, und zwar in der gleichen Reihenfolge, wie sie auf meiner Videokassette aufgezeichnet waren. Und jedes der Lieder, die ich ja schon mehrmals gehört hatte, übertraf das Original an Glanz und Ausdruckskraft. Nach dem letzten Lied ging sie hinter die Kulissen, ohne Beifall erhalten zu haben. Wie entgeistert saß ich eine Weile da, dann erst sprang ich auf, klatschte in die Hände und rief: «Prima, Anastasia! Da capo! Bravo! Alle Künstler auf die Bühne!» Anastasia kam zögernd hinter den Kulissen hervor, während ich immer wieder «Da capo! Bravo!» rief, in die Hände klatschte und mit den Füßen stampfte.

Auch sie kam in Stimmung, klatschte in die Hände und rief: «Da capo – bedeutet das Zugabe?»

«Ja, Zugabe, Zugabe und nochmals Zugabe! Du bist einfach Spitze, Anastasia, noch besser als unsere Stars.»

Dann verstummte ich und musterte sie aufmerksam. Wie vielseitig sie war, wie reich ihre Seele sein musste, wenn sie die bereits vollendete Darbietung all dieser Lieder um so viele neue, schöne Nuancen zu bereichern vermochte! Auch sie schwieg und sah mich forschend an. Dann fragte ich sie: «Anastasia, kannst du auch eigene Lieder singen? Ich meine etwas, was ich noch nie gehört habe?»

«Ja, das kann ich, aber mein Lied ist ohne Worte. Ich weiß nicht, ob es dir gefallen wird.»

«Bitte sing es.»

Und sie sang ihr außergewöhnliches Lied. Zuerst hörte es sich an wie das Schreien eines Neugeborenen. Dann klang ihre Stimme leise, sanft und zärtlich. Mit verschränkten Armen und geneigtem Kopf stand sie unter einem Baum, so als hielte sie ein Kind in den Händen und liebkoste es mit ihrer Stimme. Sie sprach zärtliche Worte zu ihm. Alles in der Natur verstummte, auch die Vögel und die Grillen im Gras, so außerordentlich schön und rein war dieser leise Gesang. Dann tat sie so, als freute sie sich über das Erwachen des Kindes. Ein Jubel lag in ihrer Stimme. Unglaublich hohe Töne schwebten über der Erde und stiegen auf in die Unendlichkeit des Alls. Anastasias Stimme klang bald flehend, bald streitend, bald wieder sanft, als liebkoste sie das Kind, und bald freudestrahlend, als wolle sie ihr Glück mit der ganzen Umgebung teilen.

Dieses Gefühl der Freude erfasste auch mich. Als sie ihr Lied beendet hatte, rief ich lauthals: «Und nun, meine Damen und Herren, erleben Sie den einzigartigen Auftritt der besten, kühnsten und bezauberndsten Dompteuse der Welt, die jedes beliebige Raubtier zähmen kann. Schauen Sie zu und zittern Sie mit!»

Anastasia johlte vor Begeisterung, sprang auf, klatschte in die Hände, rief etwas und pfiff laut. Und nun geschah auf der Lichtung etwas Unvorstellbares.

Als Erstes sprang eine Wölfin aus dem Gebüsch heraus. Sie blieb am Rande der Lichtung stehen und schaute sich forschend um. Auf den umstehenden Bäumen tauchten Eichhörnchen auf, von einem Ast zum anderen springend. In geringer Höhe zogen zwei Adler ihre Kreise. In den Büschen und Sträuchern raschelten kleine Tiere. Dann hörte ich das Knacken trockener Zweige. Ein riesiger Bär brach durch das Dickicht auf die Lichtung heraus und blieb wie angewurzelt in der Nähe Anastasias stehen.

Die Wölfin knurrte ihn missbilligend an. Anscheinend war der Bär Anastasia zu nahe gekommen, ohne eine Einladung dazu erhalten zu haben. Anastasia lief rasch zum Bären hin, tätschelte ihm die Schnauze, fasste ihn an den Vorderpfoten und brachte ihn dazu, sich aufzurichten. Dabei strengte sie sich kaum an, vielmehr schien der Bär ihren Befehlen zu gehorchen. Er stand unbeweglich da und bemühte sich zu begreifen, was geschah. Anastasia nahm Anlauf, sprang hoch, hielt sich am Fell des Bären fest, machte einen Handstand und sprang mit einem Überschlag vom Bären hinab. Dann ergriff sie seine Pfote, bückte sich und zog dabei den Bären über sich herüber. Es sah aus, als würfe sie ihn über sich. Dieser Trick wäre nicht möglich gewesen, hätte der Bär nicht von sich aus mitgemacht. Anastasia lenkte ihn nur. Im letzten Moment muss sich der Bär mit einer Pfote auf der Erde abgestützt haben, um seiner Freundin und Herrin keinen Schaden zuzufügen.

Die Erregung der Wölfin nahm zu. Sie konnte das nicht ruhig mit ansehen und lief missmutig hin und her, wobei sie immer heftiger knurrte. Am Rande der Lichtung erschienen weitere Wölfe. Als Anastasia nochmals den Bären über sich warf, sodass er einen weiteren Purzelbaum schlug, fiel der Bär auf die Flanke und rührte sich nicht mehr.

Die Wölfin fletschte mit den Zähnen und rannte mit schnellen Sätzen in seine Richtung, doch Anastasia stellte sich ihr blitzschnell in den Weg. Die Wölfin bremste mit allen Vieren, überschlug sich und krachte gegen Anastasias Beine. Anastasia strich ihr über den Widerrist, und die Wölfin legte sich folgsam nieder. Dann winkte Anastasia mit der anderen Hand, wie sie es getan hatte, als ich versucht hatte, sie ohne ihre Einwilligung zu umarmen. Der Wald rauschte heftig, aber nicht drohend. Die gleiche Erregung konnte man auch bei den großen und kleinen Tieren spüren, die umherliefen, hin und her sprangen oder sich versteckten. Anastasia machte sich daran, ihre Erregung zu vermindern. Zuerst streichelte sie die Wölfin, dann klopfte sie ihr leicht über den Widerrist und entließ sie mit einem Klaps wie einen Hund. Der Bär lag reglos auf der Seite, in einer ganz ungewöhnlichen Stellung, als sei er ausgestopft. Wahrscheinlich wartete er auf weitere Anweisungen. Anastasia kam zu ihm, richtete ihn auf, tätschelte ihm die Schnauze und schickte auch ihn fort. Mit glühenden Wangen setzte sie sich heiter neben mich und atmete einmal tief und langsam durch. Dann jedoch beruhigte sich ihr Atem sofort wieder, als wären die unglaublichen Übungen, die sie soeben vorgeführt hatte, nichts Besonderes für sie.

«Die Tiere verstehen sich nicht besonders auf diese Schaustellerei, und das brauchen sie auch gar nicht. Irgendwie ist es nicht gut», bemerkte Anastasia. Dann fragte sie mich: «Na, wie findest du mich? Habe ich eine Chance, in eurer Welt eine Anstellung zu finden?»

«Du machst das großartig. Aber all das gibt es bei uns bereits. Im Zirkus kann man viele interessante Tricks mit Tieren sehen. Dort kannst du dich nicht durchsetzen. Es gibt da viele Hindernisse – Bürokratie, Formalitäten und Intrigen. Darin kennst du dich nicht aus.»

Wir spielten noch lange mit diesen Gedanken und besprachen verschiedene Möglichkeiten, wo in unserer Welt Anastasia eine Anstellung finden könnte und wie die dabei auftretenden Formalitäten zu überwinden seien. Es gelang uns aber nicht, etwas Passendes zu finden, denn Anastasia hatte weder Schulzeugnisse noch Meldebescheinigungen. Niemand würde ihr ihre Geschichten über ihre Herkunft abnehmen, auch dann nicht, wenn sie ihre besonderen Fähigkeiten als Beweismittel vorführte.

Dann sprach Anastasia in ernsterem Ton: «Ich möchte gern noch einmal eine Stadt besuchen – vielleicht sogar Moskau –, um mich zu überzeugen, ob ich mir bestimmte Situationen in eurem Leben richtig vorstelle. Zum Beispiel ist es mir unbegreiflich, wie die dunklen Kräfte es schaffen, die Frauen dermaßen zu verdummen, dass sie ahnungslos die Männer mit ihren Reizen anziehen und ihnen somit die richtige Wahl unmöglich machen, die Wahl der Seele. Dann müssen sie leiden, weil sie keine richtige Familie haben können, denn …»

Und wieder stellte Anastasia verblüffende, anspruchsvolle Überlegungen an, diesmal über Sex, Familie und Kindeserziehung. Ich dachte: «Das Unglaublichste von allem, was ich gesehen und gehört habe, ist wohl ihre Fähigkeit, über unser Leben so zu urteilen, als hätte sie ausführliche und sichere Informationen darüber.»

# 10

## Wer einen neuen Stern entzündet …

Ich befürchtete, dass Anastasia mir auch in der zweiten Nacht eine Bärin ins Bett legen könnte oder eine neue Überraschung parat hätte. Deshalb erklärte ich ihr kategorisch, dass ich überhaupt nicht schlafen gehen würde, es sei denn, sie schlafe bei mir. Ich dachte mir: «Wenn sie neben mir liegt, kann sie nichts anstellen.»

Ich sagte also: «Eine schöne Gastfreundschaft ist mir das! Als du mich zu dir nach Hause einludst, dachte ich, es gäbe hier zumindest eine Art Haus. Pustekuchen! Und dann erlaubst du mir noch nicht einmal, ein Lagerfeuer zu machen. Obendrein legst du mir in der Nacht auch noch ein Raubtier ins Bett. Wenn du kein richtiges Haus hast, solltest du auch niemanden einladen.»

«Schon gut, Wladimir, beruhige dich und hab bitte keine Angst! Dir wird nichts passieren. Wenn du möchtest, kann ich neben dir schlafen und dich wärmen.»

Diesmal gab es in der Bärenhöhle noch mehr Zedernzweige, und sie war völlig mit trockenem Gras ausgelegt. Selbst in den Wänden steckten frische Zedernzweige.

Ich zog mich aus. Hose und Pullover machte ich mir als Kopfkissen zurecht, dann legte ich mich hin und deckte mich mit meiner Jacke zu.

Die Zedernzweige strömten jenes phytonzidhaltige Aroma aus, von dem es in der populärwissenschaftlichen Literatur heißt, es desinfiziere die Luft. Übrigens ist die Luft in der Taiga ohnehin so rein, dass es eine Wohltat ist, sie einzuatmen. Trockenes Gras und Blumen verliehen der Luft ein ungewöhnlich feines Aroma.

Anastasia hielt ihr Wort und legte sich neben mich. Ich bemerkte, dass der Duft ihres Körpers die anderen Wohlgerüche noch übertraf. Er war angenehmer als die schönsten Düfte, die ich je bei Frauen erlebt hatte. Und ihrem Körper entströmte eine ungewöhnlich angenehme Wärme. Eine Aura der Wärme umhüllte ihren ganzen Körper, und als ich näher an sie heranrückte, wurde auch mein Körper darin eingehüllt. Es war, als ob Anastasia und ich sich in einer unsichtbaren, aber spürbaren Kugel oder einem Kokon befanden. Vielleicht war ich auch von einer unsichtbaren Aura eingehüllt. Neben Anastasia war es gemütlich und ruhig. Aber irgendwie kam ich nicht auf den Gedanken, sie zu bedrängen, so wie ich es am ersten Tag unserer Bekanntschaft getan hatte. Ich erinnerte mich, wie ich bei jener Rast, als ich versuchte, Anastasia zu küssen, von Furcht übermannt wurde und das Bewusstsein verlor. Seither kamen fleischliche Wünsche bei mir nicht einmal dann auf, wenn ich Anastasia entkleidet sah.

Wie ich so dalag, träumte ich von einem Sohn. Meine Frau hatte mir keinen Knaben geboren. Ich dachte mir: «Es wäre toll, wenn ich einen Sohn von Anastasia hätte! Sie ist kerngesund, abgehärtet und schön. Folglich würde das Kind ebenfalls gesund sein. Es soll mir ähneln. Natürlich soll mein Sohn auch etwas von ihr haben, aber mehr von mir. Stark wird er sein und klug. Er wird viel wissen und talentiert und glücklich sein.

Ich stellte mir mein Söhnchen vor, wie es sich an Anastasias Brust schmiegte, und unwillkürlich legte ich meine Hand auf ihre feste, warme Brust. Sofort durchlief ein kurzes Zittern meinen Körper, aber es war kein ängstliches Zittern, sondern ein anderes, ungewöhnlich angenehmes Zittern. Ich ließ meine Hand auf ihr ruhen und wartete mit angehaltenem Atem, was als Nächstes geschehen würde. Da spürte ich, wie sie ihre weiche Hand auf meine Hand legte. Sie wies mich also nicht zurück. Ich richtete mich auf und betrachtete Anastasias anmutiges Gesicht. Das Dämmerlicht der nördlichen Sommernacht machte sie noch attraktiver. Ich konnte meinen Blick nicht von ihr wenden. Ihre graublauen Augen sahen mich zärtlich an. Nun konnte ich mich nicht mehr beherrschen. Ich beugte mich zu ihr herab und küsste schnell und behutsam ihre leicht geöffneten Lippen. Wieder durchlief mich ein angenehmes Zittern. Der Duft ihres Atems umhüllte mein Gesicht. Über ihre Lippen kamen nicht, wie letztes Mal, die Worte: «Bitte lass das!», und ich hatte keine Angst. Der Gedanke an einen Sohn ließ mich nicht los. Und als Anastasia mich zärtlich umarmte, mir die Haare streichelte und sich ergeben an mich schmiegte, fühlte ich mich wie im siebten Himmel.

Erst als ich am nächsten Morgen erwachte, wurde mir klar, dass ich noch nie in meinem Leben eine derartige Seligkeit und Zufriedenheit erfahren hatte. Merkwürdig war auch, dass ich nicht erschöpft war, wie es normalerweise der Fall ist, nachdem man mit einer Frau geschlafen hat. Mir war, als hätte ich etwas Großartiges geschaffen. Meine Zufriedenheit war nicht nur physischer Art, sondern mir war, als sei etwas Unbekanntes, Wunderschönes und Freudiges geschehen. Mir kam sogar der Gedanke, dass diese Empfindung allein das Leben lebenswert mache. Warum hatte ich früher nichts Vergleichbares empfunden, obwohl ich viele Verhältnisse mit Frauen gehabt hatte, auch mit schönen Frauen, mit Frauen, die ich liebte und die in der Liebe erfahren waren.

Anastasia war noch unberührt gewesen. Sie war ein sensibles, zärtliches Mädchen. Doch sie hatte noch etwas anderes, etwas, was mir noch in keiner anderen Frau begegnet war.

Doch was war das? Wo war sie? Ich kroch zum Höhleneingang, lugte durch das Schlupfloch aus der gemütlichen Bärenhöhle hinaus und betrachtete die Lichtung, die sich unterhalb unseres etwas erhöht gelegenen idyllischen Nachtlagers vor mir erstreckte. Sie war von einem halben Meter dichten Bodennebels bedeckt. Darin drehte sich Anastasia mit ausgebreiteten Armen im Kreise. Durch ihre Drehbewegungen wirbelte sie den Nebel zu einem Wölkchen auf, und wenn es sie völlig verhüllte, machte Anastasia einen leichten Satz und schwebte wie eine Ballerina mit gespreizten Beinen über die

Nebelschicht. Dann ließ sie sich an einer neuen Stelle nieder, drehte sich wieder im Kreise und wirbelte lachend eine neue Wolke auf, durch die die kosenden Strahlen der aufgehenden Sonne drangen.

Dieses Bild bezauberte und entzückte mich, und aus überschwänglicher Freude rief ich: «Ana-sta-si-a! Guten Morgen, schöne Waldfee Ana-sta-si-aaa!»

«Guten Morgen, Wladimir!», rief sie fröhlich zurück.

«Alles ist so herrlich und wunderbar! Wie kommt das?», rief ich aus vollem Halse.

Anastasia streckte die Hände der Sonne entgegen, ließ ihr glückliches, reizendes Lachen erklingen und rief mir und jemandem in der Höhe mit singender Stimme zu: «Von allen Lebewesen im Weltall ist es allein dem Menschen beschieden, so etwas zu er-le-he-ben! Nur einem Mann und einer Frau, die sich ein gemeinsames Kind wünschen! Nur dem Menschen, der bestrebt ist zu er-schaf-fen! Nur ein Mensch, der das erlebt hat, entzündet einen neuen Stern! Ich danke di-hi-hir!» Dann wandte sie sich mir zu und fügte rasch hinzu: «Nur ein Mensch, der nach Schöpfertum strebt und nicht nach der Befriedigung seines sexuellen Verlangens.»

Wieder begann sie hellauf zu lachen, sprang in die Luft, spreizte ihre Beine und glitt über den Nebel dahin. Dann kam sie zu mir gerannt, setzte sich neben den Höhleneingang und machte sich daran, mit den Fingern von unten nach oben ihre goldenen Haare zu kämmen.

«Du denkst also nicht, Sex sei eine Sünde?», fragte ich.

Anastasia hielt inne, sah mich erstaunt an und erwiderte: «War das etwa das, was man bei euch mit dem Wort Sex bezeichnet? Wenn nicht, was ist dann eine größere Sünde: sich hinzugeben, damit ein neuer Mensch zur Welt kommt, oder sich zu enthalten und damit die Geburt eines Menschen, eines richtigen Menschen zu verhindern?»

Ich dachte nach. In der Tat war das übliche Wort «Sex» eine völlig unzutreffende Bezeichnung für das nächtliche Erlebnis mit Anastasia. Aber was war es dann? Mit welchem Wort konnte man es bezeichnen? Ich fragte weiter.

«Warum ist so etwas weder mir noch anderen schon früher widerfahren?»

«Sieh mal, Wladimir, die dunklen Kräfte haben es darauf abgesehen, die niedrigen Bedürfnisse des Fleisches im Menschen anzustacheln, damit er diese Gottesgabe der Seligkeit nicht erfahren kann. Mit allen möglichen Mitteln versuchen sie den Menschen davon zu überzeugen, dass er mühelos Zufriedenheit findet, indem er stets an fleischliche Freuden denkt. Auf diese Weise führen sie den Menschen weit weg von der Wahrheit. Die armen, betrogenen Frauen wissen davon nichts und leiden ihr ganzes Leben auf der Suche nach der verlorenen Glückseligkeit. Sie suchen am falschen Ort. Keine Frau ist imstande, einen Mann von der Unzucht abzuhalten, wenn sie selbst sich ihm nur um der Befriedigung ihres Geschlechtstriebes willen hingibt. Wenn dies der Fall ist, können sie kein glückliches Zusammenleben führen. Ihre Zweisamkeit ist nur eine Illusion des Zusammenseins, eine Lüge, ein gesellschaftlich etablierter Betrug; denn die Frau wird selbst unzüchtig, ganz gleich, ob sie mit dem Mann verheiratet ist oder nicht.

Ach, wie viele Gesetze und Bräuche, religiöse wie weltliche, hat der Mensch erdacht, um diese falsche Ehe künstlich zu festigen! Doch was hat das alles gebracht? Sie zwangen die Menschen, sich anzupassen und zu verstellen, um den Schein der Ehe zu wahren. Die inneren Neigungen aber blieben unverändert und unabhängig von den Umständen und den Menschen.

Jesus Christus erkannte das und versuchte, sich diesem Betrug zu widersetzen. Er sagte: ‹Wer eine Frau auch nur lüstern ansieht, hat in seinem Herzen schon Ehebruch mit ihr begangen.›

Noch vor Kurzem habt ihr versucht, Menschen zu brandmarken, die ihre Familie verließen. Doch nichts und niemand konnte jemals den Wunsch des Menschen aufhalten, beharrlich nach der intuitiv empfundenen Glückseligkeit, der großen Befriedigung zu suchen. Die falsche Ehe ist etwas Furchtbares.

Denk doch mal an die Kinder, Wladimir! Weißt du, Kinder empfinden den Lug und Betrug einer solchen Ehe ganz genau. Und als Folge davon bezweifeln sie alle Worte der Eltern. Die Kinder empfinden unbewusst die Lüge, bereits zum Zeitpunkt der Empfängnis. Deswegen geht es ihnen schlecht.

Was denkst du, wer möchte bloß als Folge geschlechtlichen Genusses geboren werden? Jeder möchte aus einem großen Drang zur Liebe und zum Schöpferischen erschaffen werden und nicht als Folge von Geschlechtsgenuss zur Welt kommen.

Diejenigen, die eine falsche Ehe geschlossen haben, werden insgeheim immer wieder nach wahrer Befriedigung suchen. Sie werden versuchen, immer neue Körper zu besitzen, oder sich aus Frustration selbst befriedigen, wobei sie innerlich sehr wohl ahnen, dass sie sich dadurch von dem echten Glück einer wahren Ehe mehr und mehr entfernen.»

«Stopp mal, Anastasia! Sind ein Mann und eine Frau etwa unwiderruflich verdammt, wenn sie einmal in eine lustvolle Beziehung geschliddert sind? Gibt es für sie keine Umkehr, keine Möglichkeit der Besserung?»

«Doch, das ist schon möglich. Und ich weiß jetzt auch, was zu tun ist. Aber wie, mit welchen Worten kann man das ausdrücken? Die ganze Zeit suche ich schon nach solchen Worten. In der Vergangenheit habe ich sie gesucht und in der Zukunft, aber vergeblich. Vielleicht sind sie ja schon ganz nahe? Und bald erscheinen sie dann, diese neuen Worte, die in der Lage sind, Herz und Verstand anzusprechen. Neue Worte über die alte Wahrheit der Urquellen.»

«Mach dir nicht so viel daraus, Anastasia. Sag es einfach mit den Worten, die es schon gibt, selbst wenn sie nicht völlig zutreffend sind. Was braucht man sonst noch für wahre Befriedigung außer zwei Körpern?»

«Auf das Bewusstsein kommt es an! Auf das beiderseitige Streben nach dem Schöpferischen und auch auf Aufrichtigkeit und reine Absichten.»

«Woher weißt du das alles, Anastasia?»

«Das ist nicht nur mir bekannt. Erleuchtete Meister wie Veles, Krishna, Rama, Shiva, Christus, Mohammed und Buddha haben versucht, den Menschen das Wesentliche beizubringen.»

«Hast du über sie gelesen? Wo, wann?»

«Nein, habe ich nicht. Ich weiß einfach, was sie gesagt und gedacht haben und was sie wollten.»

«Also, einfach nur so Sex zu haben ist deiner Ansicht nach schlecht?»

«Sehr schlecht. Es führt die Menschen von der Wahrheit weg und zerstört die Familie. Eine Unmenge an Energie wird auf diese Weise verschwendet.»

«Aber warum gibt es dann so viele Pornofilme und Zeitschriften mit Bildern nackter Frauen in erotischer Pose? Anscheinend mögen die Leute das, denn schließlich ist das Angebot von der Nachfrage abhängig. Willst du etwa behaupten, die Menschheit sei durch und durch schlecht?»

«Die Menschheit ist nicht schlecht, aber sie unterliegt dem starken Einfluss der dunklen Kräfte, die den Geist des Menschen verwirren und die niederen Triebe des Fleisches anstacheln. So werden die Menschen in unsägliches Leid und Elend gestürzt. Dabei bedienen sich die Dunkelmächte des Mediums der Frau, insbesondere ihrer Schönheit. Die Schönheit der Frau ist eigentlich dazu bestimmt, im Manne den Sinn für Dichtung, Kunst und Kreativität zu erwecken und zu pflegen. Dazu muss aber die Frau selbst rein sein. Ist dies nicht der Fall, wird sie versuchen, den Mann mit ihren körperlichen Reizen zu verführen, sozusagen durch den äußerlichen Glanz einer leeren Hülle. Dadurch betrügt sie den Mann, und für diesen Betrug muss sie selbst das ganze Leben hindurch leiden.»

«Und was hat das alles zu bedeuten? In all den Jahrtausenden ihrer Existenz hat es die Menschheit nicht geschafft, sich des Einflusses der dunklen Kräfte zu erwehren. Demnach sind sie stärker als der Mensch. Trotz all der Ermahnungen der erleuchteten Meister, wie du sie nennst, ist er dem Einfluss der Dunkelmächte unterlegen. Vielleicht ist es ja gar nicht möglich, sie zu bekämpfen, vielleicht sogar nicht einmal nötig?»

«Doch, es ist nötig. Ganz bestimmt!»

«Und wer kann das tun?»

«Die Frauen, die es geschafft haben, die eigene Bestimmung und die Wahrheit zu erkennen. Durch sie werden sich auch die Männer ändern.»

«Das glaube ich kaum, Anastasia. Einen normalen Mann werden die schönen Brüste oder Beine einer Frau immer sexuell erregen – besonders wenn er auf Dienstreise ist oder im Urlaub, also weit weg von seiner Partnerin. So ist es nun mal. Und niemand wird daran etwas ändern. Das schafft keiner.»

«Ich habe es doch bei dir geschafft!»

«Was hast du geschafft?»

«Jetzt wirst du dich nicht mehr mit diesem unseligen Sex beschäftigen können.»

Ein furchtbarer Gedanke durchfuhr mich wie ein Stromschlag, und das schöne Gefühl der Nacht verflüchtigte sich schlagartig.

«Was hast du getan, Anastasia? Bin ich jetzt ... bin ich etwa impotent?»

«Im Gegenteil. Erst jetzt bist du ein richtiger Mann geworden. Nur wird der gewöhnliche Sex dich jetzt abstoßen. Er wird dir nicht das geben können, was du jetzt erlebt hast. Eine solche Erfahrung ist nur dann möglich, wenn du dir von der Frau ein Kind wünschst und wenn die Frau den gleichen Wunsch hat – mit anderen Worten, wenn sie dich liebt.»

«... sie dich liebt? Unter solchen Bedingungen kann das nur ein paar Mal im Leben vorkommen.»

«Das ist aber ausreichend, um ein ganzes Leben glücklich zu sein. Glaube mir, Wladimir, eines Tages wirst du das verstehen. Die Menschen gehen die Verbindung mit dem anderen Geschlecht nur auf der körperlichen Ebene ein, und das immer wieder. Sie wissen nicht, dass man auf diese Weise keine wahre Befriedigung finden kann. Andererseits können ein Mann und eine Frau, die auf allen Ebenen des Lebens vereint sind, wie auf einer Welle lichter Verzückung die große Befriedigung erfahren, vorausgesetzt, sie sind vom Wunsch nach gemeinsamem Erschaffen getrieben. Der Schöpfer hat dieses Erleben allein dem Menschen vorbehalten. Solche Zufriedenheit, solches Glück ist nicht von kurzer Dauer und mit den flüchtigen leiblichen Freuden nicht zu vergleichen. Alle Ebenen des Daseins werden diese Empfindungen aufnehmen und bewahren und dich und die Frau glücklich machen, und sie wird in der Lage sein, ein Kind zu gebären, das dem Schöpfer ebenbürtig ist.»

Anastasia streckte mir ihre Hand entgegen und rückte dichter an mich heran. Doch ich sprang auf, lief rasch in eine Ecke der Höhle und rief: «Mach den Eingang frei, oder es passiert was!»

Sie stand auf. Anastasia stand vor mir. In ihrem Blick lag keinerlei Schuldgefühl. Ich kletterte aus der Höhle und wich ein paar Schritte von ihr zurück. Dann sagte ich schroff: «Du hast mir das wohl größte Vergnügen des Lebens weggenommen. Alle streben danach. Alle denken daran, auch wenn nicht jeder darüber spricht.»

«Dieses Vergnügen ist eine Illusion, Wladimir. Ich habe dir geholfen, dich von dieser schrecklichen, unseligen und sündhaften Neigung zu befreien.»

«Illusion hin, Illusion her – es ist ein allgemein anerkanntes Vergnügen. Und unterstehe dich ja, mich auch noch von meinen anderen angeblich verderblichen Neigungen befreien zu wollen. Sonst kann ich, wenn ich wieder nach Hause komme, womöglich keine Frauen mehr lieben und nicht mehr essen gehen oder trinken und rauchen. Das ist für die Mehrheit in unserer Gesellschaft eine sehr ungewöhnliche Lebensweise.»

«Was ist denn Gutes an einem Trinkgelage, am Rauchen und am sinnlosen, ungesunden Verzehr großer Mengen von Fleisch, wo es doch so viele wunderbare Pflanzen gibt, die insbesondere als Nahrung für den Menschen erschaffen wurden?»

«Iss du nur deine Pflanzenkost, wenn es dir Spaß macht. Was ich esse, das lass bitte meine Sorge sein. Vielen von uns macht es nun einmal Spaß zu rauchen, zu trinken und ausgiebig zu tafeln. So ist es einfach üblich bei uns, verstehst du?»

«Aber all diese Dinge sind schlecht und ungesund.»

«Schlecht und ungesund? Aber die meisten meiner Freunde und Bekannten leben so. Stell dir mal vor, ich habe Gäste eingeladen zu einer Feier, bitte sie zu Tisch und sage: ‹Hier habt ihr ein paar Nüsse zum Knabbern, esst einen Apfel, trinkt etwas Wasser und raucht bitte nicht.› Das wäre fürwahr schlecht – ein schlechter Scherz!»

«Ist es für euch die Hauptsache, wenn ihr unter Freunden seid, euch gleich an den Tisch zu setzen, um zu trinken, zu essen und zu rauchen?»

«Ob Hauptsache oder nicht, spielt keine Rolle. So ist es einfach auf der ganzen Welt Brauch. In einigen Ländern werden auch traditionelle Gerichte serviert, wie zum Beispiel Putenbraten.»

«Aber auch in eurer Welt folgt doch nicht jeder solchen Bräuchen.»

«Vielleicht nicht jeder, aber ich lebe nun mal unter normalen Menschen.»

«Warum sind deine Bekanntenkreise für dich die Norm?»

«Weil die Mehrheit der Menschen so ist.»

«Hm, nicht gerade ein überzeugendes Argument.»

«Es ist vielleicht für dich nicht überzeugend – weil es einfach unmöglich ist, dir das alles zu erklären.»

Allmählich verebbte meine Wut. Mir fiel ein, dass es Heilmittel gab und Sexualpathologen. Wenn Anastasia mir einen Schaden zugefügt haben sollte, so könnten die Ärzte sicher etwas unternehmen. Also sprach ich: «Schon gut, Anastasia, wir wollen uns wieder vertragen. Ich will dir nicht mehr böse sein. Hab Dank für die wundervolle Nacht. Aber bitte versuche nicht mehr, mich von meinen Gewohnheiten zu befreien. Und die Sache mit dem Sex werde ich mithilfe der modernen Medizin wieder ins Lot bringen. Lass uns baden gehen!»

Auf dem Weg zum See bewunderte ich den morgendlichen Wald. Meine gute Laune kehrte bereits wieder zurück, da überraschte mich Anastasia, die hinter mir ging, mit den Worten: «Deine Arzneien und Ärzte werden dir jetzt nicht helfen. Um alles rückgängig zu machen, müsste man das Geschehene und deine Empfindungen aus deinem Gedächtnis löschen.»

Verblüfft blieb ich stehen. «Dann tu es bitte.»

«Kann ich nicht.»

Wieder wurde ich von einer Mischung von Zorn und Angst überwältigt.

«Du … du dreistes Ding! Mischst dich einfach in mein Leben

ein und ruinierst es. Stets bist du bereit zu neuen Gemeinheiten. Aber wiedergutmachen kannst du sie nicht.»

«Ich habe dir nichts getan. Du wolltest doch einen Sohn! Viele Jahre sind vergangen, und noch immer hast du keinen. Keine Frau aus deinem Leben hätte dir einen Sohn geboren. Außerdem ist es auch mein Wunsch, ein Kind von dir zu haben, einen Knaben. Und ich bin auch dazu fähig. Warum machst du dir im Voraus so viele Sorgen? Eines Tages wirst du es vielleicht verstehen … Hab bitte keine Angst vor mir, Wladimir, ich mische mich nicht in deine Psyche ein. Das ist von selbst geschehen, größtenteils nach deinem Willen. Du hast bekommen, was du wolltest. Aber wenigstens von einer Todsünde möchte ich dich noch befreien.»

«Und das wäre?»

«Dein Stolz.»

«Seltsam bist du. Deine Philosophie und deine Lebensweise sind nicht die eines Menschen.»

«Was ist denn so unmenschlich an mir, dass es dir Angst macht?»

«Du lebst allein im Wald, du verkehrst mit Pflanzen und Tieren. Bei uns lebt niemand so.»

«Wie soll ich das verstehen, Wladimir?», widersprach Anastasia energisch. «Garten- und Naturfreunde haben doch auch Umgang mit Pflanzen und Tieren, wenn auch vielleicht noch unbewusst. Später aber wird ihnen das klar werden. Einige beginnen es jetzt schon zu verstehen.»

«Sieh mal einer an, Gärtnerin ist sie also! Und was ist mit deinem Strahl? Außerdem, woher weißt du so viel? Du liest doch gar keine Bücher! Recht mystisch, das Ganze!»

«Ich will versuchen, dir das zu erklären, Wladimir. Aber nicht alles auf einmal. Ich bemühe mich ja, aber mir fallen einfach keine Worte ein, die dir verständlich wären. Glaube mir bitte. Was ich tue, ist keine Hexerei. Eigentlich kann das jeder, denn es liegt seit Urzeiten in der Natur des Menschen. Und die Menschen werden ohnehin zu ihren Wurzeln, der Urquelle, zurückkehren. Das wird aber allmählich geschehen, in dem Maße, wie die lichten Kräfte die Oberhand gewinnen.»

«Und was ist mit deinem Konzert? Du hast mit den Stimmen aller meiner Lieblingssänger gesungen, noch dazu in der gleichen Reihenfolge wie auf meiner Videokassette.»

«Sieh mal, Wladimir, ich habe diese Kassette einmal angesehen. Wie das geschehen ist, werde ich dir bei Gelegenheit erzählen.»

«Und die Texte und Melodien der Lieder hast du sogleich behalten?»

«Ja, das habe ich. Was ist daran so Besonderes oder Mystisches? Ach, wieso habe ich dir nur so viel erzählt und gezeigt? Jetzt fürchtest du dich vor mir. Dumm bin ich und unbeherrscht. Mein Großvater hatte doch recht. Er hat mir das einmal vorgehalten. Und ich dachte, er sage das, weil er mich liebt. Aber ich bin in der Tat dumm. Bitte … Wladimir …»

Anastasia war jetzt ganz aufgeregt wie ein gewöhnlicher Mensch, und das war wohl der Grund, warum sich meine Furcht vor ihr legte. Der Gedanke an meinen Sohn drängte sich jetzt in den Vordergrund.

«Schon gut, ich fürchte mich nicht mehr. Sei aber bitte etwas zurückhaltender, so wie es dir dein Großvater riet.»

«Gut. Und mein Großvater … Ich rede und rede in einem fort. So sehr wünsche ich mir, dir alles zu sagen. Was denkst du, bin ich eine Schwätzerin? Ich werde mich sehr bemühen, mich im Zaum zu halten und nur über verständliche Dinge zu sprechen.»

«Du wirst also ein Kind bekommen, Anastasia?»

«Natürlich! Nur wird es nicht zur rechten Zeit sein.»

«Zur rechten Zeit – wie meinst du das?»

«Nun, das sollte im Sommer geschehen, wenn die Natur hilft, das Kind zu pflegen.»

«Warum hast du dich dann dafür entschieden, wenn es für dich und das Kind so riskant ist?»

«Sei unbesorgt, Wladimir. Dein Sohn wird überleben.»

«Und du?»

«Auch ich werde mich bemühen, durch den Winter zu kommen. Danach wird es leichter werden.»

Anastasia sagte das ohne eine Spur von Besorgnis oder Furcht um ihr Leben. Dann nahm sie Anlauf und stürzte sich in das Wasser des kleinen Sees. Ein Feuerwerk kleiner Wasserspritzer schoss in die Höhe und ließ sich auf der reinen, glatten Oberfläche des Sees nieder. Nach etwa dreißig Sekunden tauchte sie langsam wieder auf. Sie lag auf dem Rücken, die Arme ausgestreckt, die Handflächen nach oben gerichtet, und lächelte.

Ich stand am Ufer, schaute sie an und dachte: «Wird ein Eichhörnchen ihr Fingerschnippen hören, wenn sie mit dem Baby in einer Höhle liegt? Wird ihr jemand von ihren vierbeinigen Freunden helfen? Ob die Wärme ihres Körpers wohl für das Kind ausreichen wird?»

«Wenn mein Körper nicht warm genug ist und das Kind nichts zu essen hat, wird es weinen», sagte Anastasia leise, während sie aus dem See herausstieg. «Sein Wehklagen wird die vorfrühlingshafte Natur oder einen Teil davon erwecken, und dann wird alles in Ordnung sein. Die Natur wird sich um es kümmern.»

«Hast du meine Gedanken gelesen?»

«Nein, ich habe einfach vermutet, dass du darüber nachdenkst. Das ist doch natürlich.»

«Anastasia, du hast gesagt, dass irgendwo in der Nähe deine Verwandten wohnen. Könnten sie dir nicht helfen?»

«Nein, sie sind sehr beschäftigt. Ich kann sie nicht von der Arbeit abhalten.»

«Was tun sie denn, Anastasia? Und was machst du die ganze Zeit, wo du doch von deiner Umwelt völlig versorgt wirst?»

«Ich habe zu tun … Und ich versuche, den Menschen zu helfen, die ihr Kleingärtner* nennt.»

---

* Im Russischen wird hier das Wort *Datschnik (дачник)* verwendet, also der Bewohner eines Datscha-Familienlandsitzes. Üblicherweise gehört zu einer Datscha ein kleines Stück Land, das zur Selbstversorgung als Garten genutzt wird. In der vorliegenden Buchreihe wird der Begriff Datschnik daher durchgehend mit «Kleingärtner» übersetzt. (Anmerkung des Übersetzers)

# 11

## Anastasias Vorliebe für Kleingärtner

Anastasia erzählte mir ausführlich und mit Begeisterung, welche Möglichkeiten sich dem Menschen durch den Umgang mit Pflanzen eröffnen. Es gibt zwei Themen, über die Anastasia mit besonderer Begeisterung, ja geradezu mit einer Art von Verzückung oder Liebe spricht: Kindeserziehung und Kleingärtner. Wenn ich hier alles wiedergäbe, was sie über die Kleingärtner sagt, welche Bedeutung sie ihnen beimisst, so hätte man wohl das Gefühl, man müsse vor ihnen auf die Knie fallen. Sie meint, dass sie uns alle vor dem Verhungern bewahrt haben, dass sie den Samen des Guten in die Herzen säen, dass sie die Gesellschaft der Zukunft heranbilden … Es ist unmöglich, alle Punkte aufzuzählen. Sie würden ein ganzes Buch füllen. Anastasia versuchte, ihren Standpunkt mit Argumenten und Beweisen zu untermauern.

«Sieh mal, die Gesellschaft, in der du lebst, kann eine Menge lernen durch den Umgang mit Pflanzen, wie sie zum Beispiel auf euren Datschen* gezüchtet werden. Ja, ich meine vor allem die Kleingärten und nicht die riesigen, unpersönlichen Felder, über die monströse, unsinnige Maschinen kriechen. Menschen, die ein ei-

* Aus dem Russischen (ursprünglich Schenkung eines Fürsten, abgeleitet vom Verb *dat* = geben): Grundstück auf dem Lande, meist mit (Holz-)Haus und Garten; Familienlandsitz. (Anmerkung des Übersetzers)

genes Stück Land bearbeiten, geht es besser, und viele von ihnen leben auch länger. Sie werden gütiger und herzlicher. Es sind auch die Kleingärtner, die uns zur Einsicht verhelfen, dass die technokratische Entwicklung der Gesellschaft schadet.»

«Anastasia, es geht mir jetzt nicht darum, ob es so oder so ist. Was hast du damit zu tun? Worin besteht deine Hilfe?»

Sie nahm mich bei der Hand und zog mich zu sich. Wir legten uns mit dem Rücken ins Gras, die Handflächen nach oben.

«Schließe die Augen, entspanne dich und versuche dir vorzustellen, was ich dir sage. Ich werde jetzt mithilfe meines Strahls einen solchen Kleingärtner suchen und ihn aus der Ferne beobachten.»

Einige Zeit schwieg Anastasia, dann sprach sie: «Eine ältere Frau faltet ein Stück Mulltuch auseinander, in dem angefeuchtete Gurkensamen liegen. Die Samen haben schon gekeimt, und sie nimmt einen Keimling in die Hand. Ich deute ihr an, dass sie die Samen nicht so lange in dem feuchten Tuch lassen sollte, andernfalls werden die Keimlinge nach dem Aussetzen nicht richtig wachsen. Das Wasser, das sie benutzt, eignet sich nicht für das Wachstum, und die Samen werden krank werden. Die Frau denkt, sie selbst sei zu diesem Schluss gekommen. Teilweise ist es auch so. Ich habe ihr nur etwas nachgeholfen, darauf zu kommen. Jetzt wird sie anderen Menschen ihre Gedanken mitteilen. Eine kleine Tat ist vollbracht.»

Anastasia erklärte mir, dass sie in ihrem Geist verschiedene Situationen imaginiert, die mit der Arbeit und Erholung des Menschen sowie mit den Wechselbeziehungen zwischen Mensch und Mensch sowie zwischen Mensch und Pflanzen zu tun haben. Wenn eine von ihr imaginierte Situation sich der Realität am meisten nähert, stellt sich ein Kontakt ein, bei dem sie den betreffenden Menschen sehen kann und fühlt, woran er leidet und was er empfindet. Sie tritt gleichsam in sein Bewusstsein ein und teilt ihm ihre Kenntnisse mit. Anastasia sagte, dass die Pflanzen auch auf den Menschen reagieren, dass sie ihn lieben oder hassen und seine Gesundheit positiv oder negativ beeinflussen können.

«Wie du dir vorstellen kannst, habe ich eine Menge zu tun. Ich beschäftige mich mit Gartenland. Die Kleingärtner besuchen ihre

Beete und behandeln die Pflanzen wie ihre eigenen Kinder, nur sind leider ihre Beziehungen zu den Pflanzen völlig intuitiv. Die wahre Bedeutung und Bestimmung dieser Beziehungen ist ihnen noch nicht klar geworden. Alles auf der Erde – jeder Grashalm, jeder Käfer – hat seine eigene Aufgabe und ist für den Dienst am Menschen bestimmt. Zahlreiche Heilpflanzen bestätigen dies. Die Menschen eurer Welt wissen davon zu wenig. Deshalb können sie diese Möglichkeit nicht in vollem Umfang zu ihrem Vorteil nutzen.»

Ich bat Anastasia, den Nutzen des bewussten Umgangs mit Pflanzen an einem konkreten Beispiel zu zeigen, damit man dies in der Praxis prüfen und wissenschaftlich untersuchen könne. Anastasia überlegte kurz, dann strahlte sie plötzlich und rief aus: «Die Kleingärtner, ja, meine geliebten Kleingärtner werden euch alles beweisen und eure Wissenschaftler verblüffen. Wieso bin ich nicht früher darauf gekommen?»

Dieser Einfall rief bei ihr stürmische Freude hervor. Übrigens habe ich Anastasia nicht ein einziges Mal betrübt gesehen. Sie ist hin und wieder ernst, nachdenklich oder konzentriert, doch meistens ist sie gelöster Stimmung. Diesmal war sie von Freude überwältigt: Sie sprang auf und klatschte in die Hände. Im Walde schien es heller zu werden, ja er kam regelrecht in Wallung – als spreche er mit ihr durch das Rauschen der Baumkronen und durch die Vogelstimmen. Anastasia drehte sich wie im Tanz. Mit strahlendem Gesicht setzte sie sich zu mir und sagte: «Jetzt werden sie es glauben, und das dank meiner geliebten Kleingärtner! Sie werden ihnen alles erklären und beweisen.»

Ich wollte an das unterbrochene Gespräch anknüpfen und sagte: «Da wäre ich mir nicht so sicher. Du behauptest, jeder Käfer sei zum Wohl des Menschen geschaffen. Wie aber kann man das glauben, wenn man mit Ekel zusieht, wie Kakerlaken über den Küchentisch krabbeln? Sind sie ebenfalls zum Wohl des Menschen geschaffen?»

«Kakerlaken», erwiderte Anastasia, «krabbeln nur auf schmutzigen Tischen herum. Sie sammeln dort winzige Essensreste, die vor sich hinfaulen, und verarbeiten sie, um sie dann an einem versteckten Ort in Form harmloser Abfälle abzulegen. Wenn es zu viele werden, kann man sich einen Frosch ins Haus holen, dann wird es weniger Kakerlaken geben.»

Die im Weiteren von Anastasia vorgeschlagenen Verfahren für Kleingärtner widersprechen wohl der anerkannten Botanik und mit Sicherheit den allgemeingültigen Regeln des Gartenbaus. Doch ihre Vorschläge sind so grandios, dass ich glaube, jeder sollte sie in seinem eigenen Garten oder einem Teil davon ausprobieren, da sie nur von Nutzen sein und nicht schaden können. Übrigens ist vieles davon durch die Versuche des Biologen Dr. N. M. Prochorow bestätigt worden.

# 12

# Einige von Anastasias Ratschlägen

## Heilende Samen

Anastasia erklärte: «Jeder von euch gesäte Same enthält eine riesige Fülle von kosmischen Informationen, weitaus mehr als irgendetwas Menschengemachtes. So weiß der Same bis auf die Millisekunde genau, wann er zum Leben erwachen und wann er aufkeimen soll, welche Säfte er dem Boden zu entnehmen hat und wie er die Strahlung der Himmelskörper – Sonne, Mond und Sterne – nutzen kann. Auch weiß er, zu welcher Art von Pflanze er heranwachsen soll und was für Früchte er hervorzubringen hat.

Früchte sind für die Ernährung des Menschen bestimmt. Sie sind wesentlich besser dazu in der Lage, die Erkrankungen des menschlichen Organismus zu bekämpfen, als jede menschengemachte Arznei, die künftigen eingeschlossen. Aber dazu sollte der Same um die Verfassung des Menschen wissen, um im Prozess des Heranreifens die Früchte mit der erforderlichen Zusammensetzung der Stoffe zu versehen. Der Same sollte also die Krankheiten eines bestimmten Menschen, auch schon vor ihrem Ausbruch, kennen, um sie erfolgreich behandeln zu können.

Damit eine Gurken-, Tomaten- oder sonstige Zuchtpflanze die Informationen über den Gesundheitszustand eines Menschen erhält, muss man Folgendes tun: vor der Aussaat einen oder mehrere

Samen unter die Zunge legen und für mindestens neun Minuten im Mund behalten.

Als Nächstes sollte man sie zwischen die Handflächen legen und sie etwa dreißig Sekunden so halten, wobei man barfuß an der Stelle steht, wo sie gesät werden sollen.

Dann öffnet man die Handflächen, hält sie vor den Mund, holt Luft und haucht die kleinen Samen an. So werden sie erwärmt und erkennen durch den Atem, was im Menschen ist. Nun hält man die Samen für dreißig Sekunden in den geöffneten Handflächen und präsentiert sie den Himmelskörpern. So wird der Same den Augenblick seines Aufgehens ermitteln. Alle Planeten werden ihm dabei helfen und ihm das notwendige Licht schenken. Erst jetzt wird der Same in die Erde gesetzt. Auf keinen Fall darf man gleich gießen, sonst spült man den eigenen Speichel und damit auch die Information fort, die der Same speichern soll. Nach Ablauf von drei Tagen kann man die Saat gießen.

Die Aussaat soll an einem für das jeweilige Gemüse günstigen Tag erfolgen (diese Tage sind aus dem Mondkalender zu ersehen). Eine verfrühte Aussaat ohne Gießen ist nicht so schlimm wie eine verspätete. Man sollte nicht alles Unkraut jäten, das um die Keimlinge herum wächst. Von den verschiedenen Arten des Unkrauts soll man mindestens jeweils eine Pflanze stehen lassen. Man kann das Unkraut aber beschneiden.»

Laut Anastasia kann also ein Same alle Informationen von einem bestimmten Menschen sammeln und während seines Wachstums die für diesen Menschen erforderliche Energie aus dem All und dem Erdboden aufnehmen. Die sogenannten Unkräuter solle man deshalb nicht ausjäten, weil ihnen ebenfalls eine Bedeutung zukomme. Einige schützen die Pflanzen vor Erkrankungen, andere vermitteln zusätzliche Informationen. Während des Wachstums der Pflanzen soll man mit ihnen kommunizieren, und wenigstens einmal soll man sie bei Vollmond berühren.

Wenn der Gärtner die Früchte von Pflanzen, die auf diese Weise gezüchtet wurden, später verzehrt, sind sie nach Anastasias Aussage in der Lage, ihn von jeder beliebigen physischen Krankheit zu heilen, sein Altern bedeutend zu verlangsamen, ihn von schlechten Gewohnheiten zu befreien, seine geistigen Fähigkeiten enorm zu steigern und ihm innere Ruhe zu schenken. Die Früchte haben die beste Wirkung, wenn man sie innerhalb von drei Tagen nach der Ernte verzehrt.

Auf diese Weise solle man mit verschiedenen Arten Gemüse verfahren.

Wie sie mir sagte, braucht man nicht ein ganzes Saatbeet mit Gurken, Tomaten usw. anzulegen; ein paar Setzlinge jeder Pflanzenart sind ausreichend.

Die nach diesem Verfahren gezüchteten Früchte zeichneten sich von den üblichen nicht nur durch ihren Geschmack aus. Eine Analyse ihrer Zusammensetzung würde ergeben, dass auch das Verhältnis der in ihnen enthaltenen Stoffe anders ist.

Beim Pflanzen von Setzlingen müsse man mit den Händen ein Loch graben, die Erde mit den bloßen Zehen etwas auflockern und in das Loch spucken. Auf meine Frage, wieso mit den Zehen, antwortete Anastasia, dass die Füße mit dem Schweiß Stoffe ausscheiden (wohl Toxine), die Informationen über Erkrankungen des Organismus enthalten. Diese Informationen werden von den Setzlingen aufgenommen und an die Früchte weitergegeben, die dann später die Erkrankungen bekämpfen können. Anastasia empfahl, ab und zu auf dem Grundstück barfuß zu gehen.

Ich fragte Anastasia, welche Kulturen besonders empfehlenswert seien.

Sie antwortete: «Die Vielfalt, die für die meisten Gärten typisch ist, ist ausreichend: Himbeeren, Johannisbeeren, Stachelbeeren, Gurken, Tomaten, Erdbeeren, Äpfel. Auch Süß- oder Sauerkirschen und Blumen machen sich gut. Die Größe der Kulturen und die Anbaufläche spielen keine besondere Rolle.»

Zu den Kulturen, ohne die ein wertvolles energetisches Mikroklima auf dem Grundstück schwer vorstellbar sei, gehören Sonnenblumen (wenigstens eine). Unerlässlich seien auch eine Fläche von anderthalb bis zwei Quadratmetern Getreide – Roggen und Weizen – sowie ein Areal von mindestens zwei Quadratmetern für wild wachsende Gräser und Kräuter. Wenn man in seinem Garten kein solches Fleckchen mit natürlich gewachsenen Pflanzen habe, solle man im Wald eine entsprechende Narbe abheben und damit eine solche Insel schaffen.

Ich fragte Anastasia, ob es notwendig sei, jene Kulturen unmittelbar im eigenen Garten anzupflanzen, wenn auf der anderen Seite des Zauns alle möglichen Pflanzen vorhanden sind. Darauf bekam ich folgende Antwort:

«Nicht nur die Vielfalt der Pflanzen ist von Bedeutung, sondern auch das Verfahren ihrer Zucht und der direkte Umgang mit ihnen, wodurch man ihnen Informationen über seine eigene Person mitteilt. Ich habe dir bereits von einem Verfahren berichtet. Das ist das Grundverfahren. Es geht darum, die dich umgebende Natur mit Informationen über dich zu sättigen. Nur dann werden die Heilwirkung und die Versorgung deines Organismus durch deine Gartenerträge besser sein als durch gewöhnliche Früchte. In der wilden Natur, wie ihr sie zu nennen pflegt – auch wenn sie nicht wild ist, sondern bloß euch unbekannt –, gibt es eine Menge Pflanzen, mit denen man ausnahmslos alle Krankheiten heilen kann. Die Pflanzen sind ja dafür geschaffen, doch der Mensch hat die Fähigkeit, sie zu bestimmen, fast gänzlich verloren.»

Ich wies darauf hin, dass es bei uns viele Naturheilkundler und Apotheken gebe, die auf Heilkräuter spezialisiert sind. Sie erwiderte: «Der beste Arzt ist dein eigener Organismus. Ursprünglich war der menschliche Organismus mit der Fähigkeit ausgestattet, intuitiv zu wissen, welches Heilkraut wann anzuwenden ist. Er wusste, auf welche Weise er zu essen und zu atmen hatte. Auch war er in der Lage, Krankheiten bereits vor ihrem Ausbruch abzuwehren. Nichts und niemand kann deinen Organismus ersetzen, denn er ist dein persönlicher, gottgegebener Arzt. Ich erkläre dir, wie du ihm eine Möglichkeit geben kannst, zu deinem eigenen Wohl tätig zu sein. Die Wechselbeziehung mit den Pflanzen deines Gartens wird dich heilen und für dich sorgen. Die Pflanzen werden die Diagnose stellen und eine insbesondere auf dich abgestimmte Arznei anfertigen.»

## Wen die Bienen stechen …

Anastasia sprach auch über Bienen: «In jedem Garten sollte man mindestens ein Bienenvolk haben.»

Ich sagte ihr, dass bei uns nur wenige mit Bienen umgehen können und dass selbst denjenigen, die einen Imkerlehrgang abgeschlossen haben, die Sache nicht immer leicht von der Hand geht.

Darauf entgegnete sie: «Mit vielem von dem, was ihr für die Bienen tut, schadet ihr ihnen nur. Nur zwei Menschen auf der Erde haben es in den vergangenen Jahrtausenden geschafft, sich einigermaßen in diese einzigartige Materie einzuarbeiten.»

«Wer?»

«Zwei Mönche, die später heilig gesprochen wurden. Du kannst es in Büchern bestimmter Klosterbibliotheken nachlesen.»

«Was? Liest du etwa Kirchenliteratur? Wo und wann? Du hast doch kein einziges Buch!»

«Das habe ich nicht nötig. Ich beziehe meine Informationen auf vollkommenere Art.»

«Was ist das für eine Art? Du sprichst schon wieder in Rätseln. Du hast mir doch versprochen: keine Hexerei und keine Wunder mehr.»

«Ich werde es dir erklären. Ich kann sogar versuchen, es dir beizubringen. Du wirst es zwar nicht sogleich verstehen, aber es ist sehr leicht und natürlich.»

«Schön und gut, aber sag mir lieber, wie man die Bienen im Garten halten soll.»

«Man muss ihnen einen Bienenstock geben, so wie sie ihn in der freien Natur gewohnt sind, weiter nichts. Ansonsten sollte man ihnen lediglich einen Teil des Honigs, des Wachses und der anderen Stoffe wegnehmen, die für den Menschen nützlich sind.»

«So einfach ist das gar nicht, Anastasia. Wer weiß denn schon, wie so ein natürlicher Bienenstock aussieht? Wenn du mir aber verrätst, wie man ihn aus den Baustoffen herstellen kann, über die wir verfügen, dann wäre es schon machbar.»

«Na gut», meinte sie lächelnd. «Aber du wirst dich ein wenig gedulden müssen. Ich muss mithilfe meines Strahls erst herausfinden, was den modernen Menschen zur Verfügung steht.»

«... und wo man einen solchen Bienenstock hinstellt, sodass er einem nicht die schöne Aussicht verdirbt», fügte ich hinzu.

«Das werde ich ebenfalls versuchen.»

Sie legte sich ins Gras, so wie sie es zuvor schon mehrmals getan hatte, und imaginierte ihre oder genauer gesagt unsere Lebenssituation. Diesmal beobachtete ich sie aufmerksam. Anastasia lag im Gras, die Arme seitwärts ausgestreckt und die Handflächen nach oben gerichtet. Ihre Finger waren etwas gekrümmt, sodass die Kuppen ebenfalls himmelwärts wiesen.

Zunächst bewegten sich ihre Finger ein wenig, dann standen sie still.

Ihre Augen waren geschlossen, ihr ganzer Körper war entspannt. Am Anfang war auch ihr Gesicht entspannt, doch dann bemerkte ich, kaum sichtbar, Spuren von Emotionen.

Später erklärte sie mir, dass diese Art des «Fernsehens» für jeden Menschen möglich ist, der auf bestimmte Weise erzogen wurde.

Über den Bienenstock teilte mir Anastasia Folgendes mit: «Man muss zunächst ein Gehäuse herstellen. Dazu nimmt man entweder einen Teil eines hohlen Baumstamms und erweitert die Höhlung mit einem Stechbeitel, oder man zimmert es aus Laubholzbohlen zusammen. Hierbei sollte die Brettstärke mindestens 6 cm betragen. Die Innenmaße sollten nicht weniger als 40 mal 40 cm sein, die Tiefe wenigstens 1,20 m. Die Innenkanten des Gehäuses werden mit abgerundeten Eckleisten verkleidet. Es reicht aus, die Leisten nur leicht mit Klebstoff zu fixieren; die Bienen werden sie später selbst befestigen und die verbliebenen Fugen abdichten. Eine Stirnseite kann mit einem Brett von gleicher Stärke wie das Gehäuse verschlossen werden, die andere mit einer Art Deckel. Dieser Deckel soll der Öffnung so angepasst werden, dass er mit etwas Gras oder Tuch dicht geschlossen werden kann. Dabei soll die Unterkante des Deckels ganz mit dem Tuch bedeckt werden. Entlang einer der Längsfugen des Hauses sollen etwa 1,5 cm hohe Schlitze gesägt werden. Diese Schlitze sollen in einem Abstand von mindestens

30 cm zur Deckelseite aufhören. Ein solches Bienenhaus kann man irgendwo auf dem Grundstück auf Pfählen aufstellen. Dabei soll die Höhe über dem Boden mindestens 20 bis 25 cm betragen. Die Seite mit den Schlitzen soll nach Süden weisen.

Der Kasten soll in einem horizontalen Neigungswinkel von 20 bis 30 Grad angebracht werden. Die Seite mit dem Deckel soll dabei nach unten weisen. Man kann den Bienenstock auch unter dem Dach – auf dem Speicher – aufstellen. Hierbei ist es jedoch wichtig, dass man für ausreichende Lüftung sorgt.

Am besten befestigt man den Bienenstock direkt unter dem Dach an der Südseite des Hauses oder auf dem Dach selbst. Natürlich muss man dabei einplanen, dass man einen Zugang zum Bienenhaus hat, um einen Teil der Honigwaben entnehmen zu können.

Das Bienenhaus muss durch eine Art Dach vor der Sonne geschützt sein. Es sollte auf einer Plattform stehen. Im Winter sollte man es durch eine Abdeckung vor der Kälte schützen.»

Ich wies Anastasia darauf hin, dass ein solcher Bienenstock recht schwer sein würde und dass der Sonnenschutz und die Plattform das Aussehen des Hauses verschandeln könnten. Ich fragte sie, was man in einem solchen Fall tun solle.

Sie sah mich ein wenig erstaunt an und sprach: «Die Sache ist die, dass eure Imker sich nicht richtig verhalten. Großvater hat mir das gesagt. Die heutigen Imker haben viele verschiedene Konstruktionen für Bienenstöcke ausgeklügelt, und bei ihnen allen ist eine ständige Einmischung des Menschen in den Bienenkasten vorgesehen. Die Rahmen mit den Waben stellen die Imker um, und im Winter wird der ganze Bienenstock woanders aufgestellt. So etwas darf man nicht tun.

Die Bienen bauen die Waben in ganz bestimmtem Abstand voneinander und planen dabei selbst das Lüftungssystem und den Kampf mit Feinden. Jede Einmischung zerstört dieses System. Anstatt Honig zu sammeln und Jungbienen aufzuziehen, müssen sie dann den vom Menschen angerichteten Schaden beheben.

In der freien Natur leben die Bienen in hohlen Bäumen und bewältigen ohne fremde Hilfe vortrefflich alle Probleme. Ich habe dir erzählt, wie man sie in Bedingungen halten kann, die denen in der Natur möglichst nahe kommen. Der Nutzen ihrer Anwesenheit ist sehr groß. Sie sind die effektivsten Pflanzenbestäuber und steigern so den Ernteertrag. Das dürfte euch aber zur Genüge bekannt sein.

Was ihr aber vielleicht nicht wisst, ist, dass die Bienen mit ihrer Zunge jene Kanäle in den Pflanzen öffnen, durch die diese zusätzliche Informationen von den Planeten beziehen, die für die Pflanzen und folglich auch für den Menschen nötig sind.»

«Aber sie stechen doch die Menschen! Wie kann man den Urlaub auf seinem Landhaus verbringen, wenn man ständig Angst haben muss, gestochen zu werden?»

«Bienen stechen dann, wenn ein Mensch sich ihnen gegenüber aggressiv verhält, aus Furcht nach ihnen schlägt oder allgemein mit Aggressionen geladen ist, nicht unbedingt gegenüber den Bienen. Sie spüren das, und sie können keine dunklen Schwingungen vertragen. Außerdem können sie auch an Stellen stechen, die durch innere Bahnen mit einem erkrankten Organ verbunden sind, dessen Schutzhülle beschädigt ist oder wo es sonstige Störungen gibt.

Wie euch bekannt ist, können Bienen sehr effektiv eine Erkrankung behandeln, die ihr Bandscheibenschaden nennt, doch das ist bei Weitem nicht das Einzige, was sie können.

Wenn ich dir alles ausführlich erklären und auch noch beweisen würde, wie du es willst, müsstest du bei mir nicht nur einige Tage verbringen, sondern mehrere Wochen. In eurer Welt ist schon vieles über Bienen gesprochen worden, und ich wollte eure Kenntnisse nur in einigen Punkten vertiefen und korrigieren. Doch bitte glaube mir, es handelt sich dabei um wichtige Punkte. Es ist sehr leicht, ein solches Häuschen mit einem Bienenvolk zu besiedeln. Man muss zunächst ein Stück Wachs und honighaltige Kräuter hineinlegen, dann nimmt man einen Behälter mit einem Bienenschwarm und lässt diesen durch die Öffnung hinein. Man braucht keine Rahmen oder Waben vorzubereiten. Später, wenn es auch auf benachbarten Grundstücken Bienen gibt, werden sie sich vermehren, neue Völker bilden und freie Bienenstöcke besetzen.»

«Und wie entnimmt man den Honig?»

«Man öffnet den unteren Deckel, bricht etwas von den hängenden Waben ab und entnimmt ihnen den darin enthaltenen Honig und die Pollen. Aber man sollte nicht gierig sein, denn die Bienen brauchen einen Teil für den Winter. Im ersten Jahr sollte man am besten gar keinen Honig entnehmen.»

## Morgenstunde, sei gegrüßt!

Nach dem Aufstehen empfiehlt Anastasia eine Reihe von Tätigkeiten, ähnlich wie sie sie selbst ausübt, nur angepasst an das Leben auf einem Familienlandsitz.

«Morgens, am besten gleich bei Sonnenaufgang, sollte man barfuß in den Garten gehen und nach Belieben an bestimmte Pflanzen herantreten. Man kann sie dabei auch berühren. Das sollte man jedoch nicht schablonenhaft tun, wie ein tägliches Ritual, sondern ganz nach Wunsch. Wichtig ist aber, dass man sich vorher noch nicht gewaschen hat, denn die Pflanzen nehmen den Geruch der Stoffe wahr, die der Körper während des Schlafes durch die Hautporen ausgeschieden hat. Wenn es warm ist und man im Garten einen Flecken mit Gras hat – was sehr zu empfehlen ist –, sollte man sich darauf legen und sich drei bis vier Minuten lang recken. Wenn einem dabei ein Insekt über den Körper krabbelt, sollte man es nicht vertreiben, denn viele Insekten öffnen und reinigen die verstopften Poren, und in der Regel verstopfen sich jene Poren, durch die viele Toxine austreten. So befreien die Insekten uns von Krankheitserregern und inneren Giftstoffen. Gibt es auf dem Grundstück einen Teich oder ein Wasserbecken, so sollte man darin ein Bad nehmen. Ansonsten kann man sich auch mit Wasser übergießen. Dabei sollte man barfuß in der Nähe der Beete und Pflanzen stehen – besser noch zwischen den Beeten. Und das kann man jedes Mal woanders tun: mal neben den Himbeersträuchern, mal bei den Johannisbeeren und so weiter. Nach dem Bad trocknet man sich nicht sofort ab, sondern schüttelt zunächst die Wassertropfen von den Händen und den anderen Körperteilen auf die umgebenden Pflanzen. Danach kann man mit der Morgenhygiene fortfahren, wie man es sonst gewohnt ist.»

## Das abendliche Waschritual

«Es ist unerlässlich, sich am Abend, vor dem Schlafengehen, die Füße zu waschen, wobei man dem Wasser ein paar Tropfen Melde- oder Brennnesselsaft (oder beides) hinzufügt, aber ohne Seife oder Shampoo zu verwenden. Das Waschwasser gießt man dann auf die Beete. Erst jetzt sollte man sich, wenn nötig, die Füße mit Seife waschen.

Dieses abendliche Waschritual ist aus zwei Gründen wichtig: Durch das Schwitzen der Füße werden Toxine, die Träger innerer Krankheiten, ausgeschieden. Diese müssen abgewaschen werden, um die Poren zu reinigen, und dabei ist der Melde- bzw. Brennnesselsaft sehr hilfreich. Indem man das Wasser auf die Beete gießt, gibt man den Mikroorganismen und Pflanzen zusätzliche Information über seinen aktuellen Zustand. Auch das ist ungemein wichtig, denn nur so kann die sichtbare und unsichtbare Umwelt aus dem Kosmos und aus der Erde die für den Menschen nötigen Stoffe auswählen und ihm zur Verfügung stellen, sodass das normale Funktionieren des Organismus gewährleistet ist.»

## Der innere Ratgeber

Ich war auch gespannt zu hören, was Anastasia über Ernährung zu sagen hat. Denn sie selbst ernährt sich sehr eigentümlich. Also fragte ich sie: «Sag mal, Anastasia, was denkst du, wie sich der Mensch ernähren soll? Was soll er essen, wann, wie oft und wie viel? Bei uns wird diesen Fragen große Bedeutung beigemessen. Es gibt etliche Bücher zu diesen Themen: Rezepte für gesunde Ernährung, Ratschläge zum Abnehmen und so weiter.»

Ihre Antwort war: «Es ist schwer, sich die Lebensweise des Menschen unter den Bedingungen der technokratischen Welt anders vorzustellen. Die dunklen Kräfte sind fortwährend bestrebt, die ursprüngliche Natur der Welt durch ein komplexes künstliches System zu ersetzen, das dieser widerspricht.»

Ich bat Anastasia, sich konkreter und verständlicher auszudrücken, ohne philosophische Ausführungen, und sie fuhr fort: «Sieh mal, deine Fragen, was, wann und wie man essen sollte, kann niemand so gut beantworten wie der Organismus des einzelnen Menschen. Hunger und Durst sind ja nichts weiter als Signalzeichen, wann man essen soll – nämlich genau in diesem Moment. Die technokratische Welt ist nicht in der Lage, dem Menschen zu ermöglichen, zu diesem günstigsten Zeitpunkt seinen Hunger und Durst zu stillen, und so zwang sie ihn in bestimmte Schemen hinein, angeblich aus Gründen der Zweckmäßigkeit. Stell dir einmal vor: Jemand sitzt den halben Tag am Schreibtisch und verbraucht fast keine Energie, während ein anderer körperlich arbeitet oder schweißgebadet umherläuft. Der Zweite verbraucht zigmal mehr Energie als der Erste, aber essen müssen beide zur gleichen Zeit. Ein Mensch sollte in dem Moment Nahrung zu sich nehmen, wenn es ihm sein Körper empfiehlt; einen anderen Ratgeber darf es nicht geben.

Ich weiß wohl, unter euren Lebensbedingungen ist das fast nicht möglich. Doch für Menschen, die auf ihrem eigenen Grundstück mit Garten leben, besteht diese Möglichkeit. Das sollte man nutzen, ohne die widernatürlichen Konventionen zu beachten. Etwas Ähnliches gilt für deine Frage, was man essen soll: nämlich das, was man gerade zur Hand hat. Der Organismus wählt selbst das Richtige. Ich möchte dir folgenden unkonventionellen Rat geben: Wenn man Haustiere hat – einen Hund etwa oder eine Katze –, so sollte man sie einmal aufmerksam beobachten. Ab und zu wählen sie aus all den Pflanzen einen bestimmten Grashalm und fressen ihn. Genauso sollte man auch selbst einige solcher Gräser pflücken und seiner Nahrung beimengen. Das braucht man nicht jeden Tag zu tun, ein- oder zweimal pro Woche reicht schon. Auch sollte man selbst Getreideähren ernten, dreschen, zu Mehl verarbeiten und daraus Brot backen. Das ist ganz besonders wichtig. Wer solches Brot nur ein- oder zweimal pro Jahr isst, erhält einen enormen Vorrat an Energie. Seine inneren Kräfte werden aktiviert, sein physisches Wohlbefinden bessert sich, und er findet seelische Ruhe. Man kann solches Brot auch Verwandten und Bekannten geben. Es wird auch ihnen sehr gut tun, vor allem dann, wenn es mit Aufrichtigkeit und Güte gegeben wird. Es ist gesund, sich wenigstens einmal im Sommer drei Tage lang nur von dem zu ernähren, was im eigenen Garten wächst. Diese Dinge kann man mit Brot, Sonnenblumenöl und ein wenig Salz ergänzen.»

Ich habe bereits erzählt, wie sich Anastasia ernährt. Auch während sie nun sprach, pflückte sie ab und zu unwillkürlich einen Grashalm und begann ihn zu kauen. Sie reichte auch mir davon, und ich beschloss, es zu probieren. Nicht, dass mir die Halme besonders mundeten, aber übel schmeckten sie auch wieder nicht. Für Anastasias Ernährung und sonstige Versorgung ist sozusagen die Natur zuständig. Sie selbst lässt sich von diesen Dingen nicht ablenken; gedanklich ist sie immer mit anderen Problemen beschäftigt. Indes ist ihre Gesundheit ein untrennbarer Bestandteil ihrer außergewöhnlichen Schönheit. Ihrer Ansicht nach bietet sich einem Menschen, der ähnliche Beziehungen mit der Pflanzenwelt und der Erde seines Gartens hergestellt hat, die Möglichkeit, ausnahmslos von allen Krankheiten geheilt zu werden.

Eine Krankheit beruht an sich darauf, dass ein Mensch die natürlichen Vorgänge, die für seine Gesundheit und seine Versorgung zuständig sind, ignoriert. Und für diese Mechanismen der Natur ist es kein Problem, eine beliebige Erkrankung zu heilen, denn genau zu diesem Zweck sind sie ja da. Der Nutzen, den ein Mensch aus dem Informationsaustausch mit einem kleinen Stück Land zieht, ist bedeutend größer als der des direkten Kampfes gegen die Krankheiten.

# 13

## Träumen unter dem eigenen Stern

Ich habe bereits davon berichtet, mit welcher Begeisterung Anastasia über Pflanzen spricht sowie über Menschen, die mit den Pflanzen kommunizieren. Zuerst dachte ich, Anastasia, die mitten in der Wildnis lebt, kenne sich nur mit der Natur aus, aber sie wusste auch über den Aufbau der Planeten Bescheid. Sie hat ein regelrechtes Gespür für die Himmelskörper. Doch mag sich der Leser in diesem Kapitel selbst ein Urteil darüber bilden, was sie vom Schlaf unter dem Sternenzelt zu erzählen weiß.

Pflanzen, die Informationen über bestimmte Menschen erhalten haben, treten nach Anastasias Ansicht in einen Informationsaustausch mit den kosmischen Kräften. Sie fungieren dabei aber nur als Vermittler, die eine genaue, zielgerichtete Aufgabe in Bezug auf den Körper des Menschen und auf einige seelische Pläne erfüllen. Nie haben sie direkt teil an den komplizierten Vorgängen, die innerhalb der gesamten Flora und Fauna dieses Planeten allein dem Menschen und seinen Daseinsplänen vorbehalten sind.

Der mit dem Kosmos hergestellte Kontakt erlaubt dem Menschen, das zu tun, was nur er allein vermag: die Hilfe des Allgeistes in Anspruch zu nehmen, genauer gesagt, Informationen mit Ihm auszutauschen. Das lässt sich mithilfe eines einfachen Vorganges bewerkstelligen, wobei man auch noch eine wohltuende Wirkung spürt.

Anastasia erklärte das folgendermaßen:

«Eines Abends, wenn das Wetter es erlaubt, richtest du dich auf eine Nacht unter dem Sternenzelt ein. Das Nachtlager soll sich in der Nähe der Himbeeren, Johannisbeeren oder Getreidekulturen befinden, und du musst allein sein. Lege dich auf den Rücken, ohne die Augen zu schließen. Dann lässt du deine Blicke und deine Gedanken über die Himmelskörper schweifen. Es ist wichtig, dass du dabei entspannt bleibst und dass deine Gedanken locker und frei sind.

Zuerst versuchst du, an die am besten sichtbaren Himmelskörper zu denken, dann kannst du beginnen zu träumen: von deinen innigen Wünschen, deinen Nächsten und all denjenigen, denen du Gutes wünschst. Lass auf keinen Fall Gedanken der Rache oder der Missgunst in dir zu, denn das könnte zu deinem eigenen Schaden sein.

Dieser einfache Vorgang wird einige unter vielen Gehirnzellen in dir aktivieren, die sonst während des ganzen Lebens schlafen. Die kosmischen Kräfte werden mit dir sein und dir dabei helfen, die unglaublichsten lichten Träume zu verwirklichen und seelische Ruhe zu finden sowie die Beziehungen zu deinen Angehörigen zu verbessern, sodass sie dich mehr lieben werden als zuvor.

Es empfiehlt sich, diesen Vorgang mehrere Male durchzuführen. Seine Wirkung entfaltet sich aber nur dort, wo du deinen ständigen Kontakt mit der Pflanzenwelt pflegst. Bereits am nächsten Morgen wirst du den Effekt spüren. Besonders wichtig ist es, diesem Vorgang jeweils am Vorabend deines Geburtstags zu folgen. Es wäre zu umständlich, jetzt zu erklären, wie das genau funktioniert, aber es ist auch gar nicht nötig. Du würdest ohnehin nicht alles glauben können; einiges würdest du nicht einmal verstehen. Es wäre sinnvoller, darüber mit Menschen zu reden, die es selbst ausprobiert und die Wirkung praktisch erfahren haben; denn die so gewonnenen und durch Erfahrung bestätigten Erkenntnisse können zu einem besseren Verständnis der folgenden Informationen beitragen.»

## Die Sternenfrau*

In einer der Nächte während meines Beisammenseins mit Anastasia hatte ich Gelegenheit, Anastasias Umgang mit den Sternen mitzuverfolgen.

Am Tag zuvor hatte sie abends zu mir gesagt: «Wladimir, die kommende Nacht ist für mich bedeutsam. Ich kann mich nicht zum Schlafen neben dich legen. Aber sei unbesorgt. Ich werde eine Wölfin herbeirufen, die während deines Schlafs den Eingang zur Höhle bewacht.»

Ich hatte keine Lust, allein in der Höhle zu schlafen. Das als Eingang dienende Schlupfloch war ja offen, und jedes wilde Tier hätte mich im Schlaf überfallen können. Anastasia wurde von den Tieren beschützt, aber es konnte ja sein, dass sie mich nicht mochten. Womöglich würden sie mir nichts antun, aber das Gefühl der Besorgnis oder der Angst bliebe trotzdem und würde mich nicht einschlafen lassen. So fragte ich:

«Anastasia, wo verbringst du denn die Nacht?»

«Ich werde sie im Wasser verbringen, Wladimir, im See.»

«Mit anderen Worten, du wirst baden. Musst du ausgerechnet heute Nacht baden?»

«Ja, Wladimir, es gibt nur eine solche Nacht im Jahr, und die darf ich nicht versäumen.»

Ich fragte nicht weiter nach, warum sie gerade diese Nacht im See verbringen musste; mich interessierte vielmehr die Frage, wie ich mich beschützen könnte. Und so bot ich ihr an:

«Ich würde gern mitkommen zum See. Während du badest, will ich am Ufer sitzen.»

«Gut, Wladimir. Nur zieh dich warm an, und lass uns trockenes Gras mitnehmen. Wenn du willst, kannst du dann darauf schlafen.»

Dies taten wir. Als es dunkel wurde, legte ich mich aufs trockene Gras und beobachtete das Geschehen.

---

* Dieses Unterkapitel wurde vom Autor für die vorliegende, vollständig überarbeitete Neuausgabe neu hinzugefügt. (Anmerkung des Verlags)

Die Nacht war warm und windstill. Die Baumkronen waren ruhig, und es war auch kein Zirpen im Gras oder die sonstigen üblichen nächtlichen Geräusche der Taiga-Bewohner zu hören. Am klaren Himmel leuchteten zahlreiche Sterne, und zwar ungewöhnlich hell.

Anastasia stand schweigend am Seeufer und betrachtete dessen Oberfläche, auf der wie in einem Spiegel große und kleine Sterne reflektiert wurden. Dann zog sie ihr Kleid aus und stieg nackt in den See. Eine Zeitlang stand sie bis zu den Knien im Wasser, dann setzte sie sich und begann, mit ihren Handflächen sanft das Wasser zu streicheln. Und plötzlich tauchte sie in das reflektierte Sternenfeld ein. Sie war dabei ganz vorsichtig, um das Wasser ja nicht aufzuwühlen. Nachdem sie wieder aufgetaucht war, begann sie langsam im Kreis zu schwimmen. Dabei verringerte sie allmählich den Durchmesser der Ringe, sodass sie schließlich genau in der Mitte des Sees anlangte. Dort drehte sie sich auf den Rücken und ließ sich mit ausgebreiteten Armen treiben, den Blick auf den Himmel gerichtet.

Weil die Sterne des Himmels sich auf dem See spiegelten, hatte es den Anschein, als schwebte Anastasia inmitten des Weltalls, von allen Seiten umgeben von Himmelskörpern, während sie selbst wie ein Teil der Sternenfamilie anmutete.

Das Wasser im See schillerte in weichen, bunten Tönen. Der Sternensee und die gesamte Umgebung waren bezaubernd, und während ich darüber nachsann, schlummerte ich sanft ein.

Als ich in der Morgendämmerung aufwachte, war die Reflexion der Sterne schon verschwunden, und Anastasia saß neben mir, in ihre Strickjacke gekleidet. Mit den Händen umfasste sie ihre Knie, auf denen ihr Kopf ruhte. Sie bewegte sich nicht.

Obwohl es noch ganz früh am Morgen war, konnte ich nicht mehr schlafen. Ich wollte wissen, was das nächtliche Geschehen zu bedeuten hatte.

Ich rückte an Anastasia heran, streichelte ihre Hand und sagte: «Bitte nimm mir nicht übel, Anastasia, was ich dir jetzt sage.»

«Sprich nur, Wladimir. Ich nehme es dir nicht übel.»

«Die letzte Nacht am See war wunderschön. Solche Schönheit habe ich noch nie im Leben gesehen, und auch meine Gefühle waren einmalig. Mir schien, als läge der See nicht irgendwo in der sibirischen Taiga, sondern mitten im Universum. Aber ich verstehe nicht, warum du so lange im Wasser lagst. Solche Prozeduren, wie du sie in der vergangenen Nacht durchführtest, solltest du nicht mehr wiederholen. Das Wasser ist nicht warm genug zum Baden, und da könntest du dir leicht eine Erkältung holen, oder sonst etwas Schlimmes könnte passieren. Dabei erwartest du doch ein Kind, und daher sehe ich erst recht keinen Sinn in derartigen Zeremonien oder Ritualen.»

«Was ich getan, ist durchaus sinnvoll, Wladimir.»

«Wie kann ich das verstehen?»

«Mit dem Wasser dieses Sees hat mich meine Mutter gewaschen, als ich zur Welt kam. Und Wasser an sich ist sehr bedeutsam, denn es ist in allem Lebendigen enthalten, was im Universum existiert.

Das Wasser des Lebens beinhaltet Informationen über die Erschaffung des Lebens im Universum. Außerdem enthält es alle Gedanken und Gefühle, die jemals vom Menschen hervorgebracht wurden. Und das Wasser kann menschliche Emotionen spüren und auf sie reagieren.»

«Mag sein, Anastasia, aber ich begreife trotzdem nicht, wieso du in der Nacht im See badest. Was versprichst du dir davon?»

»Ich möchte erkennen, wie die Menschen vom Anbeginn ihres Erscheinens bis zum heutigen Tag gelebt haben, Wladimir. Und ich will wissen, in welchen Augenblicken und in welchen Epochen sie am glücklichsten waren. Was ihnen die größte Freude bereitete. Und das möchte ich dann den Menschen von heute mitteilen, damit sie glücklich werden und damit auch unsere Kinder glücklich werden.»

«Aber ist es denn möglich zu wissen, was Menschen getan haben, die vor vielen Jahrhunderten lebten?»

«Ja, Wladimir, das ist möglich. Wenn ein Kind geboren wird und aufwächst, wird es seinen Eltern äußerlich ähneln, aber nicht nur seinen Eltern, sondern auch dem ersten Menschen. Es hat das gleiche Blut, und tief in seinem Gedächtnis sind Informationen gespeichert, die bis zur Schöpfung zurückgehen; nur denkt der Mensch nicht an diese Informationen, aber wenn er sich Mühe gibt, wird er sich an alles erinnern.»

«Vielleicht, aber solche Erinnerungen betreffen doch höchstens die direkten Vorfahren eines bestimmten Menschen.»

«Natürlich, Wladimir, nur die Vorfahren, die direkten Urahnen. Auch die Zellen in meinem Gedächtnis zeigen mir Bilder aus dem Leben meiner entfernten Urahnen.»

Anastasia sprang auf, lief zum See, berührte sanft das Wasser, wandte sich mir zu und fuhr fort:

«Aber das Wasser kennt die Vergangenheit aller Menschen. In ihm sind Informationen über alles enthalten, was jemals im Universum geschehen ist. Und es ist mir behilflich, all das zu verstehen. Wenn ich im Wasser liege, in der Mitte des Sees, und nachdenke, dann denkt es mit mir und sucht nach den nötigen Bildern, ja es tastet sogar alle Planeten danach ab, denn Wasser ist ja überall vorhanden.

Im See spiegeln sich die Sterne, und die Sterne spiegeln sich auch in meinen Augen. In diesem Moment sind wir eins. Die Information des Universums wird in einem solchen Moment dem Menschen zugänglich, weil er sich dann als Teil des Universums fühlt. Das Universum freut sich, wenn der Mensch sich als sein Teil fühlt, und ist bereit, ihm zu dienen und die Gedanken des Menschen Wirklichkeit werden zu lassen.»

Während ich zuhörte, wie Anastasia mit ruhiger Überzeugung über das Universum, die Sterne und das Wasser sprach, dachte ich: «Hier in der Taiga lebt eine junge Schönheit, die keine Probleme kennt, wie sie in der modernen technokratischen Gesellschaft üblich sind. Vielleicht sind deshalb ihre Vorstellungen vom Weltall so ungewöhnlich. Sie spricht mit solcher Überzeugung über ihre Weltsicht, dass es mir unpassend erscheint, meine Zweifel daran zu äußern.» Und so sprach ich zu ihr wie folgt:

«Anastasia, du analysierst das Leben der Menschheit wie ein Gelehrter. Welchen Zeitraum hast du bereits erforschen können?»

«Bisher nicht viel – nur neun Jahrtausende.»

«Nicht viel? Ich finde das sogar sehr viel! Und zu welchen Schlussfolgerungen bist du aufgrund deiner Betrachtungen gekommen?»

«Ich werde dir später von meinen Schlussfolgerungen berichten, Wladimir, oder dir die Bilder zeigen, die ich sah. Du oder andere Menschen können dann ihre eigenen Schlüsse daraus ziehen.»

«Natürlich können die Menschen Schlüsse ziehen, sofern sie deinen Worten Glauben schenken. Denn was du zum Beispiel über das Wasser sagst, das ist ja schon sehr ungewöhnlich. Wo sind die Beweise dafür, dass Wasser tatsächlich Informationen speichern und dann auch noch auf menschliche Emotionen reagieren kann?»

«Ich glaube, eure modernen Naturwissenschaftler haben diese Beweise.»

«So? Davon ist mir aber noch nichts zu Ohren gekommen. Wasser hat bei uns eine sehr einfache Bedeutung – es ist einfach Wasser, eben ein Bestandteil unserer Umwelt.»

«Ja, ein Bestandteil, ein lebendiger Bestandteil. Und kaum jemand kommt darauf, dass es ein Lebewesen ist. Du verlangst Beweise, und das, obwohl ein Großteil deines Körpers aus Wasser besteht. Ich kann dir sagen, was jeder tun kann, um das große Potenzial des lebendigen Wassers in sich selbst zu spüren.»

«Dann sprich.»

«Du – oder jeder andere, der die heilsamen Eigenschaften des Wassers erfahren will – musst zuerst eine Quelle finden, die Wasser mit dem für ihn angenehmsten Geschmack enthält. Dann sollst du das Wasser in Behälter abfüllen, nach Hause bringen und dort einfrieren.

Jeden Abend sollst du die für den nächsten Tag nötige Menge an Wasser in einem schönen Behälter auf den Tisch stellen. Unter dem Behälter sollte sich ein grünes Stück Stoff befinden. Vor dem Schlafengehen sollst du dem Wasser ein paar nette Worte sagen oder einfach positiv an es denken.

Es sollte im Zimmer nicht zu warm sein, denn es soll ein wenig Eis übrigbleiben. Sollte alles Eis geschmolzen sein, so muss ein Stück Eis von dem gefrorenen Depot nachgelegt werden.

In warmes Wasser sollte ebenfalls ein Stück Eis gegeben werden, auch in heißen Tee. Wenn das Eis taut, solltest du dem Wasser gute Gedanken schenken oder ihm ein paar nette Worte sagen. In aufgetautes Wasser kannst du einen Tropfen Zedernöl geben. Dabei spielt es keine Rolle, wie groß die Wassermenge ist, denn die Information des Tröpfchens wird auf die gesamte Menge verteilt werden, und diese Information ist sehr wichtig.

Vor dem Schlafengehen kannst du den Wasserbehälter streicheln und deine Atemluft über dem Wasser ausatmen.

Wenn du dann am folgenden Tag aufwachst, solltest du das Wasser begrüßen. Dann kannst du es in kleinen, langsamen Zügen trinken und damit dein Gesicht befeuchten.

Wenn in deinem Körper Erkrankungen stecken, wird das Wasser beginnen, sie zu behandeln und zu heilen. Schon nach drei Tagen wirst du eine Besserung verspüren.

Wenn du das Wasser neunundneunzig Tage lang anwendest, werden sogar ernsthafte Krankheiten aus deinem Körper weichen, und du wirst bemerken, wie deine Gesichtshaut deutlich gesünder wird.

Wenn du deinen Körper verjüngen oder du mit größerem Elan arbeiten willst, kannst du außer dem Wasser auch Zedernöl anwenden: morgens, mittags und am frühen Abend jeweils einen Schluck. Auch Honig von verschiedenen Kräutern oder Blüten ist nützlich, wobei die Menge nach Belieben geregelt sein kann. Der Honig sollte aber nicht mit Wasser vermischt werden. Wenn du das dreißig Tage lang tust, werden deine Gedanken sich beschleunigen, und dein Körper wird sich verjüngen.»

«Was du mir erzählt hast, Anastasia, ist bemerkenswert, denn es kann von gelehrten und einfachen Menschen gleichermaßen überprüft werden. Aber woher weißt du das eigentlich alles? Von deinen Vorfahren?»

«Vom Wasser», sagte Anastasia lachend und drehte sich freudig. Dann blieb sie stehen und fügte ernst hinzu: «Und von den Sternen weiß ich es.»

# 14

## Natürliche Kindeserziehung

Als ich Anastasia fragte, wie der Garten mit seinen Pflanzen – auch wenn sie auf besondere Weise gezüchtet wurden und mit den Menschen in Kontakt stehen – zur Erziehung der Kinder beitragen kann, erwartete ich von ihr zu hören, dass es notwendig sei, den Kindern Liebe zur Natur beizubringen, oder etwas Ähnliches. Doch ich täuschte mich. Ihre Antwort beeindruckte mich durch die Einfachheit der Argumentation und durch ihren tiefen philosophischen Gehalt.

«Die Natur und der Allgeist haben es so gefügt, dass jeder Mensch als ein Herrscher, ein König geboren wird. Er ist einem Engel gleich, so rein und makellos. Durch die Fontanelle, den noch geöffneten Scheitel, empfängt das Kind einen riesigen Strom kosmischer Informationen. In jedem Neugeborenen ruht das Potenzial, ein Wesen von höchster kosmischer Weisheit zu werden, sodass es fast Gott gleichkommt. Es braucht gar nicht viel Zeit dafür, um seine Eltern mit solchem Glück und Segen zu beschenken. Diese Zeit, in der es den Sinn des menschlichen Daseins und das Wesen des Weltalls erfasst, ist ein Abschnitt von nur neun irdischen Jahren. Und alles, was es dafür braucht, ist bereits vorhanden. Die Eltern müssen es lediglich unterlassen, das natürliche, reale Weltbild des Kindes zu verzerren, das Kind von der vollkommensten Schöpfung des Universums zu entfremden. Aber die technokratische Welt hindert die Eltern daran, dies zu tun.

Was sieht ein Kleinkind, dessen Bewusstsein zu erwachen beginnt? Die Zimmerdecke, das Bettgestell, Windeln, Wände – alles Attribute und Werte einer künstlichen, von der technokratischen Gesellschaft erschaffenen Welt … und natürlich noch seine Mutter und ihre Brust. ‹Es wird wohl alles so sein sollen›, denkt es sich.

Seine lächelnden Eltern geben ihm rasselnde und pfeifende Gegenstände, die sie Spielzeuge nennen, als handle es sich dabei um etwas Wertvolles. Wozu? Das Kind wird lange Zeit damit verbringen, den Sinn dieser Gegenstände mit seinem Bewusstsein und seinem Unterbewusstsein zu erfassen. Es wird sich fragen: ‹Wieso rasseln und pfeifen sie so?› Dann werden die gleichen lächelnden Eltern es mit Lappen umwickeln – Windeln. Das wird ihm nicht gefallen, und es wird versuchen, sich zu wehren, doch vergeblich. Das einzige Mittel der Auflehnung ist das Schreien, und so schreit es laut auf – ein Schrei der Empörung und ein Hilferuf zugleich. Von diesem Augenblick an wird der Engel und König zum Sklaven und Bettler, der um Almosen bittet.

Eines nach dem anderen werden dem Kind Dinge der künstlichen Welt dargeboten: neues Spielzeug, neue Kleidung. Und man suggeriert ihm, diese Gegenstände seien das Wichtigste auf der Welt. So klein das Kind auch sein mag, eigentlich ist es schon ein allvollkommenes Wesen. Doch mit der Art und Weise, wie sich die Eltern ihm gegenüber verhalten – zum Beispiel durch das Lispeln –, geben sie dem Kind unwillkürlich zu verstehen, wie unvollkommen es sei. Auch in jenen Anstalten, wo es eigentlich etwas lernen sollte, werden ihm wieder nur die gleichen künstlichen Wertvorstellungen beigebracht. Erst wenn es neun Jahre alt ist, wird beiläufig die Natur erwähnt, gleichsam als eine Beilage zum Wichtigsten, nämlich den von Menschenhand gefertigten, künstlichen Dingen. Die meisten Menschen sind bis zum Ende ihrer Tage nicht in der Lage, die Wahrheit zu verstehen. Die einfache Frage nach dem Sinn des Lebens bleibt für sie ungeklärt.

Der Sinn des Lebens aber liegt in der Wahrheit, der Freude und der Liebe. Ein neunjähriges Kind, das in einer natürlichen Umgebung aufgewachsen ist, hat ein tieferes Verständnis von der Welt als eure wissenschaftlichen Institute und viele anerkannte Akademiker.»

«Stopp mal, Anastasia! Du meinst sicher sein Wissen von der Natur, wenn sein Leben so verlaufen ist wie deines. Da kann ich dir zustimmen. Aber der moderne Mensch ist gezwungen, in unserer technokratischen Welt, wie du sie nennst, zu leben. Ob das nun gut oder schlecht ist, steht auf einem anderen Blatt. Wie gesagt, das Kind mag sich in der Natur auskennen und sie gefühlsmäßig erfassen, aber was andere Gebiete betrifft, wird es ein völliger Laie sein – so zum Beispiel in Mathematik, Physik, Chemie oder im gesellschaftlichen Leben.»

«Für jemanden, der das Wesen dieser Welt erkannt hat, sind das alles nur Kleinigkeiten. Wenn es nötig ist, kann er sich in jedem beliebigen Wissensgebiet behaupten und alle anderen übertreffen, die nicht die Grundlage des Weltalls kennen.»

«Wie soll das möglich sein?»

«Der Mensch der technokratischen Welt hat noch nichts erfunden, was es in der Natur nicht schon gäbe. Selbst die vollkommensten Maschinen sind nur ein Abklatsch dessen, was in der Natur bereits vorkommt.»

«Schon möglich. Du hast aber versprochen zu erzählen, wie man das Kind unter unseren Bedingungen erziehen und seine Fähigkeiten fördern kann. Aber drücke dich bitte deutlich aus, mit konkreten Beispielen.»

«Gut, ich werde mich bemühen», sagte Anastasia. «Ich habe solche Situationen bereits mit meinem inneren Auge gesehen und dabei gelegentlich versucht, bestimmten Eltern Hinweise zu geben, was zu tun ist. Sie verstehen aber nicht, worauf es ankommt, und können ihrem Kind keine geeigneten Fragen stellen. Diese Eltern haben ein ungewöhnlich reines, begabtes Kind, das den Menschen dieser Erde großen Nutzen bringen könnte, aber … sie nehmen dieses dreijährige Kind mit in ihr Landhaus und bringen all seine Lieblingsspielzeuge mit. All dieses künstliche Spielzeug, das die wahre

Rangordnung der Werte verzerrt! Ach, hätten sie das nur nicht getan! Man kann das Kind doch mit etwas Interessanterem beschäftigen als mit dem sinnlosen, ja schädlichen Spiel mit diesen künstlich hergestellten Gegenständen!

Vor allem kann man das Kind bitten mitzuhelfen. Das sollte ganz im Ernst geschehen, ohne Gelispel. Umso mehr wird es tatsächlich helfen können. Bei der Saat bittet man das Kind, das Saatgut in der Hand zu halten oder ein Beet zu harken oder die Samen in ein Erdloch zu werfen. Wichtig ist, dass man ihm dabei alles erklärt, was man tut. Zum Beispiel so: ‹Nun legen wir den Samen in die Erde und schütten ihn zu. Wenn die Sonne scheint und sich die Erde erwärmt, wird der Same anfangen zu wachsen – denn er wird die Sonne sehen wollen –, und aus der Erde schaut dann ein grüner Keim hervor, so einer.› Dabei muss man dem Kind einen kleinen Halm zeigen. ‹Wenn es dem Keim draußen gefällt, wird er immer größer werden und schließlich zu einer Blume oder einem Baum heranwachsen. Ich möchte, dass der Sprössling eines Tages eine köstliche Frucht hervorbringt, und du sollst sie essen, wenn sie dir schmeckt. Der Keim wird seine Früchte für dich wachsen lassen.›

Jedes Mal, wenn man mit dem Kind in den Garten kommt oder wenn es am Morgen erwacht, soll man ihm vorschlagen, nachzusehen, ob schon ein Sprössling da ist. Wenn man einen neuen Keim erblickt, soll man dem Kind seine Freude zeigen. Wenn man nicht sät, sondern Setzlinge pflanzt, sollte man dem Kind auch diesen Vorgang erklären. Wenn die Eltern zum Beispiel Tomatensetzlinge pflanzen, soll das Kind ihnen einen Setzling nach dem anderen reichen. Wenn es aus Versehen einen zerknickt, soll man diesen in die Hand nehmen und sagen: ‹Ich denke, dieses Pflänzchen wird nicht am Leben bleiben und keine Früchte hervorbringen, denn es ist beschädigt. Doch wir wollen dennoch versuchen, es einzupflanzen.› Mindestens ein beschädigtes Pflänzchen sollte man zwischen den anderen einsetzen. Wenn die Eltern nach ein paar Tagen mit dem Kind wieder zum Beet mit den Tomatensetzlingen kommen, die inzwischen fest angewachsen sind, sollen sie ihm den abgeknickten, verwelkenden Setzling zeigen und es daran erinnern, dass er beim

Pflanzen abgeknickt ist. Dabei sollten sie mit dem Kind nicht in einem belehrenden Ton sprechen, sondern wie mit ihresgleichen. Sie sollten nie vergessen, dass es ihnen in gewisser Hinsicht überlegen ist, zum Beispiel was die Reinheit des Geistes betrifft. Es ist ein Engel. Wenn sie diesen Punkt verstehen, können sie im Weiteren bereits intuitiv handeln, und schon bald werden sie in ihrem Kind einen Menschen sehen, der sie glücklich machen wird. Wenn sie unter dem Sternenhimmel schlafen wollen, können sie auch ihr Kind mitnehmen und es neben sich legen. Doch auf keinen Fall sollten sie ihm die Namen der Planeten, deren Herkunft oder Bestimmung zu erklären versuchen, denn das wissen sie selbst nicht. Und die Dogmen, an die sie glauben, werden das Kind nur von der Wahrheit fortführen. Die Wahrheit ruht in seinem Unterbewusstsein und wird ihm allmählich bewusst werden. Sie können ihm aber sagen, dass es ihnen gefällt, die leuchtenden Sterne zu betrachten, und ihr Kind fragen: ‹Welcher Stern gefällt dir am besten?›

Für die Eltern ist es überhaupt wichtig zu wissen, wie man dem Kind Fragen stellt. Im nächsten Jahr sollen sie ihm ein eigenes Beet zur Verfügung stellen, damit es dies selbst gestalten und alles darauf tun kann, was ihm gefällt. Auf keinen Fall sollen sie es zwingen, etwas auf diesem Beet zu tun, oder etwas an dem verbessern, was es selbst gemacht hat. Sie sollen es nur fragen, was es möchte. Hilfe leisten sollen sie nur, wenn sie das Kind zuvor um Erlaubnis gefragt haben, mit ihm zu arbeiten. Wenn Getreide ausgesät wird, soll das Kind auch ein paar Körnchen auf das Beet werfen.»

«Na schön», warf ich misstrauisch ein, «so wird das Kind vielleicht Interesse an der Pflanzenwelt entwickeln und ein guter Landwirt werden, aber woher bekommt es das Wissen von anderen Gebieten?»

«Es kommt halt nicht nur darauf an, dass es weiß und fühlt, was im Garten wächst und wie. Am wichtigsten ist, dass es denken und analysieren lernt, dass in seinem Gehirn die Zellen zum Leben erwachen, die dann sein Leben lang arbeiten werden. Ebendiese Zellen machen es klüger und begabter im Vergleich zu anderen Kindern, bei denen die Zellen schlafen. Was euren sogenannten wissenschaftlichen Fortschritt betrifft, so kann ein solches Kind gewöhnlichen Kindern weit überlegen sein, und aufgrund der Reinheit seines Geistes wird es auch viel glücklicher sein als andere. Der Kontakt, den es mit seinen eigenen Planeten geknüpft hat, ermöglicht es ihm, stets neue Informationen zu empfangen und auch Informationen auszutauschen. All dies wird es durch sein Unterbewusstsein aufnehmen, von wo aus die Informationen in Form neuer Gedanken und Entdeckungen an das Bewusstsein weitergeleitet werden. Äußerlich wird ein solcher Mensch gewöhnlich wirken, aber innerlich … ihr nennt solche Menschen Genies.»

# 15

## Das Waldgymnasium

«Sag mal, Anastasia, haben dich deine Eltern auch so erzogen?»

Nach einer kleinen Pause, in der sie wohl an ihre Kindheit zurückdachte, antwortete sie mir: «Ich erinnere mich kaum noch an meine Eltern. Großvater und Urgroßvater haben mich ungefähr so erzogen, wie ich es dir beschrieben habe. Nur habe ich die Natur und die Tierwelt eigentlich von selbst gefühlsmäßig ganz gut wahrgenommen. Vielleicht habe ich dabei ihre Bestimmung nicht gründlich verstanden, aber das ist auch gar nicht so wichtig, wenn man dieses Gefühl entwickelt.

Ich lebte ohne Vater und Mutter auf dieser Lichtung, aber ich war nicht allein. Im Gras lebten eine Menge Käferchen und andere Krabbeltiere. Ich ließ sie auf meine Hände springen und auf meine Arme kriechen, betrachtete sie und fragte mich, warum sie so unterschiedlich aussehen. Damit das Spielen mit ihnen Spaß macht oder aus noch einem anderen Grund?

Auch große Tiere gefielen mir. Sie interessierten mich, besonders als ich erkannte, dass sie mit ihren Beinen nicht nur gehen, sondern auch laufen.

Ich schloss Freundschaft mit einer Wölfin, einer Bärin und einem Fuchs. Sie waren immer nett zu mir, aber manchmal stritten sie miteinander.

Ich war sehr bemüht, ihre Sprache und Gedanken zu verstehen, denn ich wollte wissen, warum sie mich nicht von der Lichtung fortließen.

Wenn keines der großen Tiere in der Nähe war, wollte ich oft die Lichtung verlassen, um zu sehen, was in der Taiga vor sich geht. Doch sobald ich mich auf den Weg machte, war immer eines der Tiere zur Stelle, um mir den Weg zu versperren. Dann bewachte es mich knurrend oder brummend. Eine Bärin gab mir einmal einen Klaps mit der Pfote. Das hat mich so gekränkt, dass ich beschloss, sie nie wieder anzuschauen. Den ganzen Tag ging sie hinter mir her, aber ich habe sie nicht beachtet. Schließlich jammerte sie kläglich. Ich hatte Mitleid mit ihr, ging auf sie zu und streichelte sie. Darüber war sie sehr glücklich und leckte mir meine Hände und Füße.

Dann erkannte ich, dass die Tiere sich durch die Intonation von Lauten und durch Gesten verständigen, und ich begann sie wachsam zu beobachten und ihre Sprache zu lernen. So begriff ich schließlich, warum sie mich nicht von der Lichtung fortließen: Jenseits davon begann das Territorium anderer Tiere, die mich nicht so kannten wie die Tiere meines heimatlichen Bodens.

Großvater und Urgroßvater kamen hin und wieder zu mir und stellten mir Fragen, die ich dann beantworten sollte. Bei uns behandelt die ältere Generation ein Neugeborenes oder ein Kleinkind wie eine Gottheit. Sie prüfen ihre eigene Reinheit an den Antworten des Kindes.»

Ich bat Anastasia, sich an eine konkrete Frage und Antwort zu erinnern.

Sie lächelte und sprach: «Einmal spielte ich mit einer kleinen Schlange. Ich drehte mich um, da sah ich Großvater und Urgroßvater, die in der Nähe standen und lächelten. Ich freute mich sehr, denn der Umgang mit ihnen ist immer sehr interessant. Nur sie können Fragen stellen, und ihr Herz schlägt im gleichen Takt wie bei mir. Bei den Tieren ist der Takt wieder anders. Ich lief also zu ihnen. Urgroßvater verbeugte sich vor mir, und Großvater nahm mich auf die Knie. Ich hörte sein Herz pochen und betastete und betrachtete seinen Bart. Wir schwiegen alle und freuten uns.

Dann fragte mich Großvater: ‹Sag mal, Anastasia, warum wachsen eigentlich die Haare bei mir hier› – dabei zeigte er auf Scheitel und Kinn –, ‹aber nicht hier?› – nun zeigte er auf Stirn und Nase.

Ich berührte seine Stirn und seine Nase, aber mir fiel keine Antwort ein. Etwas Unüberlegtes wollte ich auch nicht sagen; ich musste es also selbst herausfinden.

Als sie ein andermal kamen, sagte Großvater: ‹Ich grüble immer noch darüber nach, warum die Haare bei mir hier und hier wachsen, aber nicht hier.› Dabei zeigte er wieder auf Stirn und Nase.

Auch Urgroßvater schaute mich nachdenklich und forschend an. Da dachte ich, es handle sich wirklich um ein ernstes Problem, und fragte: ‹Opa, willst du denn wirklich so sehr, dass sie überall wachsen, auch auf deiner Stirn und deiner Nase?›

Urgroßvater überlegte mit, und Großvater antwortete: ‹Nein, das möchte ich nicht.›

‹Eben deshalb wachsen sie dort nicht – weil du es nicht willst!›

Nachdenklich strich er sich den Bart und sagte, gleichsam zu sich selbst: ‹Und hier wachsen sie also, weil ich es will?›

Ich bestätigte: ‹Natürlich, Großvater, alle wollen es so: du, ich und auch der, der dich ausgedacht hat.›

Da fragte Urgroßvater etwas erregt: ‹Und wer hat ihn sich ausgedacht?›

‹Na der, der sich alles ausgedacht hat›, antwortete ich.

‹Und wo ist der? Zeig ihn mir›, bat Urgroßvater, wobei er sich zu mir herabbeugte.

Das konnte ich nicht sogleich beantworten, aber die Frage beschäftigte mich von da an des Öfteren.»

«Und … hast du sie schließlich doch beantwortet?»

«Ja, ungefähr nach einem Jahr. Dann habe ich neue Fragen bekommen. Bis dahin hatten sie mich nichts mehr gefragt, und das machte mich sehr traurig.»

# Bildteil

Der Autor Wladimir Megre auf einem Familienlandsitz in Russland.

Dieser exklusive, zwanzigseitige Bildteil besteht aus drei Bereichen:

- Zunächst ist es uns eine Freude und Ehre, Ihnen aus den privaten Archiven von Wladimir Megre erstmals einige bislang unveröffentlichte Bilder aus dem für ihn schicksalsträchtigen Frühjahr 1994 zu präsentieren.
- Dann möchten wir Ihnen einige ausgewählte Projekte im deutschen Sprachraum vorstellen, die schon seit Jahren im Begriff sind, die wertvollen Ideen Anastasias umzusetzen in eine lebendige Realität.
- Schließlich finden Sie eine reich illustrierte Beschreibung des Ökotourismus-Projekts «The Cedar House» von Wladimir Megres Schwiegersohn sowie zusätzlich einige Impressionen von Anastasia-Familienlandsitzen in Russland.

Mögen Sie, liebe Leserin und lieber Leser, hierdurch angeregt und ermutigt werden, ihren eigenen Weg im Sinne Anastasias zu suchen und zu gehen. (Die Herausgeber der deutschen Neuausgabe)

Im Frühjahr 1994 unternahm der damalige Handelsunternehmer Wladimir Megre mit seinen Schiffen eine viermonatige Geschäftsreise auf dem westsibirischen Strom Ob: von Nowosibirsk nach Salechard, einer Stadt am nördlichen Polarkreis. Ziel und Zweck dieser Reise war es, wirtschaftliche Beziehungen zum hohen Norden Russlands zu knüpfen. Er nannte seine Expedition «Handelskarawane», und die Versorgungsschiffe hatten eine Strecke von jeweils 3500 Kilometern hin und zurück zu bewältigen.

Eines Tages – die Karawane war bereits auf dem Rückweg und hielt auf Nowosibirsk zu – ließ Megre sein Hauptschiff bei einem kleinen Dorf festmachen, das aus nicht mehr als ein paar Häuschen bestand. Dort traf er zwei ältere Männer – den dreiundneunzigjährigen Großvater und den hundertneunzehnjährigen Urgroßvater Anastasias –, die mit ihm ein langes, wunderliches Gespräch über die «klingenden Zedern der Taiga» führten. Diese erste Begegnung mir dem uralten wedrussischen Volk sollte Wladimir Megres gesamtes Leben grundlegend verändern.

Ein Jahr später beschloss er, eine weitere Reise den Ob hinab in Richtung Norden zu unternehmen, diesmal nur mit seinem Schiff «Patrice Lumumba». Er kehrte an den Ort zurück, an dem er im Vorjahr die beiden Alten getroffen hatte, und begegnete dort im Frühjahr 1995 erstmals der jungen Einsiedlerin Anastasia. Sie lud ihn ein, mit ihr drei Tage auf ihrer entlegenen Taiga-Lichtung zu teilen. Der Rest ist Geschichte …

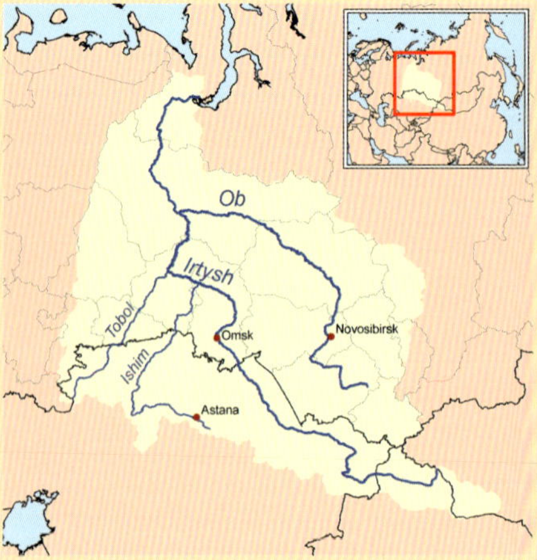


Der westsibirische Strom Ob entsteht durch die Vereinigung der beiden aus dem Altai-Hochgebirge kommenden Flüsse Bija und Katun. Er fließt über 4300 Kilometer durch die Städte Nowosibirsk, Berdsk, Nischnewartowsk, Surgut und das nordsibirische Salechard am Polarkreis und mündet schließlich in die Karasee (Nordpolarmeer).

[Karte aus: Wikipedia/Kmusser]

Die Schönheit der Natur Sibiriens, vom Ob aus gesehen.

Zwei Schiffe aus Wladimir Megres «Handelskarawane» von 1994: hinten das Stabsschiff «Patrice Lumumba», vorne das Schiff «Michail Kalinin».

Frühjahr 1994: Der bald 44-jährige Wladimir Megre im luxuriösen Appartement an Bord seines Stabsschiffs «Patrice Lumumba». Hierfür waren zwei Kajüten der ersten Klasse umgebaut und modern eingerichtet worden. Dies entsprach seinem damaligen Wertemuster. Er wollte damit bei seinen geschäftlichen Verhandlungen Eindruck machen.

Ein Teil der insgesamt 65-köpfigen Besatzung der «Handelskarawane» von 1994, hier vor dem Schiff «Michail Kalinin». Wladimir Megre befindet sich vorne, ganz links.

МИХАИЛ КАЛИНИН

## Das «Waldgartendorf» in Nordost-Hessen

Konstantin Kirsch beschäftigt sich bereits seit 1986 mit nachhaltiger Ökologie (Permakultur). Im «Waldgartendorf»-Projekt am Triesch (bei Nentershausen) im Nordosten Hessens entwickelt er wachsende Häuser aus lebenden Bäumen und vieles mehr. Er sagt: «Die Anastasia-Bücher stärken meine Hoffnung und Ausdauer, weil sie das große Bild, die Entwicklung der Menschheit, zeigen.»

Die von Konstantin Kirsch gebaute Bienen-Klotzbeute aus einem hohlen Baumstamm. Der Hohlraum hat etwa 40 cm Durchmesser und ist 1,2 Meter lang. In leichter Neigung liegt der Stamm in einer Kopfweide. Klotzbeuten, oder auch Klotzstülper, sind vom Menschen hergestellte Bienenbehausungen; sie gehören zu den ältesten künstlichen und transportablen Bienenwohnungen. (Siehe Band 1, S. 89-90)

Luftaufnahme vom Waldgartendorf am Triesch. Ein Hektar Land wurde hier liebevoll umgestaltet zu einem blühenden, fruchtenden Paradies.

*Infos und Kontakt:*
*www.waldgartendorf.de*

Die Bäume auf diesem «Pflanzenschiff» bilden mit zunehmendem Wuchs eine lebende und dichte Wurzelkuppel. Die Schalung besteht aus Holz und Folie. Aus den Lehmwänden wachsen Kräuter und Beeren. (Siehe Band 4, Kapitel 27)

Dieses lebende Haus aus Baumhaseln blüht und trägt essbare Früchte.

Lebendes Eschenhaus: Über 1300 Bäume wurden zu einem 5-Zimmer-Haus gepflanzt und geflochten. (Siehe Band 5, Kapitel 15)

## Das Forschungsprojekt «Mutterhof» im Allgäu (ehem. Naturwert-Stiftung)

Die hier seit 1972 ökologisch geführte Milchviehwirtschaft wandelt sich immer mehr in ein liebevolles, kleinbäuerliches, permakulturelles Familiengarten-Projekt – ganz im Sinne der Anastasia-Bücher sowie der Ideen des Siedlungswissenschaftlers Prof. Ralf Otterpohl. Ein Hauptaugenmerk liegt dabei auf ländlichen Produkten in einer regionalen Wertschöpfungskette.

Familiengarten in der Thing Au: Ein Hektar freiliegende Wiese wurde aufgewertet in eine blumige, fruchtbare Gartenlandschaft mit Wallanlage, Teichen gespeist durch einen Bachlauf, Hügel- und Hochbeeten für Gemüse- und Obstanbau sowie mit zahlreichen neu gepflanzten Bäumen.

Gewächshausanbau St. All mit Wirtschaftsgebäude.

*Infos und Kontakt:*
*www.mutterhof.org*

Gewächshausanbau Künstlerscheune.

Im früheren Stall wird jetzt permakulturelle Forschung betrieben – an Themen wie Humusaufbau, Renaturierung und Selbsterhaltung sowie allgemein am gesellschaftlich-ethischen Wandel.

Permakultur und Landschaftskunst: Westwallanlage als Wetterschutz auf der Hauptwetterseite (120 m).

Wie alles begann: Teichblick in südöstliche Richtung.

Wir träumen von vielen künftigen «Mutterhöfen», in denen die gegenwärtigen Agrarwüsten wieder in friedliche, fruchtbare Familienländereien umgewandelt werden.

## Der Krafthof «Steinberg» im Vorderen Bayerischen Wald

Die sieben Hektar zusammenhängende Landschaft des Krafthofes «Steinberg» im Vorderen Bayerischen Wald wurden mit Konzepten der Permakultur und viel geomantischer Arbeit gestaltet. Angeregt durch die Anastasia-Bücher werden hier in tiefer Verbindung mit der Erdseele Gaia, ihren Elementarwesen und den kosmischen Energien die Qualitäten einer neuen liebevollen Kultur gelebt und mit den Besuchern geteilt.

Das Ende 2015 fertiggestellte Strohballenrundhaus, in dem die Bewohner leben und das auch die Möglichkeit für Seminare bietet. Viele der verwendeten Baumaterialien sind auf dem eigenen Gelände gewachsen.

Der Hauseingang.
Die Küche.
Der Seminarraum.

Als Gästezimmer dienen auch ausgebaute Bauwägen.

Die Hausmitte mit den neun runden Holzsäulen und den neun Glasflächen in der Lichtkuppel. Der Bau verbindet geomantisches Wissen mit Heiliger Geometrie.

*Infos und Kontakt:*
*www.erdenkraft.net*

### Das entstehende Siedlungsprojekt «Weda Elysia» im Ostharz

In Vorfeld der Gründung einer Familienlandsitz-Siedlung im Ostharz-Gebiet (Sachsen-Anhalt) wurde bisher ein Modell der geplanten Siedlung sowie eines Familienlandsitzes gebaut. Mit ausführlicher Projektmappe und Siedlungsplan sind die Initianten des Vereins «Weda Elysia Siedlung e.V.» bei den Behörden auf positive Resonanz gestoßen. Derzeit bereiten sie sich auf Probelandsitzen auf das Leben in der späteren Siedlung vor.

Das reich illustrierte Buch «Weda Elysia – Fahrt ins Paradies» beschreibt den Aufbau und das Leben in der geplanten Siedlung.

*Infos und Kontakt:*
*www.weda-elysia.de*

Modell eines Familienlandsitzes im Maßstab 1:100.

Modell eines jurteartigen Rundhauses als geplante Erstbehausung auf dem Familienlandsitz.

Die derzeitigen Weda-Elysianer bieten regelmäßig Volkstanztage und Feste zur Wiederbelebung alter Bräuche an.

## «The Cedar House»: Ökotourismus in der sibirischen Taiga

Im Frühling 2011 wurde unter der Leitung von Sergej Megre, dem Schwiegersohn Wladimir Megres, das Gästehaus «The Cedar House» eröffnet – rund 100 km von Nowosibirsk entfernt und direkt am Rande der sibirischen Taiga gelegen. Die Familie Megre lädt alle interessierten Leserinnen und Leser der Anastasia-Bücher herzlich ein, dieses einmalige Zedernhaus zu besuchen.

**Eine neue, faszinierende und alles andere als alltägliche Urlaubserfahrung:**

Das Gästehaus «The Cedar House» ist ideal geeignet, um für ein paar erholsame Tage einfach mal die Seele baumeln zu lassen und den Geist zu entschleunigen oder auch den Körper durch ein heilsames Dampfbad in der hauseigenen traditionellen russischen Sauna zu harmonisieren und zu stärken. Hier, in dieser ganz besonderen, naturverbundenen Atmosphäre, können die Gäste nach Herzenslust entspannen, meditieren, lesen, träumen oder auch kreativ sein.

Das Zedernhaus vermag eine Gruppe von maximal vier Personen zu beherbergen. Es steht jederzeit jedem Gast offen, auch in den Wintermonaten. Die Verpflegung wird vom nahe gelegenen Familienlandsitz «Solnjetschnaja Poljana» zur Verfügung gestellt.

Das gesamte Haus wurde ausschließlich aus sibirischem Zedernholz erbaut, einschließlich sämtlicher Böden, Decken, Wände und Möbel – einfach alles.

Im Obergeschoss des Zedernhauses befindet sich der Schlaf- und Aufenthaltsraum mit romantischem Kamin und natürlich mit Möbeln und Betten aus reinem Zedernholz. Im gesamten Wohnbereich des Hauses gibt es keine störende Elektrizität.

Die Bettwäsche ist gefüllt mit getrockneten Taiga-Kräutern, und am Ende ihres Aufenthaltes dürfen die Gäste ihre gesamte Bettwäsche als Erinnerung mitnehmen.

Im Untergeschoss befindet sich eine kleine Produktionsstätte für Zedernöl, wobei selbst die Geräte zur Ölherstellung aus Zederholz bestehen. Die Gäste können hier in traditioneller Handarbeit ihr eigenes, persönliches Zedernöl aus selbst gesammelten Zedernnüssen herstellen.

**Drei unvergessliche Tage in der sibirischen Taiga:**

Die empfohlene Aufenthaltsdauer für Gäste im Zedernhaus beträgt mindestens drei Tage: Am ersten Tag besuchen Sie den nahe gelegenen Familienlandsitz «Solnjetschnaja Poljana» («Sonnige Lichtung»), wo Sie die herzliche, warme Gastfreundschaft von dessen Bewohnern kennenlernen und einen Einblick in ihren Alltag erhalten können.

Am zweiten Tag fahren Sie in die endlos scheinende Taiga, wo Sie in die Schönheit der sibirischen Wälder eintauchen, die frische Waldluft genießen und die unbeschreibliche Kraft der Zedernbäume erspüren können. Hier können Sie Ihre eigenen Zedernzapfen aufsammeln (außer in den Wintermonaten) sowie auf Wunsch auch Ihren ganz persönlichen Zedernbaum pflanzen und somit eine bleibende Spur Ihres Besuchs in der Taiga hinterlassen.

Über Nacht werden die von Ihnen gesammelten Zapfen getrocknet, und am dritten Tag lernen Sie, aus den Nüssen Ihrer Zedernzapfen nach dem von Anastasia beschriebenen Originalverfahren Ihr ganz persönliches Zedernöl herzustellen – angereichert mit Ihrer eigenen Bewusstseinsinformation und mit der Kraft Ihres Körpers.

*Weitere Informationen, Preise und Reservationen für «The Cedar House»:*

*Website:* *www.megrellc.com*
*Telefon:* *8-383-363 86 51*
*E-Mail:* *export@megre.ru*

ПОСЕЛЕНИЕ РОДОВЫХ ПОМЕСТИЙ
СОЛНЕЧНАЯ ПОЛЯНА

# Impressionen von Anastasia-Familienlandsitzen in Russland

*«Die Liebe ist die größte Kraft im Universum – sowohl in der Natur als auch in jedem einzelnen Menschen. Und um wahre Freiheit und Gleichheit unter den Menschen zu erreichen, ist eine Bevölkerung notwendig, die im Einklang mit den göttlichen Gesetzen und dem göttlichen Willen lebt, in welchem die Liebe die Basis von allem ist, was ist.»*
*– Christina von Dreien (*2001)*

*«Ich kann es kaum erwarten, dass der Mensch wieder zum demütigen Gärtner wird, der die Kunst der Aussaat und die Zeit der Ernte kennt, die Liebe für das, was geboren wird und lebt, und für das, was stirbt. Ein Mensch, der auf einer neuen Erde geht, unter einem neuen Himmel.»* *– Susanna Tamaro (*1957)*

*«Indem ein Mensch mit den ihm von Natur gegebenen Gaben sich zu verwirklichen sucht, tut er das Höchste und einzig Sinnvolle, was er tun kann.»*
*– Hermann Hesse (1877–1962)*

*«Die Natur braucht sich nicht anzustrengen, bedeutend zu sein. Sie ist es.»*
*– Robert Walser (1878–1956)*

*«Der Mensch ist ein Teil der Natur und nicht etwas, das zu ihr im Widerspruch steht.»*
*– Bertrand Russell (1872–1970)*

*«Der unermesslich reichen, stets sich erneuernden Natur gegenüber wird der Mensch, so weit er auch in der wissenschaftlichen Erkenntnis fortgeschritten sein mag, immer das sich wundernde Kind bleiben und muss sich stets auf neue Überraschungen gefasst machen.»*
*– Max Planck (1858–1947)*

*«Wenn man die Natur wahrhaft liebt, so findet man es überall schön.»*
*– Vincent van Gogh (1853–1890)*

*«Wer zur Kenntnis der Natur gelangen will, übe seinen sittlichen Sinn, handle und bilde dem edlen Kerne seines Innern gemäß, und wie von selbst wird die Natur sich vor ihm öffnen.» / «Die höhere Welt ist uns näher, als wir gewöhnlich denken. Schon hier leben wir in ihr, und wir erblicken sie auf das innigste mit der irdischen Natur verwebt.»*
*– Novalis (1772–1801)*

Bildnachweis: Die Bilder dieses Bildteils wurden uns freundlicherweise zur Verfügung gestellt von: Wladimir, Polina, Sergej & Nina Megre | Konstantin Kirsch | Robert Briechle | Joshua Kin, Aruna & Maik Palitzsch-Schulz | Anja Kraft | Yun-Ann Hsu.

© bei den Fotografen.

# 16

## Aufmerksamkeit gegenüber den Mitmenschen

Ich fragte Anastasia, wer sie sprechen gelehrt hatte, wenn sie sich doch an die Eltern kaum erinnerte und sie auch ihren Großvater und Urgroßvater nur selten gesehen hatte. Ihre Antworten überraschten mich, und um sie richtig zu verstehen, müsste man Fachleute heranziehen. Deshalb versuche ich einfach, sie so getreu wie möglich wiederzugeben. Für mich dauerte es eine ganze Weile, bis sich mir der Sinn ihrer Worte allmählich erschloss. Zunächst antwortete sie mit einer Gegenfrage:

«Meinst du die Fähigkeit, die Sprachen verschiedener Leute zu sprechen?»

«Was heißt ‹verschieden›? Beherrschst du etwa mehrere Sprachen?»

«Ja», antwortete Anastasia.

«Auch Deutsch, Französisch, Englisch, Japanisch und Chinesisch?»

«Wenn sich ein interessanter Gesprächspartner findet und ich wünsche, ihm meine Aufmerksamkeit zu schenken, so kann ich schnell lernen, mich mit ihm in einer für ihn angenehmen Sprache zu unterhalten.»

«Du meinst in Russisch?»

«In deinem Russisch. Ich bemühe mich, Wörter und Redewendungen zu benutzen, die du gebrauchst. Zu Beginn war das nicht ganz leicht, denn dein Wortschatz ist gering, und du wiederholst oft die gleichen Wendungen. Auch ist deine Sprache emotionsarm. Mit einer solchen Sprache ist es schwer, genau genug auszudrücken, was man meint.»

«Warte, Anastasia. Ich will dich etwas in einer Fremdsprache fragen, und du sollst mir antworten.»

Ich sagte «Guten Tag!» zu ihr auf Englisch und Französisch. Sie antwortete mir sofort.

Leider beherrsche ich keine Fremdsprachen. Zwar habe ich in der Schule Deutsch gelernt, aber meine Note war nur «ausreichend» gewesen. Dennoch fiel mir ein deutscher Satz ein, den ich und meine Schulkameraden uns eingeprägt hatten. Den sagte ich nun zu Anastasia: «Ich liebe dich, und gibt mir dein Hand.»

Sie reichte mir die Hand und antwortete auf Deutsch: «Ich gebe dir meine Hand.»

Sie errötete und flüsterte mir zu: «Du hast eben etwas sehr Schönes gesagt, Wladimir.»

Sie verstand mich, egal in welcher Sprache ich sprach.

Ich mochte meinen Ohren kaum trauen. Verdutzt fragte ich sie: «Was denn, kann man etwa jedem Menschen alle Sprachen beibringen?»

Ich ahnte, dass es für dieses außergewöhnliche Phänomen eine einfache Erklärung geben musste. Die musste ich herausfinden und unter die Leute bringen.

«Bitte, Anastasia, erzähl mir davon, aber so, dass ich es verstehen kann, und mit klaren Beispielen», drängte ich sie ungeduldig.

«Schon gut, aber ruhig Blut, sonst wirst du nichts verstehen. Doch zunächst will ich dich schreiben lehren, und zwar auf Russisch.»

«Schreiben kann ich. Erzähl mir lieber über den Fremdsprachenunterricht.»

«Nicht einfach schreiben. Ich werde dir beibringen, wie man mit

Stil schreibt. Du sollst ein Schriftsteller werden und ein Buch schreiben.»

«Das ist nicht möglich.»

«Ist es doch! Es ist sogar ganz einfach.»

Anastasia nahm ein Stäbchen, ritzte damit das gesamte russische Alphabet in den Sand und fragte mich, wie viele Zeichen das seien.

«Dreiunddreißig», antwortete ich.

«Na siehst du, es sind gar nicht viele Buchstaben. Könnte man dies hier als ein Buch bezeichnen?»

«Nein», antwortete ich. «Es ist das gewöhnliche Alphabet – weiter nichts als Buchstaben.»

«Aber alle russischen Bücher bestehen lediglich aus diesen Buchstaben», bemerkte Anastasia. «Einverstanden? Siehst du, alles ist ganz einfach.»

«Ja, aber in den Büchern sind sie anders zusammengestellt.»

«Stimmt. Alle Bücher bestehen aus einer Unmenge von Buchstabenkombinationen. Jemand stellt sie wie von selbst zusammen, wobei er sich von seinen Gefühlen leiten lässt. Daraus folgt, dass einem Buch nicht die Buchstabenkombinationen zugrunde liegen; vielmehr sind es die Gefühle, die zuerst entstehen. Diese wiederum beruhen auf der Einbildungskraft des Autors. Beim Leser entstehen dann ganz ähnliche Gefühle und bleiben für geraume Zeit in seinem Gedächtnis. Kannst du dich an bestimmte Personen oder Situationen aus Büchern erinnern, die du gelesen hast?»

«Das kann ich», sagte ich nach kurzem Überlegen.

Irgendwie kam mir *Ein Held unserer Zeit* von Lermontow in den Sinn, und ich begann davon zu erzählen. Anastasia unterbrach mich: «Siehst du, du kannst die Helden dieses Buches beschreiben und von ihren Gefühlen erzählen, auch wenn es schon lange her ist, dass du die Geschichte gelesen hast. Wenn ich dich aber gefragt hätte, in welcher Reihenfolge und welchen Kombinationen die 33 Buchstaben darin angeordnet sind, hättest du darauf antworten können?»

«Unmöglich. Ich kann mir nicht wörtlich Texte merken.»

«Das ist tatsächlich sehr schwer. Zusammenfassend können wir feststellen, dass die Gefühle eines Menschen einem anderen durch Kombinationen aus dreiunddreißig Buchstaben übermittelt werden. Die Kombinationen vergisst man gleich wieder, aber die übermittelten Gefühle und Bilder bleiben für lange Zeit im Gedächtnis haften. Wenn es dem Schreiber gelingt, die eigene Bedingtheit zu überwinden und seine seelischen Gefühlsregungen direkt durch diese Zeichen zum Ausdruck zu bringen, wird der Leser durch die Buchstabenkombinationen die Seele des Schriftstellers fühlen. Und wenn in der Seele des Autors ...»

«Stopp mal, Anastasia! Bitte sag mir jetzt klar und deutlich, wie ich Fremdsprachen lernen kann. Und wer dir das beigebracht hat.»

«Urgroßvater», antwortete Anastasia.

«Gib mir ein Beispiel.»

«Er hat mit mir gespielt.»

«Wie hat er das gemacht? Erzähl!»

«Schon gut, beruhige dich. Ich kann gar nicht verstehen, weshalb du so ungeduldig bist.»

Und sie fuhr ruhig fort: «Urgroßvater spielte mit mir, als sei es nur zum Spaß. Wenn er allein zu mir kam, ohne Großvater, trat er mit einer tiefen Verbeugung vor mich und reichte mir die Hand. Wenn ich ihm dann meine Hand gab, drückte er sie, kniete auf einem Bein nieder, gab mir einen Kuss und sagte: ‹Guten Tag, Anastasia!› Eines Tages kam er und machte alles wie immer. Er sah mich zärtlich an wie gewöhnlich, aber seine Lippen murmelten irgendetwas Unverständliches. Ich sah ihn erstaunt an, da sprach er schon wieder ähnlich sinnlose Wortfetzen. Das konnte ich nicht ertragen, und so fragte ich ihn: ‹Opi, hast du etwa vergessen, wie man spricht?› ‹Ja›, antwortete Urgroßvater.

Dann ging er ein paar Schritte weg von mir, dachte eine Weile nach und kam zurück. Er gab mir die Hand, und ich reichte ihm die meine. Dann kniete er nieder und küsste mir die Hand. Sein Blick war zärtlich, seine Lippen bewegten sich, aber kein Ton war zu hören. Ich erschrak, dann aber fasste ich mich und sagte ihm vor: ‹Guten Tag, Anastasia!› – ‹Richtig›, bestätigte Urgroßvater lachend. Nun begriff ich, dass es ein Spiel war, und wir spielten öfters so. Zuerst war das sehr einfach, doch allmählich gestaltete sich das Spiel immer komplizierter, dafür aber auch umso interessanter. Ich bemühte mich sehr, das Gesicht meines Urgroßvaters zu beobachten, und merkte mir, welche Wörter den Ausdrücken seiner Augen und den Bewegungen seiner Stirnfalten und Lippen sowie anderen, kaum merklichen Gesten entsprachen. Dieses Spiel beginnt im Allgemeinen im Alter von drei Jahren und endet, wenn man elf ist. Dann findet eine Art Prüfung statt, die darin besteht, dass man seinen Gesprächspartner wortlos verstehen kann, indem man ihn einfach aufmerksam beobachtet, egal in welcher Sprache er gewöhnlich spricht. Ein solcher Dialog ist schneller und auch vollkommener als normale Unterhaltungen. Ihr nennt das Telepathie und haltet es für ein außerordentliches, phantastisches Phänomen. Aber dieser Vorgang beruht einfach auf Aufmerksamkeit gegenüber den Mitmenschen, entwickelter Einbildungskraft und einem guten Gedächtnis. Dahinter verbirgt sich nicht nur eine vollkommene Art des Informationsaustausches, sondern auch die Erkenntnis der menschlichen Seele, der Pflanzen- und Tierwelt sowie des Universums im Allgemeinen.»

«Das mag ja sein, aber eigentlich hatte ich gedacht, du könntest jede beliebige Sprache sprechen; du kannst aber einfach bloß die Gedanken deines Gesprächspartners erspüren, und auch das nicht sogleich, sondern erst, nachdem du dich eine Weile mit ihm unterhalten hast.»

«Ja, so ist es, Wladimir, aber später kann ich mich dann an alle Wörter erinnern, die den Gedanken entsprechen, egal in welcher Sprache sie gesprochen werden. Und durch dieses Spiel ist es auch möglich, die Wünsche der Tiere und Vögel verstehen zu lernen.»

# 17

## Fliegende Untertassen? Nichts Besonderes!

Ich bat Anastasia, ihr technisches Wissen unter Beweis zu stellen.

«Was erwartest du von mir? Soll ich dir erklären, wie bestimmte Maschinen und Geräte in eurer Welt funktionieren?»

«Ich würde gern etwas hören, was selbst unseren besten Wissenschaftlern zu hoch ist. Mach eine große wissenschaftliche Entdeckung.»

«Tue ich das nicht bereits ständig für dich?»

«Schön und gut, aber wenn es wirklich so leicht ist, wie du behauptest, dann beweise dein Können doch mal den Wissenschaftlern. Sie, nicht ich, sollen deine großen Entdeckungen in Technik, Raumfahrt, Atomphysik und Brennstoffkunde anerkennen.»

«Verglichen mit dem, was ich dir zu erklären versuche, seid ihr doch auf all diesen Wissensgebieten – wie soll ich es am besten in eurer Sprache bezeichnen? – nun, etwa so weit wie die Steinzeit.

«Na toll! Wenn all diese Dinge so primitiv sind, sind sie zumindest auch leicht verständlich. Beweise mir also, dass du recht hast, dann werde ich zugeben, dass du mir intellektuell über bist. Sag, was hältst du zum Beispiel von unseren Flugzeugen und Raketen? Sind sie nicht vollkommen?»

«Nun, sie sind recht primitiv. Sie bestätigen geradezu die Einfalt der technokratischen Entwicklung.»

Ich stutzte. Entweder wusste sie tatsächlich weitaus mehr, als ein gewöhnlicher Mensch sich vorstellen kann, oder aber es handelte sich um das Urteil einer Verrückten. Ich bohrte also nach.

«Was findest du an unseren Raketen und Flugzeugen denn so primitiv?»

Anastasia dachte kurz nach und antwortete: «Der Antrieb aller eurer mechanischen Fahrzeuge beruht ausnahmslos auf dem Explosionsprinzip. Da ihr keine vollkommenere, natürlichere Energiequelle kennt, klammert ihr euch mit unglaublicher Sturheit an diese unkultivierte, plumpe Technik. Nicht einmal die zerstörerischen Folgen ihrer Anwendung können euch davon abhalten. Eure Flugzeuge und Raketen haben eine lächerlich winzige Reichweite, und auch ihre maximale Flughöhe ist nach kosmischen Maßstäben verschwindend klein; außerdem lässt sich diese Methode praktisch nicht mehr weiterentwickeln. Einfach albern ist das! Ein brennender, explodierender Stoff treibt ein klobiges Gebilde an, das ihr Raumschiff nennt. Und der größte Teil des Raumschiffs ist sowieso nur dazu da, ebendiesen Antrieb zu bewirken.»

«Gibt es etwa eine andere Methode der Fortbewegung durch die Luft?»

«Zum Beispiel die der fliegenden Untertassen», sagte Anastasia.

«Was?! Du kennst dich mit Flugscheiben und deren Antrieb aus?»

«Na klar! Das ist nicht schwer zu verstehen.»

Aufgeregt drängte ich sie: «Dann los, Anastasia, bitte erkläre mir diese Dinge.»

«Nun gut, aber ruhig Blut, sonst wirst du es schwerlich begreifen. Die Antriebsmethode der Flugscheiben beruht auf der Energie der Vakuumbildung.»

«Wie bitte? Könntest du dich etwas deutlicher ausdrücken?»

«Dein Wortschatz ist nicht sehr groß, und ich muss die Wörter benutzen, die dir geläufig sind.»

«Moment mal, ich kenne noch eine Menge andere Wörter», protestierte ich und zählte hastig einige auf, die mir gerade in den Sinn kamen: «Glas, Deckel, Tablette, Luft …» Sogar einige Schimpfwörter waren darunter.

«Schon gut», fiel Anastasia mir ins Wort, «ich kenne alle Wörter, die du benutzt, aber es gibt viele andere Wörter und sogar eine völlig andere Art der Kommunikation. Mit diesem Verfahren könnte ich dir alles in einer Minute erklären. So aber dauert es zwei Stunden oder noch länger. Daher würde ich dir lieber etwas anderes, Bedeutenderes erzählen.»

«Nein, nein, Anastasia, bitte sprich über die Flugscheiben, ihren Antrieb und die dazu gehörigen Energieträger. Ehe ich das verstanden habe, möchte ich nichts anderes hören.»

«Also gut», fuhr sie fort. «Bei einer Explosion verwandelt sich ein fester Stoff aufgrund äußerer Einwirkung in ein Gas, oder zwei Gase verwandeln sich infolge einer Reaktion in leichtere Stoffe. Das versteht jedes Kind.»

«Natürlich», sagte ich. «Wenn man Schießpulver anzündet, verwandelt es sich in Rauch, und in ähnlicher Weise wird Benzin zu Gas.»

«Ja, so ungefähr geht es vor sich. Wenn du und alle anderen in euren Absichten rein wäret und ihr folglich etwas mehr über die Wirkungsweise der Natur wüsstet, so hättet ihr schon längst Folgendes erkannt: Wenn es einen Stoff gibt, der sich in einem Augenblick enorm ausdehnen und durch eine Explosion in einen anderen Aggregatzustand übergehen kann, so muss es auch den entgegengesetzten Vorgang geben. In der Natur gibt es Mikroorganismen, die gasförmige Stoffe in Feststoffe verwandeln. Übrigens tun das alle Pflanzen, bloß mit unterschiedlicher Geschwindigkeit; auch sind Härte und Beständigkeit der von ihnen geschaffenen Stoffe unterschiedlich. Sieh dich einmal um! Die Pflanzen trinken Flüssigkeit aus der Erde und atmen Luft; daraus formen sie feste, harte Körper wie Holz, Nussschalen oder die Steine gewisser Früchte. Ein unsichtbarer Mikroorganismus tut dies mit hoher Geschwindigkeit, indem er sich ausschließlich von Luft ernährt. Diese Mikroorganismen sind die treibenden Kräfte einer Flugscheibe. Sie sind wie Mikrozellen des Gehirns, bloß mit eingeschränkter Funktion. Sie

## Bestellkarte: Anastasia & Christina-Bücher

| | | | | |
|---|---|---|---|---|
| _____ | Ex. | *NEU:* Christina 1 – Zwillinge als Licht geboren | gebunden | 19,90 € |
| _____ | Ex. | Anastasia 1 – Tochter der Taiga | gebunden | 16,00 € |
| _____ | Ex. | Anastasia 1 – Tochter der Taiga | Taschenbuch | 9,90 € |
| _____ | Ex. | Anastasia 2 – Die klingenden Zedern Russlands | geb. | 16,00 € |
| _____ | Ex. | Anastasia 3 – Raum der Liebe | geb. | 16,00 € |
| _____ | Ex. | Anastasia 4 – Schöpfung | geb. | 16,00 € |
| _____ | Ex. | Anastasia 5 – Wer sind wir? | geb. | 16,00 € |
| _____ | Ex. | Anastasia 6 – Das Wissen der Ahnen | geb. | 14,90 € |
| _____ | Ex. | Anastasia 7 – Die Energie des Lebens | geb. | 14,90 € |
| _____ | Ex. | Anastasia 8.1 – Neue Zivilisation | geb. | 14,90 € |
| _____ | Ex. | Anastasia 8.2 – Die Bräuche der Liebe | geb. | 14,90 € |
| _____ | Ex. | Anastasia 10 – Anasta | geb. | 16,00 € |
| _____ | Ex. | Anastasia-Hörbücher: ❑ Bd.1 / ❑ Bd.2 / ❑ Bd.3 / ❑ Bd.4 / ❑ Bd.5 | | |

Datum / Unterschrift: ______________________________

*Preise inkl. 7% MwSt., zuzügl. € 2,00 Porto; ab € 30,00 Bestellwert versandkostenfreie Lieferung innerhalb Deutschlands. Es gelten AGB und 30-tägiges Widerrufsrecht laut meerstern.de.*

ABSENDER:

VORNAME / NAME

STRASSE

PLZ / ORT

TELEFON

E-MAIL

Ich bestelle per

- ☐ Nachnahme (zuzügl. € 4,00 Gebühr inkl. MwSt.)
- ☐ Vorab-Rechnung an obenstehende E-Mail-Adresse

**Oder bequem bestellen im Online-Shop:**

**www.govinda.ch**
**www.meerstern.de**

Bitte freimachen

GOVINDA-VERLAG
c/o MEERSTERN-VERSAND
DEFFERNIKWEG 8
DE – 94579 BAYER. EISENSTEIN

haben nämlich nur eine Funktion – den Antrieb –, aber die erfüllen sie ausgezeichnet. Sie können eine Flugscheibe bis zu einem Neunzehntel der Geistesgeschwindigkeit eines heutigen Erdenmenschen beschleunigen. Sie befinden sich an der Innenseite der Oberfläche einer Flugscheibe, zwischen ihren Doppelwandungen. Der Abstand zwischen diesen Wänden beträgt etwa 3 cm. Die obere und die untere Fläche der Außenwände sind mit winzigen Löchern versehen. Durch diese Löcher saugen die Mikroorganismen Luft an und bilden somit vor der Flugscheibe ein Vakuum. Die Luftströme erstarren bereits, bevor sie mit der Flugscheibe in Berührung kommen. Nachdem sie die Mikroorganismen passiert haben, verwandeln sie sich in kleine Kugeln. Die Kugeln wachsen und erreichen einen Durchmesser von 0,5 cm. Dann werden sie weicher und rollen zwischen den Wänden in den unteren Teil der Flugscheibe, wo sie wieder ihren gasförmigen Zustand annehmen. Man kann sie auch essen, aber nur, bevor sie sich aufgelöst haben.»

«Und woraus bestehen die Wände einer Flugscheibe?»

«Sie sind gezüchtet.»

«Unglaublich! Wie soll das gehen?»

«Statt dich zu wundern, solltest du lieber mitdenken. Viele Leute züchten in Behältern einen Pilz, der dem Wasser, in dem er angesiedelt wird, einen leicht säuerlichen Geschmack verleiht. Der Pilz nimmt dann jeweils die Form des Gefäßes an, in dem er gezüchtet wird. Er ist übrigens dem Material der Flugscheibe sehr ähnlich, und er bildet auch Doppelwände. Fügt man dem Wasser mit der Pilzkultur einen weiteren Mikroorganismus hinzu, so kommt die Erhärtung zustande. Es ist aber nur möglich, diesen sogenannten Mikroorganismus durch die Kraft der Gedanken, das heißt durch Willen und Einbildung, hervorzubringen.»

«Kannst du das?»

«Ja, aber meine Bemühungen allein wären nicht ausreichend. Dazu müssten einige Dutzend Menschen mit gleichen Fähigkeiten ein Jahr lang zusammenarbeiten.»

«Gibt es auf der Erde alles Notwendige, um eine solche Flugscheibe und die Mikroorganismen herzustellen?»

«Natürlich. Auf der Erde gibt es alles, was es im Weltall gibt.»

«Und wie bringt man diese Mikroorganismen zwischen die Wände der Flugscheibe, wenn sie doch so klein sind, dass man sie nicht einmal sehen kann?»

«Wenn die obere Wand fertig ist, zieht sie die Mikroorganismen von selbst in großer Menge an, ähnlich wie ein Bienenstock Bienen anlockt. Aber auch hierbei ist die Bemühung einiger Dutzend Menschen erforderlich. Welchen Sinn hat es aber, all diese Dinge bis ins Detail zu beschreiben, wenn ihr sowieso nicht imstande seid, eine Flugscheibe zu züchten? Denn unter euch gibt es noch keine Menschen mit dem notwendigen Maß an Willenskraft, Intellekt und Wissen.»

«Und du? Kannst du dabei helfen?»

«Ja, das kann ich.»

«Dann tu es doch.»

«Ich habe es bereits getan.»

«Was hast du getan?» Ich konnte nicht folgen.

«Ich habe dir erklärt, wie die Kinder erzogen werden sollten, und werde dir noch mehr darüber erzählen. Du sollst dieses Wissen dann an die anderen Menschen weitergeben. Viele werden den Wert deiner Botschaft erkennen, und ihre so erzogenen Kinder werden mit dem notwendigen Maß an Intellekt, Willenskraft und Wissen ausgestattet sein, um nicht nur eine primitive Flugscheibe zu konstruieren, sondern noch viel Bedeutenderes zu tun.»

«Anastasia, woher weißt du all diese Dinge über Flugscheiben? Etwa durch Kommunikation mit Pflanzen?»

«Eine dieser Scheiben ist hier gelandet, und ich half den Insassen ein bisschen, sie zu reparieren.»

«Sind sie viel intelligenter als wir?»

«Im Gegenteil. Der Mensch ist ihnen haushoch überlegen. Sie haben Angst vor den Menschen und meiden sie, obgleich sie ausgesprochen neugierig sind. Auch vor mir fürchteten sie sich zuerst und versuchten, mich gedanklich unter ihre Kontrolle zu bringen, mich einzuschüchtern und zu verwirren. Sie haben sich dabei ganz schön angestrengt. Nur mit Mühe gelang es mir, sie zu beruhigen.»

«Aber müssen sie nicht intelligenter sein als wir, wenn sie etwas tun können, wozu kein Mensch in der Lage ist?»

«Was ist so Besonderes daran? Auch die Bienen bauen unglaubliche Konstruktionen mit einem Lüftungs- und Heizsystem, aber das bedeutet nicht, dass sie dem Menschen intellektuell überlegen wären. Abgesehen von Gott, gibt es im gesamten Weltall niemanden, der mächtiger ist als der Mensch.»

# 18

## Das Gehirn, ein Supercomputer

Die Möglichkeit, eine Flugscheibe zu bauen, interessierte mich sehr. Selbst rein hypothetisch betrachtet, ist allein schon das Fortbewegungsprinzip eine beachtliche Innovation. Alles in allem ist die Flugscheibe jedoch ein recht komplizierter Mechanismus, und wir Erdenbewohner können auch ohne ihn auskommen.

Daher wollte ich von Anastasia etwas hören, was sogleich verständlich wäre; etwas, was keine wissenschaftliche Forschung erforderte und direkt im praktischen Leben zum Nutzen aller Menschen angewandt werden könnte. Ich bat also Anastasia, ein aktuelles Problem unserer Gesellschaft zu lösen. Sie war einverstanden, fragte jedoch: «Wenn ich ein Problem bewältigen soll, musst du die Aufgabe schon näher eingrenzen. Wie kann ich eine Aufgabe lösen, ohne zu wissen, was du willst?»

Ich dachte also darüber nach, was heutzutage besonders aktuell ist, und mir fiel die folgende Aufgabenstellung ein: «Weißt du, Anastasia, ein sehr akutes Problem unserer Großstädte ist die Umweltverschmutzung. Die Atemluft dort ist gesundheitsschädlich.»

«Ihr selbst verunreinigt doch die Luft!»

«Klar, das tun wir selbst. Aber höre bitte einfach weiter zu, ohne gleich eine philosophische Grundsatzdebatte zu beginnen – dass wir sauberer sein müssten, mehr Bäume haben sollten und so weiter. Betrachte die heutige Lage als Gegebenheit und erfinde etwas, was die Luftverschmutzung in unseren Großstädten um fünfzig Prozent senken könnte, und zwar so, dass die Staatskasse dadurch nicht belastet wird. Deine Erfindung soll die rationellste aller denkbaren Varianten sein. Sie soll sofort einsetzbar und für mich und alle anderen verständlich sein.»

«Ich will es gleich versuchen», antwortete Anastasia. «Hast du alle Bedingungen genannt?»

Ich wollte ihr die Aufgabe noch schwerer machen, für den Fall, dass ihre geistigen Fähigkeiten sich als höher erweisen sollten, als unsereins es sich vorzustellen vermag. Deshalb fügte ich hinzu: «Deine Erfindung soll auch noch Profit bringen.»

«Wem?»

«Mir und auch dem Land. Du lebst ja auch auf russischem Territorium, also soll ganz Russland etwas davon haben.»

«Meinst du damit Geld?»

«Ja.»

«Viel Geld?»

«Profit und Geld, Anastasia, kann es nie genug geben. Was mich betrifft, so brauche ich genug, um diese Geschäftsreise und eine weitere finanzieren zu können. Und Russland …»

Ich dachte nach. Konnte ich vielleicht irgendwie Anastasias Interesse für die materiellen Güter unserer Zivilisation erwecken? So fragte ich sie: «Willst du nichts für dich?»

«Ich habe bereits alles», antwortete sie.

Plötzlich kam mir eine Idee. Ich ahnte, wofür sie sich interessieren könnte.

«Hör mal, Anastasia. Deine Erfindung sollte so viel Geld einbringen, dass deine geliebten Kleingärtner in ganz Russland ihr Saatgut gratis oder vergünstigt bekommen können.»

«Ausgezeichnet!», rief Anastasia. «Das ist eine sehr gute Idee. Ich werde das sofort durchdenken. Das gefällt mir! Das Saatgut … aber ist das jetzt alles? Oder hast du noch etwas?»

«Nein, Anastasia, fürs Erste reicht das.»

Ich sah, dass sie von der Aufgabe begeistert war, noch mehr aber von der Idee, ihren Kleingärtnern kostenloses Saatgut zu verschaffen. Ich war mir allerdings sicher, dass auch sie mit ihren außergewöhnlichen Fähigkeiten keine Lösung für das Problem der Luftverschmutzung würde finden können; ansonsten hätten unsere wissenschaftlichen Institute es ja längst gelöst.

Anastasia legte sich mit ausgestreckten Armen ins Gras, diesmal aber energisch und konzentriert, nicht wie sonst in aller Ruhe. Ihre Handflächen und ihre Fingerkuppen wiesen nach oben. Ab und zu bewegten sich ihre Finger, und sie zuckte gelegentlich mit den Wimpern.

Nach etwa zwanzig Minuten öffnete sie die Augen, setzte sich auf und sagte: «Ich habe es herausgefunden. Aber es ist schrecklich!»

«Was hast du herausgefunden? Und was ist schrecklich?»

«Den größten Schaden verursachen die sogenannten Autos. In den Großstädten gibt es sehr viele von ihnen, und jedes Auto stößt gesundheitsschädliche, stinkende Abgase aus. Am schlimmsten ist, dass die Abgase sich mit den Staubteilchen verbinden und diese mit Schadstoffen anreichern. Durch den Verkehr wird dieser Staub aufgewirbelt, und die Menschen atmen dann dieses abscheuliche Gemisch ein. Die Teilchen fliegen in allen Richtungen davon und bedecken das Gras, die Bäume und alles ringsumher. Das ist sehr schlecht. Es ist sehr schädlich für die Gesundheit der Menschen und Pflanzen.»

«Natürlich ist es schlecht. Das ist allgemein bekannt, nur kann niemand etwas dagegen tun. Auch die Sprengwagen helfen nicht viel. Anastasia, weder hast du etwas Neues entdeckt, noch hast du eine originelle Reinigungsmethode erfunden.»

«Ich habe lediglich die Hauptursache des Schadens festgestellt. Jetzt werde ich die Lage analysieren und überdenken. Ich muss mich lange konzentrieren, vielleicht sogar eine ganze Stunde, denn ich habe mich noch nie mit diesen Problemen beschäftigt. Falls es dir langweilig wird, kannst du ja im Wald spazieren gehen oder ...»

«Denk nur in Ruhe nach. Ich finde schon eine Beschäftigung.»

Anastasia versank völlig in ihre Gedankenwelt. Eine Stunde später, als ich von meinem Spaziergang zurückkehrte, schien sie unzufrieden zu sein. Ich sagte: «Siehst du, Anastasia, auch du mit deinem schlauen Köpfchen bist hier machtlos. Aber sei nicht traurig. Viele unserer Forschungsinstitute arbeiten seit Jahren an diesem Problem, aber genauso wie du können auch sie nur die Tatsache der Umweltverschmutzung feststellen. Sie haben es bislang noch nicht geschafft, etwas dagegen zu tun.»

Sie antwortete, als wollte sie sich entschuldigen: «Ich habe alle Möglichkeiten durchdacht, aber ich habe kein Verfahren finden können, das schnell wirkt und eine fünfzigprozentige Reinigung erzielt.»

Ich hatte den Eindruck, dass sie dennoch eine Lösung gefunden hatte.

«Und zu welchem Resultat bist du gekommen?»

Sie seufzte. «Viel habe ich nicht hingekriegt. Ich komme gerade mal auf fünfunddreißig bis vierzig Prozent.»

«Was?!», rief ich erstaunt aus.

«Kein besonderes Ergebnis, nicht wahr?», fragte Anastasia.

Mir stockte der Atem. Ich hielt es für ausgeschlossen, dass sie mich anlog oder übertrieb. Ich versuchte mich zu beruhigen und sagte: «Dann ändern wir eben die Aufgabenstellung. Sagen wir, es sollen achtunddreißig Prozent erreicht werden. Jetzt erzähl mir, was du dir ausgedacht hast.»

«Man muss dafür sorgen, dass die Autos den scheußlichen Staub nicht nur aufwirbeln, sondern auch auffangen.»

«Wie soll das gehen? Sag schnell!»

«Nun, vorn an den Fahrzeugen gibt es so eine Vorrichtung – wie nennt ihr die?»

«Die Stoßstange», half ich ihr weiter.

«Also gut, die Stoßstange. Innerhalb oder unterhalb dieser Stoßstange könnte man einen Behälter mit Löchern oben vorn und hinten anbringen. Während der Fahrt dringt die verunreinigte, staubhaltige Luft durch die vorderen Löcher ein und tritt hinten wieder aus, zu zwanzig Prozent gereinigt.»

«Und woher nimmst du deine vierzig Prozent?»

«Momentan wird der Staub von der Straße fast gar nicht weggeräumt. Aber mit meinem Verfahren wird sich die Menge des Staubes immer mehr verringern, weil er tagtäglich auf allen Straßen beseitigt wird. Nach meiner Berechnung wird sich die Staubmenge in einem Monat um vierzig Prozent verringern, wenn man an allen Fahrzeugen einen solchen Filter anbringt. Weiter wird sich der Pegel der Luftverschmutzung nicht senken, denn es spielen noch andere Faktoren mit hinein.»

«Wie groß sollen diese Behälter sein, was sollen sie enthalten, und wie viele Löcher sollen sie haben – in welchem Abstand?»

«Wladimir, vielleicht möchtest du am Ende, dass ich sie selbst an jedem Auto anbringe …»

Zum ersten Mal erkannte ich, dass Anastasia Sinn für Humor hat. Bei der Vorstellung, wie sie ihre Kästchen in die Autos einbaut, brach ich in schallendes Gelächter aus. Auch sie lachte, da sie sich über meine heitere Stimmung freute, und kreiste tänzelnd über die Lichtung.

Die Idee war in der Tat sehr einfach, der Rest war lediglich eine Frage der Technik. Auch ohne Anastasias weitere Ausführungen konnte ich mir lebhaft vorstellen, wie das Ganze etwa ablaufen könnte: staatliche Verordnungen, Kontrollen der Verkehrsbehörde, Filteraustausch an Tankstellen, Abgabe von gebrauchten Filtern, Prüfplaketten und so fort.

Um die Sache ins Rollen zu bringen, wäre nichts weiter nötig als ein gewöhnlicher Beschluss, wie bei der Einführung der Sicherheitsgurte. Eine Unterschrift, und in allen PKWs gab es Sicherheitsgurte. Eine weitere Unterschrift, und die Luft wäre sauberer. Die Geschäftsleute würden sich um Aufträge für die Filterkästchen reißen, die Firmen hätten Arbeit, und vor allem – was das Wichtigste ist – würde die Luft im Endeffekt sauberer sein.

«Warte!», wandte ich mich an die tanzende Anastasia. «Was soll in diesen Behältern drin sein?»

«In den Behältern … in den Behältern … Denk selbst ein wenig nach. Ganz einfach ist das», antwortete sie, ohne ihren Tanz zu unterbrechen.

«Und woher kommt das Geld für mich und die Kleingärtner, damit sie ihr Saatgut bekommen?», wollte ich weiter wissen.

Sie hielt inne.

«Na rate mal! Du hast mich gebeten, die rationellste Idee zu finden, und das habe ich getan. Auf der ganzen Welt wird man diese Idee umsetzen, vor allem in den Großstädten. Und nach Russland wird so viel Geld fließen, dass es sowohl für die kostenlose Vergabe des Saatguts als auch für dich reichen wird. Allerdings wirst du dein Geld nur unter einer bestimmten Bedingung erhalten.»

In diesem Moment schenkte ich der von ihr erwähnten Bedingung keine Beachtung. Ich wollte andere Punkte klären.

«Dann muss ich die Idee patentieren lassen. Wer wird schon freiwillig etwas dafür bezahlen?»

«Warum nicht? Sie werden sehr wohl zahlen. Ich lege auch gleich mal die Prozentsätze fest. Für jede hergestellte Filteranlage soll Russland zwei Prozent bekommen und du ein Hundertstel Prozent.»

«Was nützt eine solche Festlegung? Du kennst dich mit einigen Dingen aus, aber was das Geschäftsleben betrifft, bist du eine blutige Anfängerin. Niemand wird freiwillig zahlen. Selbst bei abgeschlossenen Verträgen wird nicht immer gezahlt. Wenn du wüsstest, wie viele Fälle von Nichtzahlung in unserem Land registriert werden! Die Schiedsgerichte sind überlastet. Weißt du, was ein Schiedsgericht ist?»

«Ich kann es mir etwa vorstellen. Doch in diesem Fall wird man ordnungsgemäß zahlen. Wer nicht zahlt, wird bankrott gehen. Nur ehrliche Menschen werden Erfolg haben.»

«Warum gehen sie bankrott? Willst du sie etwa erpressen?»

«Ach, auf was für absurde Ideen du kommst ... also wirklich! Die Umstände werden sich so entwickeln, dass die Betrüger von selbst bankrott gehen.»

Da ging mir ein Licht auf. Wenn man davon ausgeht, dass Anastasia nicht lügen kann und dass die Natur dafür sorgt, dass sie sich nicht irrt, wie sie selbst behauptet, so musste sie, bevor sie eine solche Erklärung abgab, eine unvorstellbare Menge an Informationen in ihrem Gehirn verarbeitet und kolossale Berechnungen angestellt haben – ganz zu schweigen von all den psychologischen Faktoren, die sie in Bezug auf die Menschen, die sich an ihrem Projekt beteiligen würden, in Betracht gezogen haben musste. Mit anderen Worten, sie hatte nicht nur das unglaublich schwere Problem der Luftverschmutzung gelöst, sondern auch einen geschäftlichen Plan erstellt und geprüft, und das in etwa anderthalb Stunden. Um weitere Einzelheiten zu klären, fragte ich sie:

«Sag mal, Anastasia, hast du in deinem Kopf irgendwelche Berechnungen angestellt, um den Reinigungsgrad der Luft zu bestimmen oder die Geldmenge, die durch die Herstellung deiner Behälter, den Austausch der Filter und so fort erwirtschaftet werden kann?»

«Es wurden detaillierte Berechnungen angestellt, nicht nur mithilfe meines Gehirns.»

«Halt! Bitte schweig und lass mich einen Gedanken aussprechen. Sag mal, könntest du dich mit einem supermodernen Computer messen, sagen wir einem japanischen oder amerikanischen?»

«Das ist uninteressant für mich», antwortete sie und fügte hinzu: «Es ist primitiv und auch irgendwie erniedrigend. Mit einem Computer zu wetteifern, das wäre genauso wie … wie soll ich es dir mit einem Beispiel erklären? … als ob man sich mit einer Arm- oder Beinprothese misst, genauer gesagt nur mit dem Teil einer Prothese. Dem Computer fehlt das Wichtigste: die Gefühle.»

Ich versuchte ihr das Gegenteil zu beweisen und erzählte ihr, dass bei uns sehr geachtete, intelligente Menschen mit Computern Schach spielen. Da sie jedoch weder dieses noch meine anderen Argumente überzeugten, bat ich sie, mir und allen anderen Menschen die Möglichkeiten des menschlichen Gehirns vor Augen zu führen. Sie war einverstanden, und ich drückte mich klarer aus: «Also, darf ich öffentlich erklären, dass du bereit bist, mit einem japanischen Supercomputer beim Lösen von Aufgaben zu konkurrieren?»

«Warum mit einem japanischen?», fragte Anastasia.

«Weil sie als die besten der Welt gelten.»

«Ach so? Dann am besten gleich mit allen auf einmal, damit du mich später nicht nochmals bittest, mich mit einer so langweiligen Sache zu beschäftigen.»

«Hervorragend!», freute ich mich. «Mit allen auf einmal. Dann müssen wir nur noch die Aufgabe festlegen.»

«Gut», willigte Anastasia ein. «Aber um keine Zeit bei der Formulierung der Aufgabe zu verschwenden, sollen sie zuerst die Aufgabe lösen, die du mir vorhin gestellt hast. Entweder bestätigen sie meine Lösung oder sie lehnen sie ab. Lehnen sie sie ab, dann sollen sie eine eigene Lösung anbieten. Das Leben und die Menschen sollen unsere Schiedsrichter sein.»

«Ausgezeichnet, Anastasia, einfach toll! Das nenne ich konstruktiv. Was meinst du, wie lange brauchen sie wohl für die Lösung dieser Aufgabe? Anderthalb Stunden werden wohl nicht ausreichen. Geben wir ihnen drei Monate!»

«Meinetwegen, drei Monate.»

«Ich schlage vor, dass alle, die ein Interesse daran haben, Schiedsrichter sein können. Wenn es viele gibt, kann niemand aus eigennützigen Motiven das Urteil beeinflussen.»

«Na gut. Aber ich möchte mit dir noch über Kindeserziehung sprechen.»

Kindeserziehung war für Anastasia das wichtigste Thema, und sie sprach immer gern darüber. Meine Idee mit der Computerwette interessierte sie weniger. Immerhin war ich froh darüber, dass sie zugestimmt hatte. Ich möchte an dieser Stelle alle Firmen, die moderne Computer herstellen, dazu auffordern, an dem Wettbewerb teilzunehmen.

Ich wollte noch einige Details mit Anastasia klären: «Welchen Preis soll man für den Gewinner aussetzen?»

«Ich brauche nichts», antwortete sie.

«Wieso sprichst du von dir? Bist du dir deines Sieges so sicher?»

«Gewiss, ich bin doch ein Mensch.»

«Nun gut. Was aber kannst du einer Firma anbieten, die den ersten Platz nach dir einnimmt?»

«Ich kann ihnen raten, wie sie ihren primitiven Computer vervollkommnen können.»

«Abgemacht!»

# 19

## «In ihm war Leben, und das Leben war das Licht der Menschen ...»

**— Johannes-Evangelium**

Auf meine Bitte hin führte mich Anastasia zu der klingenden Zeder, von der mir ihr Großvater und ihr Urgroßvater erzählt hatten. Wir waren gar nicht weit gegangen, da sah ich sie schon. Ein ungefähr vierzig Meter hoher Baum erhob sich ein wenig über die ihn umgebenden Bäume. Er unterschied sich von den anderen aber vor allem dadurch, dass seine Krone irgendwie leuchtete und um sich herum eine Aureole bildete, ähnlich wie man sie auf Ikonen um das Antlitz eines Heiligen sieht. Diese Aureole war nicht statisch, sie pulsierte. Am höchsten Punkt bündelte sie sich zu einem feinen Strahl, der in die Unendlichkeit des Himmels wies. Dieses Naturschauspiel beeindruckte und bezauberte mich.

Auf Anastasias Vorschlag hin legte ich meine Hände an den Stamm der Zeder. Sofort nahm ich ein Summen und Knistern wahr, ähnlich wie man es unter einer Hochspannungsleitung hören kann, nur etwas lauter.

Anastasia erzählte mir: «Ich selbst habe einmal ein Verfahren entdeckt – fast zufällig –, wie man die Energie der Zeder in das All zurückbringen kann, damit sie sich dann wieder auf der Erde verteilt. Sieh mal, die Baumrinde hier ist an vielen Stellen beschädigt.

Das sind die Kletterspuren einer Bärin. Nur mit Mühe brachte ich sie dazu, mich bis zu den ersten Zweigen zu schleppen. Dabei klammerte ich mich an ihr Nackenfell. Sie kletterte und brüllte, kletterte und brüllte. So gelangte ich zu den ersten Zweigen und von dort aus weiter zum Wipfel des Baumes. Zwei Tage verbrachte ich dort oben und probierte alles Mögliche aus – ich streichelte den Baum und schrie gen Himmel –, doch alles half nichts.

Schließlich kamen Großvater und Urgroßvater. Kannst du dir vorstellen, was dann geschah? Sie standen unten, tadelten mich mit strengen Worten und verlangten, dass ich sofort herabkommen solle. Ich meinerseits verlangte von ihnen, dass sie mir verraten sollen, was ich mit der Zeder tun solle – wie sie zu retten sei, nachdem nun einmal niemand da war, der sie fällen würde. Sie sagten nichts, aber ich ahnte, dass sie es wussten.

Schlau wie er war, wollte Großvater mich mit einer List herunterlocken. Es gab da nämlich eine Frau, der ich gern helfen wollte, aber es gelang mir einfach nicht, mit ihr Kontakt aufzunehmen. Großvater versprach nun, mir dabei behilflich zu sein. Früher hatte sich Großvater eigentlich nur darüber geärgert, dass ich so viel Zeit für sie aufwandte und andere Dinge vernachlässigte. Ich wusste aber, dass er mir nicht helfen konnte, denn auch Urgroßvater hatte das schon zweimal heimlich versucht – ebenfalls ohne Erfolg. Nun wurde Großvater sehr ärgerlich. Er nahm einen Stock zur Hand, fuchtelte damit in der Luft herum, lief wild gestikulierend um die Zeder und schrie, ich sei die Dümmste in der ganzen Familie, ich handelte gegen jede Logik und befolgte keine guten Ratschläge. Das Einzige, was mir noch helfen könne, sei eine Tracht Prügel. Also sehe er sich gezwungen, mir den Hintern zu versohlen. Bei diesen Worten begann er zornig mit dem Stock in die Luft zu schlagen. Das Ganze sah so ulkig aus, dass sogar Urgroßvater lachte. Auch ich musste laut lachen. Dabei brach ich unabsichtlich einen Zweig vom Wipfel ab, und sofort strömte aus der Stelle eine Strahlung hervor. Da hörte ich Urgroßvaters Stimme, der sehr ernst, streng, aber zugleich flehentlich zu mir sprach: ‹Berühre jetzt nichts mehr, mein Kind! Steig bitte herunter, aber vorsichtig. Du hast alles Nötige getan.› Ich gehorchte und stieg herab. Urgroßvater umarmte mich schweigend und zeigte zitternd auf die Zeder: immer mehr Zweige leuchteten auf, bis sich ein nach oben gerichteter Strahl bildete. Jetzt würde die klingende Zeder nicht mehr verbrennen müssen, denn durch ihren Strahl würde alle Energie, die sie in fünfhundert Jahren angesammelt hatte, zum Nutzen der Menschen der Erde zurückgegeben. Urgroßvater erklärte, dass sich der Strahl an der Stelle gebildet habe, wo ich gesessen und nach oben geschrien und dann versehentlich den Zweig abgebrochen hatte. Hätte ich den Strahl berührt, wäre mein Gehirn explodiert, denn der Strahl enthalte zu viel Energie und Information. Mein Vater und meine Mutter seien auf diese Weise ums Leben gekommen …»

Anastasia legte ihre Hände an den urwüchsigen Stamm der von ihr geretteten klingenden Zeder und schmiegte ihre Wange daran. Sie schwieg eine Weile, dann fuhr sie fort mit ihrer Erzählung: «Meine Eltern hatten ebenfalls eine klingende Zeder entdeckt. Doch meine Mutter machte alles anders, denn sie wusste nicht, wie sie es zu tun hatte. Sie kletterte auf einen Baum, der neben der klingenden Zeder stand, zog einen der unteren Zweige der Zeder zu sich und brach ihn ab. Dabei wurde sie von der aus diesem Zweig hervorbrechenden Strahlung getroffen. Der Zweig war nach unten gerichtet, und die Strahlung ging in die Erde. Es ist sehr schlecht und sehr schädlich, wenn diese Art der Energie in die Erde gelangt. Als Vater kam, sah er den Strahl und die tote Mutter, die mit einer Hand einen Zweig der gewöhnlichen Zeder umklammert hielt und mit der anderen den abgebrochenen Zweig der klingenden Zeder umfasste.

Mein Vater muss alles verstanden haben. Er kletterte auf die klingende Zeder, bis in den Wipfel hinauf. Großvater und Urgroßvater sahen, wie er dort einige Äste und Zweige abbrach, doch sie leuchteten nicht. Dafür leuchteten immer mehr untere Zweige. Urgroßvater sagte, Vater wisse, dass er bald nicht mehr würde herabsteigen können. Noch immer bildete sich kein pulsierender, nach oben gerichteter Strahl. Immer mehr Äste und Zweige sandten dünne Strahlen erdwärts. Ein nach oben gerichteter Strahl bildete sich erst dann, als Vater einen großen Zweig, der nach oben wies, abgebrochen hatte. Da er nicht sofort strahlte, bog Vater den Zweigstumpf um und richtete ihn auf sich. Als dann der Strahl mit Macht aus dem Zweig hervorschoss, konnte Vater gerade noch die Arme von ihm lassen. Der Zweig richtete sich auf und strahlte nach oben. Es entstand eine pulsierende Aureole.

Urgroßvater erzählte, Vater habe im letzten Moment seines Lebens einen riesigen Strom energetischer Information in sein Gehirn aufnehmen können. Auf unglaubliche Weise sei es ihm gelungen, sein Gehirn von all den vorher gesammelten Informationen zu befreien und so Zeit zu gewinnen, um die Arme auszustrecken und den Zweig nach oben schnellen zu lassen.»

Nochmals streichelte Anastasia den Stamm der Zeder mit den Händen und schmiegte ihre Wange daran. Schweigend und mit einem Lächeln auf den Lippen lauschte sie dem Klingen des Baumes.

«Anastasia, besitzt das Öl der Zedernnüsse mehr oder weniger Heilkraft als die Holzstücke der klingenden Zeder?»

«Die gleiche – wenn man die Nüsse zur rechten Zeit erntet und der Zeder mit einer bestimmten Haltung begegnet. Dann gibt sie die Nüsse von selbst ab.»

«Weißt du, wie man das macht?»

«Ja.»

«Wirst du es mir verraten?»

«Das werde ich.»

# 20

## Eine andere Weltanschauung

Ich fragte Anastasia, was es mit der Frau auf sich hatte, die die Ursache für den Konflikt mit ihrem Großvater war. Warum könne sie keinen Kontakt zu ihr finden, und wozu sei dieser Kontakt überhaupt nötig?

«Weißt du», begann Anastasia zu erzählen, «wenn zwei Menschen zusammenleben, ist es sehr wichtig, dass sie sich seelisch zueinander hingezogen fühlen. Leider aber beruhen eure Beziehungen in erster Linie auf der körperlichen Ebene. Du siehst zum Beispiel eine schöne Frau und willst mit ihr zusammen sein. Sie selbst aber, ihr Herz, kennst du noch gar nicht. Oft vereinen zwei Menschen ihr Schicksal nur aufgrund geschlechtlicher Zuneigung. Die hält jedoch nicht lange an oder springt auf jemand anders über. Was verbindet diese Menschen dann noch?

Einen seelisch nahen Menschen zu finden und mit ihm wahres Glück zu erleben ist eigentlich gar nicht so schwer, doch in eurer technokratischen Welt gibt es dafür viele Hindernisse. Die Frau, mit der ich in Kontakt zu treten suche, lebt in einer Großstadt und fährt dort regelmäßig an einen bestimmten Ort, wahrscheinlich zur Arbeit. Dort oder unterwegs begegnet sie jeweils einem Mann, der ihr seelisch sehr nahe steht und mit dem sie glücklich sein könnte. Was besonders wichtig wäre: Sie würden ein Kind zeugen, das der Welt viel Gutes geben könnte; denn sie würden es mit der gleichen Hingabe tun wie wir. Aber der Mann wird sich nie im Leben trauen, sich mit ihr auszusprechen, und die Frau ist teilweise schuld daran. Stell dir vor: Er betrachtet ihr Gesicht und sieht in ihr die Auserkorene seines Herzens. Und sie? Sobald sie einen fremden Blick bemerkt, setzt sie sich in Pose, lässt ‹rein zufällig› ihren Rock höher rutschen und so weiter. In dem Mann erwacht sogleich ein lustvolles Verlangen, aber da er sie nur flüchtig oder gar nicht kennt, geht er zu einer anderen, zugänglicheren Frau, die er besser kennt, um das gleiche Begehren zu stillen.

Ich möchte dieser Frau raten, was sie tun soll, aber ich kann nicht zu ihr durchdringen, denn ihr Gehirn ist für die Aufnahme solcher Informationen wie blockiert. Es beschäftigt sich nur mit alltäglichen Problemen. Stell dir nur vor, einmal habe ich sie vierundzwanzig Stunden beobachtet. Schrecklich war das! Dann hielt mir Großvater vor, dass ich mich zu wenig um die Kleingärtner kümmere, mich zu sehr verzettele und mich in fremde Angelegenheiten einmische.

Diese Frau erwacht morgens, und anstatt sich über den neuen Tag zu freuen, gilt ihr erster Gedanke dem Frühstück. Sie ärgert sich, wenn es an Lebensmitteln mangelt oder an dem, was ihr euch morgens auf Gesicht und Körper schmiert. Ständig denkt sie daran, wie sie sich diese Dinge besorgen kann. Sie kommt fast immer zu spät, ist ständig in Eile und hat Angst, zuerst ein Verkehrsmittel und dann das andere zu verpassen.

Dort, wo sie die meiste Zeit verbringt, ist ihr Gehirn meiner Ansicht nach ständig mit … wie soll ich sagen … sinnlosen Dingen überlastet. Einerseits dient ihr das dazu, nach außen hin einen sachlichen Eindruck zu machen und ihre Arbeit gewissenhaft zu erledigen. Gleichzeitig aber denkt sie ärgerlich an eine Freundin oder Bekannte und hört zu, was um sie herum geredet wird. Und stell dir vor, so lebt sie Tag für Tag, Tag für Tag, wie aufgezogen.

Wenn sie auf dem Nachhauseweg von anderen gesehen wird, tut

sie, als wäre sie eine glückliche Frau; doch in Wirklichkeit hat sie wieder nur Schminke und ihre Probleme im Sinn. Oder sie sieht sich die Kleider an, die in den Schaufenstern der Kaufhäuser angeboten werden, vor allem jene, die ihre körperlichen Reize zur Geltung bringen können. Davon erhofft sie sich ein Wunder, aber in ihrem Fall geschieht eher das Gegenteil. Zu Hause angekommen, macht sie sauber. Dann kommt ihre sogenannte Erholung – Kochen, Fernsehen und Essen. Das Schlimmste bei alledem ist, dass sie höchstens mal einen Moment lang an etwas Gutes denkt. Und ihre täglichen Sorgen kann sie nicht einmal im Bett vergessen. Würde sie sie doch tagsüber nur für eine Minute beiseitestellen und an etwas anderes denken …»

«Halt, Anastasia, sag mal: Wie soll sie deiner Meinung nach aussehen, wie soll sie sich kleiden, und woran soll sie denken, wenn der Mann in der Nähe ist? Was soll sie tun, damit er es schafft, sich ihr anzuvertrauen?»

Anastasia erklärte mir alles bis ins Detail. Ich führe hier nur die Punkte an, die ich für wichtig erachte: «Ihr Kleid sollte etwas übers Knie reichen. Es sollte grün sein, ohne Ausschnitt, mit einem weißen Kragen. Außerdem sollte sie sich kaum schminken. Sie sollte ihrem Gesprächspartner interessiert zuhören.»

«Ist das alles?», bemerkte ich zu ihren einfachen Ausführungen.

Darauf entgegnete Anastasia: «Hinter diesen einfachen Dingen verbirgt sich viel. Um ein solches Kleid zu wählen, sich anders zu schminken und einem Menschen mit echtem Interesse zu begegnen, muss man seine Weltanschauung ändern.»

# 21

## Eine Todsünde

«Wladimir, nun muss ich dir die Konditionen mitteilen, zu denen du das Geld abheben kannst, das auf deine Konten eingeht.»

«Nur zu, Anastasia, das ist Musik in meinen Ohren.»

Was ich dann allerdings zu hören bekam, brachte mich zum Kochen … Aber mag der Leser selbst darüber urteilen.

«Um Geld von deinem Konto abheben zu können, musst du die folgenden Bedingungen erfüllen: vor allem drei Tage vor Erhalt des Geldes keinen Alkohol trinken. Wenn du in die Bank kommst, soll dich der Hauptverantwortliche dort mithilfe spezieller Geräte und in der Anwesenheit von mindestens zwei Augenzeugen auf Alkohol prüfen. Nur wenn du die erste Bedingung erfüllt hast, kannst du zur Erfüllung der zweiten schreiten: Du sollst vor der zuständigen Person und zwei Augenzeugen mindestens neun Kniebeugen machen.»

Als ich den Sinn – oder genauer gesagt den Unsinn – ihrer Worte verstand, sprang ich auf, und auch sie stand auf. Ich glaubte meinen Ohren nicht zu trauen, und so fragte ich nochmals: «Ich soll also zuerst auf Alkohol geprüft werden, und anschließend soll ich in Gegenwart von Augenzeugen mindestens neun Kniebeugen machen – habe ich das richtig verstanden?»

«Ja», antwortete Anastasia. «Für jede Kniebeuge kann dir ein Betrag von höchstens einer Million Rubel des heutigen Kurses ausgezahlt werden.»

Der blanke Zorn packte mich. «Warum musstest du das sagen? Warum nur? Ich fühlte mich bisher so gut. Ich habe dir geglaubt. Ich dachte schon, du hättest in vielen Punkten gar nicht so unrecht und in deinen Urteilen läge eine gewisse Logik. Aber du … du bist doch nicht recht bei Trost. Mit deinen letzten Worten hast du alles zunichte gemacht. Darin gibt es keinen Sinn und keine Logik. Das ist nicht bloß meine Meinung. Nein, jeder normale Mensch würde das bestätigen. Vielleicht willst du auch noch, dass ich diese Bedingungen in deinem Buch aufführe?»

«Ja.»

«Du bist wahnsinnig! Und für die Banken wirst du wohl auch noch spezielle Verordnungen und Erlasse schreiben?»

«Nein, sie werden davon in deinem Buch lesen. Und alle werden dich so behandeln. Ansonsten gehen sie bankrott.»

«O Gott! Und ich höre diesem törichten Wesen drei Tage lang zu! Vielleicht willst du ja, dass auch der Bankdirektor – zusammen mit mir – in Anwesenheit von Augenzeugen Kniebeugen macht?»

«Das wäre nicht schlecht. Es würde ihm genauso guttun wie dir. Aber an die Bankangestellten stelle ich keine strengen Forderungen, nur an dich.»

«Dann hast du also nur mich auf diese Weise gesegnet? Verstehst du denn nicht, dass du mich völlig lächerlich machst? Das ist die Liebe einer wahnsinnigen Eremitin! Aber daraus wird nichts! Keine Bank wird bereit sein, mich unter solchen Bedingungen zu bedienen, da kannst du dir vorstellen, was immer du willst, und vor dich hin träumen, bis du schwarz wirst. Mach doch deine dämlichen Kniebeugen selbst!»

«Die Banken werden einverstanden sein. Sie werden auch ohne dein Wissen Konten für dich eröffnen. Aber das gilt nur für diejenigen, die ehrlich arbeiten wollen. Und die Menschen werden ihnen trauen und zu ihnen kommen», bestand Anastasia auf ihrem Vorhaben.

Zorn und Ärger erfüllten mich mehr und mehr. Mal war ich zornig auf mich selbst, dann wieder auf Anastasia. Es war unglaublich! Da hatte ich ihr so viel Gehör geschenkt, mich bemüht, ihre Worte zu verstehen, und dann stellte sich heraus, dass sie einfach verrückt ist. Ich begann, ihr – gelinde gesagt – harte Worte an den Kopf zu schleudern.

Sie stand mit dem Rücken an den Baum gelehnt, den Kopf leicht geneigt, eine Hand auf der Brust, die andere in beschwichtigender Bewegung erhoben. Ich erkannte die Geste. Sie machte sie immer dann, wenn sie die umgebende Natur beruhigte, damit ich keine Angst hätte. Mir war klar, warum sie es diesmal tat.

Jedes beleidigende oder grobe Wort traf Anastasia wie ein Peitschenhieb und ließ ihren Körper erzittern.

Ich schwieg. Dann setzte ich mich ins Gras, mit dem Rücken zu ihr. Ich wollte mich beruhigen, zum Seeufer gehen und gar nicht mehr mit ihr sprechen. Umso erstaunter war ich, als ich hinter mir ihre Stimme hörte, ohne eine Spur von Verdruss oder Vorwurf darin.

«Sieh mal, Wladimir, alles Schlechte, was einem Menschen zustößt, zieht er sich selbst zu, wenn er die Regeln des geistigen Daseins verletzt und sich von der Natur loslöst. Die dunklen Kräfte versuchen ihn mit den vergänglichen Reizen eurer technokratischen Welt zu verlocken und so seine Gedanken von den einfachen Wahrheiten und den Geboten abzulenken, wie sie bereits in der Bibel niedergelegt wurden. Meistens gelingt ihnen das auch.

Eine der Todsünden ist der Stolz. Die meisten Menschen neigen zu dieser Sünde. Ich werde dir jetzt nicht die große Verderblichkeit dieser Sünde beweisen. Wenn du nach Hause zurückkehrst und darüber nachdenkst, wirst du das entweder selbst verstehen oder mithilfe erleuchteter Menschen, die auf dich zukommen. Jetzt sage ich dir nur eins: Die dunklen Kräfte, die den lichten Kräften entgegengesetzt sind, sind immer daran interessiert, diese Sünde unter den Menschen zu fördern. Eines ihrer wichtigsten Hilfsmittel dabei ist das Geld. Sie haben das Geld erfunden. Das Geld ist eine Art Hochspannungszone. Auf diese Erfindung sind die dunklen Kräfte stolz. Sie halten sich sogar für stärker als die lichten Kräfte, weil sie das Geld erfunden haben. Mithilfe des Geldes wollen sie den Menschen von seiner wahren Bestimmung ablenken. Diese Konfrontation dauert schon Jahrtausende an, und in ihrem Mittelpunkt steht der Mensch. Aber ich möchte nicht, dass du zu dieser Sünde neigst.

Mir ist klar, dass Erklärungen allein nicht helfen werden, denn im Verlauf vieler Jahrtausende hat die Menschheit die Gefahr nicht verstanden, und trotz aller Erklärungen ist es ihr nicht gelungen, dieser Sünde zu widerstehen. Auch du könntest das eigentlich nicht verstehen. Aber ich wollte dich vor der tödlichen Gefahr des geistigen Verderbens bewahren, und so habe ich für dich eine Situation erdacht, bei der der Mechanismus der dunklen Kräfte gestört und umgelenkt wird und damit zur Ausrottung dieser Sünde führt. Deswegen wurden die dunklen Kräfte so zornig. Ihr Zorn ging auf dich über, und du schriest mich an und beleidigtest mich. Sie wollten, dass auch ich dir böse würde, aber das wird nie geschehen. Wie ich sehe, habe ich mit der Erschaffung dieser Situation den Nagel auf den Kopf getroffen. Mir ist jetzt klar, dass man diesen Mechanismus, der seit Jahrtausenden so tadellos funktioniert, stören kann. Vorläufig habe ich es nur für dich getan, aber ich werde auch für andere etwas erfinden. Was ist Schlimmes daran, wenn du weniger Alkohol trinkst und nicht so eitel und aufbrausend bist? Was hat dich so empört? Natürlich war es dein Stolz.»

Sie schwieg, und ich dachte: «Unglaublich, aber in einer komischen, absolut außergewöhnlichen Situation wie dem Kniebeugen in der Bank sieht sie einen so tiefen Sinn, dass man fast schon wieder den Eindruck gewinnt, dahinter müsse doch eine Logik stecken. Ich muss in Ruhe darüber nachdenken.»

Meine Wut auf Anastasia war verflogen, dafür fühlte ich mich jetzt irgendwie schuldig. Trotzdem bat ich sie nicht um Verzeihung. Ich wandte mich lediglich zu ihr zum Zeichen der Versöhnung. Anastasia, die meine Gemütsverfassung erkannte, erhob sich frohen Herzens und fing sofort an zu sprechen.

# 22

## Wie im Paradies

«Du bist jetzt zu erschöpft, um meinen Worten zu folgen. Ich hätte dir aber noch so viel zu erzählen. Du brauchst Erholung. Wollen wir uns ein wenig hinsetzen?»

Wir setzten uns ins Gras. Anastasia umfasste meine Schultern und zog mich zu sich heran. Mein Hinterkopf ruhte auf ihren angenehm warmen Brüsten.

«Fürchte dich nicht vor mir. Entspanne dich», sagte sie leise und legte sich hin, damit ich es bequemer hatte. Mit einer Hand fuhr sie mir wie mit einem Kamm durch die Haare, mit den Fingern der anderen Hand berührte sie abwechselnd meine Stirn und meine Schläfe. Bestimmte Stellen meines Kopfes bearbeitete sie hin und wieder mit ihren Nägeln, wobei ich ein leichtes Pieksen spürte. All das versetzte mich in einen ruhigen, heiteren Gemütszustand. Anastasia legte dann ihre Hände um meine Schultern und sprach: «Lausche jetzt bitte auf die Geräusche der Umgebung.»

Ich lauschte und vernahm eine Vielfalt von Geräuschen, die sich in Klangfarbe, Rhythmus und Dauer voneinander unterschieden.

Ich begann, sie laut aufzuzählen: der Gesang der Vögel von den Bäumen, das Flattern ihrer Flügel, das Zirpen und Surren der Insekten im Gras und das Rauschen der Bäume. Dann schwieg ich lauschend, und es war für mich angenehm und interessant.

«Du hast noch nicht alles genannt», bemerkte Anastasia.

«Doch», erwiderte ich. «Nun ja, vielleicht habe ich etwas Unbedeutendes vergessen oder etwas überhört.»

«Wladimir, hörst du denn nicht, wie mein Herz schlägt?», fragte Anastasia.

Tatsächlich, auf ihren Herzschlag hatte ich nicht geachtet.

«Doch», erwiderte ich eilig, «natürlich höre ich es, sehr deutlich sogar. Es schlägt ruhig und gleichmäßig.»

«Und nun achte auf die Intervalle zwischen den verschiedenen Geräuschen. Wähle einige, die gut hörbar sind, und versuche sie dir zu merken.»

Ich wählte das Zirpen eines Insekts, das Krächzen einer Krähe sowie das murmelnde Plätschern eines Baches.

«Jetzt werde ich meinen Herzschlag beschleunigen, und du hörst zu, was um uns herum geschieht.»

Anastasias Herz schlug schneller, und daraufhin nahmen auch die Frequenz und der Rhythmus der anderen Geräusche zu.

«Erstaunlich!», rief ich. «Einfach unglaublich! Reagieren sie damit etwa auf den Takt deines Herzens?»

«Ja, absolut alle tun das: der kleine Grashalm, der große Baum und auch die Insekten. Alle reagieren auf die Änderung des Rhythmus meines Herzens. Bei den Bäumen beschleunigen sich die inneren Prozesse, und sie erzeugen mehr Sauerstoff.»

«Reagieren alle Pflanzen und Tiere so, die in der Umgebung von Menschen leben?» fragte ich.

«Nein. In eurer Welt wissen sie nicht, auf wen sie reagieren sollen. Ihr habt keinen Kontakt zu ihnen, ja ihr versteht noch nicht einmal den Sinn und Zweck dieses Kontaktes. Ihr teilt ihnen nicht genügend Informationen über euch mit. Die Wechselbeziehung zwischen den Pflanzen und Menschen kann es nur auf den kleinen Gartengrundstücken geben, vorausgesetzt, die Menschen versehen die Samen mit Informationen von sich und pflegen einen bewussten Austausch mit den Pflanzen, so wie ich es dir beschrieben habe. Wenn du möchtest, kann ich dir zeigen, was ein Mensch empfindet, der einen solchen Kontakt pflegt. Soll ich?»

«Natürlich möchte ich das. Und wie willst du das tun?»

«Ich werde jetzt den Rhythmus meines Herzens dem deinen anpassen, und du wirst es spüren.»

Sie steckte ihre Hand unter mein Hemd, wobei sich ihre Handfläche leicht gegen meine Brust drückte, und allmählich begann sich ihr Herzrhythmus dem meinen anzupassen. Was dann geschah, war wie ein Wunder: Ich fühlte mich ungewöhnlich glücklich und geborgen, als wäre ich im Kreise meiner lieben Verwandten und meiner Mutter. Körperlich fühlte ich mich wohl und gesund, und in der Seele zufrieden und frei. Ich sah die Welt mit anderen Augen. Die ganze Skala der umgebenden Geräusche und Töne liebkoste mich und eröffnete mir die Wahrheit, die ich noch nicht völlig erkennen und nur intuitiv ahnen konnte. Alle Gefühle der Freude und Seligkeit, die ich je in meinem Leben erfahren hatte, vereinigten sich nun zu einer wunderbaren Emotion. Es war wohl das, was man Glück zu nennen pflegt.

Sobald aber Anastasia den Rhythmus ihres Herzens änderte, verschwand nach und nach dieses schöne Gefühl. Ich bat Anastasia: «Mach es bitte noch einmal, Anastasia!»

«Ich kann es nicht lange tun. Ich habe doch meinen eigenen Rhythmus!»

«Wenigstens ein bisschen», bat ich.

Nochmals schenkte mir Anastasia für eine Weile das Gefühl des Glücks, dann aber war alles vorbei, und was übrig blieb, war nur ein angenehmes, beschwingtes Gefühl der Erinnerung. Einige Zeit schwiegen wir, dann wollte ich Anastasias Stimme wieder hören und fragte sie: «Ist es den ersten Menschen, Adam und Eva, wohl ebenso gut ergangen? Man legt sich hin und genießt, man führt ein herrliches Leben, frei von Sorgen, man hat alles, was man braucht. Aber auf die Dauer wird es langweilig, wenn man nichts zu tun hat.»

Statt eine Antwort zu geben, fragte mich Anastasia: «Sag mal, denken viele Leute so wie du über Adam, den ersten Menschen?»

«Wahrscheinlich die meisten. Was hatten sie im Paradies zu tun? Erst später begann der Mensch sich zu entwickeln und verschiedene Dinge zu erfinden. Durch die Arbeit entwickelte sich der Mensch und wurde immer schlauer.»

«Du hast recht. Man muss arbeiten, aber der erste Mensch war unermesslich viel schlauer als der heutige. Auch war seine Arbeit bedeutungsvoller und verlangte von ihm mehr Verstand, Kenntnis und Willenskraft.»

«Was hat Adam denn im Paradies getan? Einen Garten angelegt? Heutzutage kann das jeder Gärtner, ganz abgesehen von den Biologen, die Zuchtwahl betreiben. In der Bibel steht auch nichts weiter über Adams Beschäftigung.»

«Wenn alles in der Bibel ausführlich beschrieben wäre, würde ein ganzes Leben nicht ausreichen, um sie zu lesen. Die Bibel muss man richtig verstehen. Jede ihrer Zeilen enthält eine gewaltige Menge an Informationen. Willst du wissen, was Adam getan hat? Ich werde es dir erzählen. Aber bedenke bitte Folgendes: In der Bibel steht, dass Gott Adam den Auftrag gab, allen Geschöpfen auf Erden einen Namen zu geben und ihre Bestimmung festzulegen. Und Adam hat es getan. Er hat etwas getan, was bis heute alle Wissenschaftler der Welt nicht erkannt haben.»

«Anastasia, wendest du dich eigentlich an Gott und bittest Ihn um die Erfüllung deiner Wünsche?»

«Worum soll ich Ihn denn bitten, wo mir ohnehin so viel gegeben ist? Ich brauche Ihm nur zu danken und Ihm zu helfen.»

# 23

## Wer soll unseren Sohn aufziehen?

Anastasia begleitete mich auf dem Weg zurück zum Kutter. An der Stelle, wo sie ihre Kleidung gelassen hatte, legten wir eine Pause ein, und ich fragte sie: «Anastasia, wie sollen wir unseren Sohn aufziehen?»

«Sieh mal, Wladimir, ich denke, du bist vorläufig noch nicht in der Lage, ihn zu erziehen – im Ernst. Und wenn seine Augen zum ersten Mal bewusst die Welt betrachten, sollst du nicht dabei sein.»

Ich packte sie an den Schultern und rüttelte sie. «Was sagst du da? Was fällt dir ein! Ich kann nicht begreifen, wie du zu einem solchen Schluss kommst. Und überhaupt: Auch wenn du noch so außergewöhnlich bist, das gibt dir noch lange kein Recht, alle Entscheidungen selbst zu treffen, und dann noch gegen jede Logik!»

«Beruhige dich, Wladimir, bitte! Ich weiß nicht, was du unter Logik verstehst, aber denk doch mal in Ruhe darüber nach.»

«Worüber soll ich nachdenken? Es ist nicht nur dein Kind, es ist auch mein Kind. Und ich will, dass es einen Vater hat, dass es ihm an nichts fehlt und dass es eine solide Bildung bekommt.»

«Sieh es doch mal ein, das Kind braucht all diese Dinge nicht, die dir materiell wertvoll erscheinen. Es wird von vornherein alles haben. Noch im Säuglingsalter wird es sich so viele Informationen aneignen, dass die Bildung, von der du sprichst, dagegen ein Witz ist. Das wäre genauso, als würde man einen großen Mathematiker in die erste Klasse stecken. Du willst dem Kind irgendwelchen Firlefanz geben. Aber so etwas braucht es nicht. Wenn überhaupt einer etwas davon hat, dann bist du es – es verschafft dir eine Art Selbstbestätigung, sodass du denken kannst: ‹Was für ein gütiger und sorgsamer Vater ich doch bin!› Und wenn du denkst, du tust deinem Sohne etwas Gutes, indem du ihm ein Auto oder sonst etwas kaufst, was bei euch als wertvoll gilt, so lass dir gesagt sein: Wenn er sich etwas wünscht, kann er es sich auch allein beschaffen. Denk doch mal in Ruhe nach: Was kannst du deinem Sohn konkret sagen? Was kannst du ihm beibringen? Und was hast du in deinem Leben getan, um ihn für dich zu interessieren?»

Sie sprach weiter in ihrer sanften, ruhigen Art, doch ihre Worte machten mich rasend.

«Versteh doch, Wladimir, wenn er beginnt, das Weltall bewusst wahrzunehmen, wirst du neben ihm wie ein unterentwickeltes Wesen erscheinen. Willst du denn, dass dein Sohn dich für einen Dummkopf hält? Das Einzige, was euch verbinden könnte, wäre die Reinheit des Geistes, aber nur sehr wenige in eurer Welt können diese Stufe erreichen. Du musst danach streben, dass …»

Ich sah ein, dass es keinen Zweck hatte, mit ihr zu argumentieren, und so schrie ich verzweifelt: «Soll das heißen, dass er nie von mir erfahren wird?»

«Ich werde ihm von dir und eurer Welt erzählen, wenn er sich sein eigenes Bild von allem gemacht hat und fähig ist, Entscheidungen zu treffen. Was er dann tun wird, weiß ich nicht.»

Verzweiflung und Schmerz überwältigten mich, und mir kam ein schrecklicher Verdacht. Ich war völlig durcheinander. Ich wollte ihr mit ihrem schönen, intellektuell-einsiedlerischen Gesicht eine saftige Ohrfeige verpassen. Nun verstand ich alles, und deshalb stockte mir der Atem.

«Langsam wird mir alles klar! Du wolltest ein Kind haben, hattest aber niemanden zum Ficken. Du hast mich von Anfang an hintergangen. Zuerst hast du dich geziert und eine Nonne gespielt. Aber es musste ein Kind her. Du warst doch in Moskau und hast Pilze und Beeren verkauft! Auf den Strich hättest du dort gehen sollen! Hättest du deine Wattejacke und dein Kopftuch ausgezogen, hätte sicher einer angebissen. Dann hättest du dir deine Maschen sparen können, um mich zu verführen. Klar – du brauchtest einen Mann, der von einem Sohn träumt. Den hast du bekommen. Aber hast du auch mal an das Kind gedacht – an deinen Sohn, dem es bestimmt ist, wie ein Eremit zu leben, so wie du es für richtig hältst? Und dann hat so etwas auch noch den Nerv, sich über die Wahrheit auszulassen! Nun ja, Einbildung ist auch eine Bildung … Denkst du etwa, du seist die Wahrheit in Person? Hast du eigentlich auch mal an mich gedacht? Ja, ich habe von einem Sohn geträumt. Ich habe davon geträumt, ihm mein Unternehmen zu übergeben und ihm meine Geschäftskenntnisse zu vermitteln. Ich wollte ihn lieben. Wie kann ich jetzt leben, wo ich weiß, dass er irgendwo in der weiten Taiga hilflos umherkriecht – ohne Zukunft, ohne Vater? Es wird mir das Herz brechen. Aber so etwas kann ein Waldweib wie du ja nicht kapieren!»

«Vielleicht wirst du es in deinem Herzen verstehen können und alles wird noch gut werden. Der Schmerz wird deine Seele läutern, deine Denkkraft beschleunigen und deine Kreativität fördern», sagte Anastasia leise.

Mich packte wieder die Wut, sodass ich die Beherrschung verlor. Ich nahm einen Stock, lief von Anastasia weg, und schlug ihn mit aller Kraft an einen kleinen Baum, bis der Stock zerbarst.

Dann wandte ich mich Anastasia zu, die in der Nähe stand, und … sobald ich sie sah, ließ mein Zorn merkwürdigerweise nach. Ich dachte: «Wieso habe ich nur wieder die Beherrschung verloren?»

Anastasia stand mit erhobener Hand und mit geneigtem Kopf an einen Baum gelehnt, als versuche sie, einem gewaltigen Sturm zu widerstehen.

Mein Zorn war nun völlig verraucht. Ich trat näher zu ihr und betrachtete sie. Ihre Hände waren an ihre Brust gedrückt, ihr Körper zitterte leicht. Sie schwieg und sah mich mit gütigen, zärtlichen Augen an, so wie sie es zuvor getan hatte. So standen wir einige Zeit und sahen uns an. Ich dachte: «Lügen kann sie nicht. Daran besteht kein Zweifel. Sie hätte mir auch gar nichts zu sagen brauchen. Doch sie wusste, wenn sie es mir sagt, kann alles eine schlechte Wendung nehmen – trotzdem hat sie es gesagt. Natürlich liegt darin wohl auch eine Art Übertreibung. Es ist nicht möglich zu leben, wenn man immer nur die Wahrheit spricht – nur das, was man denkt. Aber was kann man da schon tun? Sie ist nun mal so und kann nicht anders sein. Was geschehen ist, ist geschehen. Sie wird jetzt also die Mutter meines Sohnes werden. Wenn sie es so gesagt hat, wird es wohl auch so werden. Sicher, sie wird schon eine etwas seltsame Mutter sein. Seltsam ist nicht nur ihre Lebensweise, sondern auch ihre Denkweise. Aber da kann man nichts machen. Dafür ist sie stark, gesund und herzlich. Sie weiß über die Natur Bescheid und über die Tiere. Sie ist ausgesprochen intelligent, auch wenn ihr Verstand auf sehr eigenartige Weise denkt. Sie kennt sich mit Kindeserziehung aus. Sie hat immer gern über Kinder gesprochen. Eine Frau wie sie wird das Kind aufziehen können. Auch Kälte und Schneestürme sind anscheinend kein Problem für sie. Sie wird es schon schaffen, sich um das Kind zu sorgen und es aufzuziehen. Ich muss mich wohl mit dieser Situation einfach abfinden. Ich kann sie im Sommerurlaub besuchen. Im Winter ist das nicht möglich, denn die Kälte kann ich nicht vertragen. Doch im Sommer werde ich mit meinem Sohn spielen. Wenn er etwas herangewachsen ist, werde ich ihm über die Menschen erzählen, die in den Großstädten leben. Ich sollte Anastasia irgendwie um Entschuldigung bitten.»

Also sprach ich: «Entschuldige bitte, Anastasia, ich bin wieder aufbrausend geworden.»

Sie antwortete sogleich: «Das ist nicht deine Schuld. Sei unbekümmert und mach dir keine Vorwürfe. Du warst einfach um das Wohl deines Sohnes besorgt. Du dachtest, dass die Mutter deines Sohnes, eine einfache Frau aus dem Walde, dem Kind keine richtige menschliche Liebe schenken kann. Mach dir nichts draus. Du hast all das gesagt, weil du keine Ahnung von meiner Liebe hattest, mein Liebling.»

«Anastasia, wenn du so klug und allmächtig bist, könntest du dann nicht auch mir helfen?»

Anastasia blickte zunächst zum Himmel auf, dann zu mir.

«Im ganzen All gibt es kein Wesen, das sich so entwickeln könnte und solch große Freiheit genießt wie der Mensch. Alle anderen Zivilisationen huldigen dem Menschen. Andere Zivilisationen können sich nur in eine Richtung entwickeln und vervollkommnen, und sie sind nicht frei. Sie können die Größe des Menschen noch nicht einmal verstehen. Gott, der höchste Geist, hat den Menschen erschaffen und ihn am meisten von allen gesegnet.»

Ich konnte den Sinn ihrer Worte nicht verstehen. Also wiederholte ich meine Frage und meine Bitte um Hilfe, ohne genau zu wissen, was ich eigentlich von ihr wollte.

Sie fragte: «Wie meinst du das? Möchtest du, dass ich alle deine Krankheiten heile? Das wäre sehr einfach für mich. Ich habe das bereits vor einem halben Jahr getan, aber es hat dir keinen Nutzen gebracht. Das Unheilvolle und Dunkle, das allen Menschen eurer Welt eigen ist, hat in dir nicht abgenommen. Verschiedene Schwächen versuchen wieder zum Vorschein zu kommen. ‹Diese Hexe, diese verrückte Schachtel aus dem Walde … ich muss mich so schnell wie möglich aus dem Staube machen …› So hast du jetzt gedacht, nicht wahr?»

«Ja», antwortete ich erstaunt. «Genau das habe ich gerade gedacht. Kannst du etwa meine Gedanken lesen?»

«Ich kann mir etwa vorstellen, woran du denkst. Es steht dir ins Gesicht geschrieben. Sag mal, Wladimir, erinnerst du dich gar nicht an mich?»

Diese Frage verwirrte mich, und ich musterte aufmerksam ihre Gesichtszüge. Diese Augen … irgendwie kamen sie mir bekannt vor. Ich musste sie irgendwo schon einmal gesehen haben, aber wo?

«Anastasia, du hast doch gesagt, dass du ständig im Wald lebst. Wie hätte ich dich also sehen können?»

Sie lächelte und lief fort. Nach einiger Zeit tauchte sie aus einem Gebüsch auf. Sie trug einen langen Rock, eine zugeknöpfte braune Bluse und ein Kopftuch, das ihre Haare vollständig bedeckte. Sie hatte jetzt nicht die Wattejacke an, die ich von unserer Begegnung am Flussufer kannte. Auch hatte sie ihr Kopftuch ein wenig anders umgebunden. Ihre Kleidung war sauber, aber altmodisch. Ihr Tuch bedeckte Stirn und Hals. Und plötzlich erinnerte ich mich an sie.

# 24

## Ein seltsames Mädchen

Im Jahr zuvor hatte unser Schiff eines Tages an einem Dorf, nicht weit von Anastasias Wohngegend, angelegt. Dort wollten wir Fleisch für unser Restaurant einkaufen, außerdem planten wir einen längeren Aufenthalt, denn in etwa sechzig Kilometern begann ein gefährlicher Wegabschnitt, den wir nicht in der Nacht zurücklegen wollten, weil in jener Gegend streckenweise keine Leuchtfeuer brennen. Um die Zeit nicht nutzlos verstreichen zu lassen, ließ ich durch die Außenlautsprecher und durch einen lokalen Radiosender bekanntgeben, dass auf unserem Schiff ein Vergnügungsabend stattfinden werde.

Mit seiner großzügigen Beleuchtung und der Musik, die wir bei solchen Anlässen spielten, zog das stattliche weiße Schiff immer die einheimische Jugend an. Auch diesmal strömte fast die gesamte junge Generation zum Anlegesteg des Schiffes.

Wenn die Besucher das Deck betreten, machen sie zunächst einen Rundgang, um sich alles anzusehen. Nachdem sie das Haupt-, das Mittel- und das Oberdeck besichtigt haben, konzentrieren sie sich schlussendlich auf die Bar und das Restaurant. In der Regel tanzen die Frauen, wohingegen die Männer hauptsächlich trinken. Die festliche Atmosphäre, die Musik und die alkoholischen Getränke regen die Jugendlichen an. Das führt manchmal zu Problemen für die Besatzung. Fast immer ist den Gästen die Zeit zu kurz, und sie verlangen nach einer halben Stunde Verlängerung, was sich dann mehrmals wiederholt.

An jenem Abend war ich allein in meiner Kajüte, hörte die Musik vom Restaurant und war gerade dabei, unseren Fahrplan umzuschreiben. Da spürte ich plötzlich, dass mich jemand anstarrte. Ich wandte mich um und sah hinter dem Fenster ihre Augen. Das war nichts Besonderes. Die Besucher sahen sich häufig die Kajüten an. Ich stand auf und öffnete das Fenster. Die junge Frau blieb stehen und sah mich verlegen an. Ich hatte den Wunsch, etwas für sie zu tun, wie sie so einsam da draußen auf dem Deck stand. Ich dachte: «Warum tanzt sie nicht wie die anderen? Vielleicht ist ihr etwas zugestoßen?»

Ich bot ihr an, ihr das Schiff zu zeigen. Sie nickte still. Ich führte sie also durch das Schiff und zeigte ihr das geräumige Büro, das die Besucher stets durch seine elegante Einrichtung verblüffte: Teppiche, Ledersessel und Computer. Dann lud ich sie in meine Kajüte ein. Sie bestand aus einem Schlafzimmer, das mir gleichzeitig als Arbeitszimmer diente, und einem Empfangszimmer, das mit schönen Teppichen ausgelegt und herrlich möbliert war. Auch einen Fernseher mit Videoanlage gab es dort. Wahrscheinlich machte es mir damals Spaß, ein verschüchtertes Dorfmädchen mit den Errungenschaften der modernen Zivilisation zu beeindrucken.

Ich öffnete eine Schachtel Pralinen, füllte zwei Sektgläser mit Champagner, und um sie mit dem Luxus vollends zu überwältigen, legte ich eine Videokassette ein, auf der Wika Ziganowa das Lied «Liebe und Tod» sang. Die Kassette enthielt noch weitere Aufnahmen meiner Lieblingssänger. Sie nippte nur leicht an ihrem Sektglas, sah mich forschend an und fragte: «Viele Probleme, nicht wahr?»

Ich hatte von ihr eher ein Kompliment erwartet, nicht eine solche Frage. Aber sie hatte recht, die Schifffahrt auf diesem Fluss brachte in der Tat viele Schwierigkeiten mit sich. Außerdem bestand die Mannschaft aus Studenten einer Schifffahrtsschule, die Gras rauchten und hin und wieder im Laden etwas klauten. Wir hatten Probleme mit der Einhaltung unseres Fahrplans. An manchen Orten kamen wir später an, als wir es angekündigt hatten. Die Last dieser und anderer Sorgen erlaubte es mir nicht, mich an der Uferlandschaft zu ergötzen und ausreichenden Schlaf zu finden.

Ich gab eine belanglose Antwort wie «halb so wild, irgendwie geht's schon», wandte mich zum Fenster und nahm einen Schluck Champagner. Wir unterhielten uns noch über Verschiedenes, wobei im Hintergrund die Videokassette lief. Dann war der Ausflug zu Ende, und das Schiff legte wieder an. Ich begleitete sie zur Schiffstreppe. Auf dem Rückweg zu meiner Kajüte dachte ich: «Seltsam, diese Frau hatte irgend etwas Besonderes an sich. Nach dem Umgang mit ihr fühle ich mich so leicht und beschwingt.» In der folgenden Nacht konnte ich zum ersten Mal seit vielen Tagen richtig schlafen. Mir war jetzt klar: diese Frau musste Anastasia gewesen sein.

«Das warst also du, Anastasia?»

«Ja. Bei dieser Gelegenheit habe ich mir auch all die Lieder eingeprägt, die ich dir im Wald vorgesungen habe. Sie spielten ja, während wir uns unterhielten. Siehst du, so einfach ist das!»

«Und wie bist du auf das Schiff gekommen?»

«Ich wollte wissen, wie es bei euch so zugeht, wie ihr lebt. Ansonsten hatte ich mich doch nur mit Kleingärtnern beschäftigt, Wladimir. An jenem Tag war ich also ins Dorf gekommen, verkaufte ein paar getrocknete Pilze, die von Eichhörnchen gesammelt worden waren, und besorgte mir ein Ticket für die Bootstour. Jetzt weiß ich einiges über die Menschen, die ihr Unternehmer nennt. Und dich kenne ich auch sehr gut. Ich fühle mich dir gegenüber sehr, sehr schuldig. Ich hätte nicht gedacht, dass ich dein Leben so stark beeinflussen würde. Aber ich kann daran nichts ändern, denn SIE haben sich schon an die Durchführung dieses Planes gemacht, SIE, die nur Gott zu Diensten stehen. Eine Zeitlang müssen du und deine Familie jetzt eine Menge Schwierigkeiten überwinden, aber die werden auch wieder vergehen.»

Damals verstand ich noch nicht, was genau Anastasia damit meinte, aber ich ahnte, dass mir etwas bevorstand, was den Rahmen der gewöhnlichen Vorstellungen über unser Dasein sprengt, etwas, was mich persönlich betreffen würde. Ich bat Anastasia, mir deutlicher zu erklären, was sie mit der Änderung meines Schicksals und den zu erwartenden Schwierigkeiten meinte. Während ich ihr zuhörte, konnte ich mir nicht vorstellen, wie genau ihre Vorhersagen im realen Leben eintreffen sollten. Mit ihrer Erzählung versetzte mich Anastasia wieder in die Zeit von vor einem Jahr.

«Du hast mir damals alles auf dem Schiff gezeigt, sogar deine Kajüte. Du botst mir Pralinen und Champagner an und begleitetest mich später zur Schiffstreppe. Ich entfernte mich aber nicht sogleich vom Ufer. Ich blieb an einem Gebüsch stehen und konnte durch das Fenster der Bar beobachten, wie sich die jungen Leute amüsierten. Du hast mir alles gezeigt, aber in die Bar hast du mich nicht geführt. Ich konnte mir auch denken, wieso nicht. Ich hatte keine passende Kleidung: ein Kopftuch, eine altmodische Bluse, einen langen Rock. Das Kopftuch hätte ich natürlich abnehmen können. Die Bluse war zumindest sauber, und den Rock hatte ich sorgfältig mit den Händen glatt gestrichen, bevor ich zu euch kam.»

In der Tat hatte ich Anastasia an jenem Abend nicht in die Bar gebracht, weil sie so eigentümlich gekleidet war, doch hinter dieser unscheinbaren Fassade verbarg sich, wie später ersichtlich, ein bildhübsches Mädchen, dessen Schönheit die aller anderen Mädchen bei Weitem übertraf. Ich sagte zu ihr: «Was hättest du schon in der Bar zu suchen gehabt? Hättest du dort vielleicht in deinen Gummischuhen getanzt? Was verstehst du von den Tänzen der Jugend?»

«Damals trug ich gar keine Gummischuhe. Als ich bei einer Frau die Pilze gegen Geld eintauschte, um die Tickets zu kaufen, bekam ich von ihr auch ein Paar Damenschuhe. Sie waren zwar alt und etwas eng, aber ich habe sie mit Gras geputzt. Und was die Tänze angeht, so brauche ich nur einmal zuzuschauen, dann kann ich selber tanzen … und wie!»

«Warst du mir damals böse?»

«Nein. Doch wenn du mit mir in die Bar gegangen wärest, wäre alles etwas anders gekommen. Ich weiß nicht, ob es gut oder schlecht gewesen wäre, aber was jetzt geschehen ist, wäre nicht geschehen. Doch ich bedaure das nicht. Geschehen ist geschehen.»

«Aber was ist denn passiert? Etwas Schlimmes?»

«Nachdem du dich von mir verabschiedet hattest, kehrtest du nicht gleich in deine Kajüte zurück. Du holtest den Kapitän ab, und dann seid ihr zusammen in die Bar gegangen. Für euch beide war das nichts Besonderes, aber die Gäste waren durch eure Erscheinung beeindruckt: der stattliche Kapitän in seiner Uniform und du, der elegante und würdevolle Wladimir Megre, bekannt an zahlreichen Ufern als der Eigentümer jener außergewöhnlichen Luxusschiffe. Und ihr wusstet genau, welchen Eindruck ihr machtet. Ihr setztet euch zu drei jungen Mädchen aus dem Dorf, die 18 Jahre alt waren und gerade ihren Schulabschluss gemacht hatten. Sofort brachte man euch Sekt, Konfekt und neue, feinere Gläser. Du nahmst ein Mädchen bei der Hand, neigtest dich zu ihr und flüstertest ihr etwas ins Ohr … ‹Kompliment› wird so etwas bei euch genannt. Dann hast du mit ihr getanzt und die ganze Zeit mit ihr geplaudert. Ihre Augen strahlten, und sie fühlte sich wie in eine andere, märchenhafte Welt versetzt. Du hast sie aufs Deck hinausgeführt und ihr das Schiff gezeigt, wie mir zuvor. Dann ludst du sie in deine Kajüte ein und verwöhntest sie ebenfalls mit Champagner und Pralinen. Doch zu ihr warst du anders als zu mir. Du warst heiter und ausgelassen. Mit mir warst du ernst und sogar traurig, mit ihr fröhlich. Ich sah es durch das erleuchtete Kajütenfenster, und vielleicht wünschte ich mir damals ein wenig, anstelle dieses Mädchens bei dir zu sein.»

«Warst du etwa eifersüchtig, Anastasia?»

«Ich weiß nicht; das Gefühl, das ich damals hatte, war mir unbekannt.»

Ich erinnerte mich an jenen Abend und an die jungen ländlichen Mädchen, die sich alle Mühe gaben, älter und moderner zu wirken. Am nächsten Morgen hatte ich nochmals mit dem Kapitän des Schiffes über ihr Verhalten gelacht. Mir war sehr wohl klar gewesen, dass das Mädchen in meiner Kajüte zu allem bereit war, aber ich war nicht einmal auf den Gedanken gekommen, sie haben zu wollen. Darauf erwiderte Anastasia: «Aber ihr Herz, das hast du doch erobert. Ihr seid aufs Deck gegangen. Es hat genieselt, und du hast ihr dein Jackett um die Schultern gelegt. Dann hast du sie wieder in die Bar geleitet.»

«Anastasia, sag bloß, du hast die ganze Zeit im Regen im Gebüsch gestanden?»

«Ach, das machte mir nichts aus. Der Regen war angenehm. Er behinderte nur meine Sicht. Aber ich wollte nicht, dass mir Rock und Kopftuch nass wurden, denn die sind noch von meiner Mutter. Zum Glück fand ich jedoch am Ufer eine Plastiktüte. Darin verstaute ich Rock und Tuch und steckte sie unter meine Bluse.»

«Anastasia, wenn du sowieso nicht nach Hause gingst und es zu regnen begann, hättest du doch auf das Schiff zurückkommen können.»

«Nein, das konnte ich nicht. Du hattest dich bereits von mir verabschiedet und warst anderweitig beschäftigt. Außerdem hätte ja der Abend eigentlich bald aus sein sollen. Als dann die Zeit zum Ablegen kam, habt ihr auf Bitten der Mädchen – vor allem des Mädchens, das mit dir zusammen war – den Aufenthalt des Schiffes verlängert. Alles lag in euren Händen, auch die Herzen der Mädchen, und ihr habt diese Macht genossen. Die einheimischen Jugendlichen waren den Mädchen dankbar, und diese fühlten sich – durch euch – ebenfalls in einer mächtigen Position. Die jungen Burschen aber, mit denen sie zusammen in der Bar waren und die noch vor Kurzem ihre Schulkameraden gewesen waren, hatten sie dabei völlig vergessen. Dann haben du und der Kapitän die Mädchen bis zur Schiffstreppe begleitet. Du bist darauf in deine Kajüte gegangen, während der Kapitän zur Kommandobrücke heraufstieg. Die Schiffssirene heulte auf, und langsam legte das Schiff vom Ufer ab.

Das Mädchen, mit dem du getanzt hattest, stand mit ihren Freundinnen und den anderen jungen Leuten am Ufer und winkte dem fahrenden Schiff nach. Ihr Herz pochte so stark, als wollte es ihr die Brust zerreißen und davonfliegen. Ihre Gedanken und Gefühle wirbelten wild durcheinander. Hinter ihr zeichneten sich die dunklen Umrisse der Dorfhäuser am Nachthimmel ab, und vor ihr fuhr das weiße, Licht und Musik ausstrahlende Schiff für immer fort. Auf diesem Schiff warst du, von dem sie so viele schöne, ungewohnte, berauschende und verlockende Worte gehört hatte. Das alles entfernte sich langsam, aber sicher von ihr. Da nahm sie sich ein Herz, ballte ihre Fäustchen und rief verzweifelt immer wieder: ‹Ich liebe dich, Wladimir!› Hast du ihr Rufen eigentlich gehört?»

«Ja», sagte ich.

«Es war ja auch nicht zu überhören. Auch die Leute deiner Besatzung hörten das. Manche kamen an Deck und machten sich über das Mädchen lustig. Ich wollte nicht, dass sie sie auslachten, und irgendwie wurden sie wohl einsichtig, jedenfalls ließen sie plötzlich davon ab. Aber du kamst nicht an Deck, und das Schiff fuhr allmählich immer weiter weg. Sie dachte, du würdest sie nicht hören, und rief weiter: ‹Ich liebe dich, Wladimir!› Dann halfen ihr ihre Freundinnen, und sie riefen mit vereinten Kräften. Irgendwie interessierte es mich, was das wohl für ein Gefühl ist – diese Liebe, wegen der die Menschen ihre Selbstbeherrschung verlieren. Vielleicht wollte ich auch einfach dem Mädchen helfen. Jedenfalls rief auch ich: ‹Ich liebe dich, Wladimir!›

Ich hatte in dem Moment gar nicht daran gedacht, dass ich nicht einfach so etwas daherreden kann. Worte müssen von Gefühlen und Verwirklichung untermauert sein, und sie müssen verlässliche, natürliche Informationen enthalten. Jetzt weiß ich, wie stark dieses Gefühl ist und dass es auch dem Verstand nicht untergeordnet ist. Jenes Dorfmädchen verzehrte sich vor Sehnsucht. Sie verfiel dem Alkohol, und nur mit Mühe gelang es mir, sie zu retten. Jetzt ist sie verheiratet und mit alltäglichen Problemen beschäftigt. Jedenfalls geschah es so, dass ich außer meiner eigenen Liebe auch ihre Liebe mitfühlte.»

Die Geschichte mit dem Mädchen bewegte mich, denn Anastasias Erzählung war sehr lebendig und ausführlich gewesen und frischte meine Erinnerung an jenen Abend wieder auf. Es hatte sich alles genauso zugetragen, wie sie es beschrieben hatte. Anastasias seltsame Liebeserklärung aber beeindruckte mich nicht. Nachdem ich ihre Lebensweise und ihre Weltanschauung näher kennengelernt hatte, kam sie mir irgendwie unwirklich vor, obwohl sie direkt neben mir saß und ich sie jederzeit berühren konnte. Da ich sie nirgends einzuordnen vermochte, konnte ich sie nicht als Teil der Realität akzeptieren. Und meine anfängliche Zuneigung zu ihr war jetzt wie weggeblasen. Ich fragte sie: «Du denkst also, deine neuen Gefühle seien zufällig entstanden?»

«Ich habe sie mir schon gewünscht», antwortete Anastasia, «und sie sind mir angenehm und wichtig. Aber eigentlich hatte ich mir gewünscht, dass du mich ebenfalls liebtest. Mir war von vornherein klar gewesen, dass du nach einer näheren Bekanntschaft mit mir und meiner Welt mich nicht mehr als einen gewöhnlichen Menschen sehen kannst und mich bisweilen auch fürchten wirst. So ist es auch passiert. Das ist meine Schuld. Ich habe vieles falsch gemacht. Ich war zu ungeduldig und zu hastig, und erklären konnte ich dir auch nichts richtig. Ich habe mich ziemlich dumm verhalten, nicht wahr? Soll ich mich ändern?»

Bei diesen Worten lächelte sie etwas traurig und berührte mit der Hand ihre Brust. Dabei wurde ich sogleich an einen Vorfall erinnert, der sich eines Morgens während meines Aufenthalts bei Anastasia ereignet hatte.

# 25

## Es kribbelt und krabbelt

An jenem Tag wollte ich an Anastasias morgendlichen Übungen teilnehmen. Zuerst ging alles gut. Ich stand unter einem Baum und berührte junge Triebe. Sie erzählte mir von Gräsern und Kräutern, und dann legte ich mich neben sie ins Gras. Obwohl wir völlig nackt waren, war mir nicht kalt – wohl deshalb, weil ich mit ihr durch den Wald gelaufen war. Wir waren in sehr ausgelassener Stimmung. Ich fühlte mich so richtig leicht und beschwingt, nicht nur physisch, sondern auch psychisch. Der Ärger begann damit, dass ich ein Kribbeln auf meinen Beinen spürte. Als ich den Kopf hob, sah ich irgendwelche Krabbeltierchen – Ameisen waren es wohl und kleine Käfer. Ich holte schon aus, um nach ihnen zu schlagen, schaffte es aber nicht, denn Anastasia packte mich im gleichen Moment am Handgelenk. «Lass sie!», sagte sie. Dann kniete sie sich hin, packte auch meine andere Hand und drückte sie zu Boden, sodass ich wie gekreuzigt dalag. Ich wollte meine Arme frei bekommen, merkte aber, dass es nicht möglich war. Als ich dann versuchte, mich mit Gewalt loszureißen, hielt sie mich einfach fest, ohne sich besonders anzustrengen, und lächelte noch dabei. Ich spürte, dass immer mehr Insekten auf meinen Körper krabbelten; sie kitzelten und juckten und bissen mich. Ich dachte: «Die fressen mich bei lebendigem Leibe auf!» Ich war im wahrsten Sinne des Wortes in Anastasias Händen, und ich beurteilte meine Lage wie folgt: Niemand weiß, wo ich bin, und niemand wird hierherkommen. Und selbst wenn sich doch jemand hierher verirrt, wird er nur meine abgenagten Knochen vorfinden – falls sie überhaupt noch da sind. Augenblicklich schossen mir die verschiedensten Gedanken durch den Kopf, und meinem blanken Selbsterhaltungstrieb folgend, sah ich nur einen Ausweg: Mit aller Kraft und Verzweiflung verbiss ich mich mit den Zähnen in ihre nackte Brust und schüttelte dabei noch den Kopf hin und her. Ich ließ erst von ihr ab, als sie aufschrie. Anastasia ließ mich los, sprang auf – eine Hand an die Brust gedrückt, mit der anderen nach oben winkend – und versuchte dabei zu lächeln. Auch ich sprang auf und versuchte fieberhaft, die Insekten von mir abzuschütteln. Dabei schrie ich sie an:

«Du Waldhexe wolltest mich an diese Scheusale verfüttern. Das hast du dir so gedacht!»

Anastasia winkte weiter der Natur zu und zwang sich zu lächeln, dann sah sie mich an und ging langsam, nicht laufenden Schritts wie gewöhnlich, mit hängendem Kopf zu ihrem See. Ich blieb stehen und überlegte, was ich nun tun sollte. Sollte ich zum Fluss zurückkehren? Aber wie sollte ich den Weg finden? Oder sollte ich Anastasia folgen – doch wozu? Letztlich ging ich doch zum Seeufer.

Anastasia saß am Ufer, hielt in den Händen ein Kraut und rieb mit dessen Saft ihre Brust ein, auf der infolge meines Bisses ein großer blauer Fleck zu sehen war. Wahrscheinlich hatte sie Schmerzen. Aber warum hatte sie mich auch festhalten müssen? Eine Weile stand ich neben ihr und trat von einem Fuß auf den anderen. Dann fragte ich sie:

«Tut es weh?»

Ohne sich mir zuzuwenden, antwortete sie: «Eher bin ich gekränkt.» Schweigend rieb sie sich weiter die Brust mit dem Saft ein.

«Was hast du dir dabei gedacht? Wolltest du dich über mich lustig machen?»

«Ich wollte nur dein Bestes. Die Poren deiner Haut sind so verstopft, dass sie schon gar nicht mehr atmen können. Und die Käferchen hätten sie gereinigt. Es tut nicht weh – im Gegenteil, es ist eher angenehm.»

«Und die Schlange? Die wollte mir wohl auch bloß helfen, als sie mir fast ins Bein gebissen hätte?»

«Sie hat dir nichts getan. Und selbst wenn sie ein wenig Gift verspritzt hätte, wäre es nur oberflächlich gewesen, und ich hätte es sofort in deine Fersen eingerieben, wo deine Haut und Muskeln gefühllos sind.»

«Das kommt von einem Unfall.» Einige Zeit schwiegen wir. Es war eine blöde Situation, und ich wusste nicht, was ich sagen sollte. Schließlich fragte ich:

«Warum hat dir der Unsichtbare nicht geholfen, so wie voriges Mal, als ich ohnmächtig wurde?»

«Weil ich lächelte. Selbst als du mich gebissen hast, lächelte ich weiter.»

Die Sache war mir peinlich. Ich nahm ein Büschel Gras, das in der Nähe lag, zerrieb es kraftvoll zwischen meinen Handflächen, kniete mich vor sie hin und machte mich daran, mit meinen feuchten Händen den Fleck auf ihrer Brust zu massieren.

# 26

## Träume erschaffen die Zukunft

Nun, da ich von Anastasias Gefühlen wusste und von ihrem Wunsch zu beweisen, dass sie trotz ihrer außergewöhnlichen Fähigkeiten immer noch ein ganz normaler Mensch war, sah ich ein, welchen Schmerz ich ihr an jenem Morgen zugefügt hatte. Ich bat sie nochmals um Verzeihung. Sie antwortete, dass sie mir nicht böse sei, sich aber Sorgen mache um mich, denn sie habe vieles für mich in die Wege geleitet.

«Was hast du denn jetzt wieder angestellt?», fragte ich, und wieder bekam ich eine Geschichte zu hören, wie man sie von jemand, der als normal gelten möchte, wohl kaum hätte erwarten dürfen. Denn niemand sonst spricht so über sich selbst.

«Als das Schiff abgefahren war», erzählte Anastasia, «und die einheimischen Jugendlichen ins Dorf zurückgegangen waren, blieb ich noch einige Zeit allein am Ufer. Ich fühlte mich wohl. Schließlich rannte ich zu meinem Wald zurück. Der nächste Tag verlief wie gewöhnlich, und am Abend, als die Sterne sichtbar wurden, legte ich mich ins Gras und träumte. Da fasste ich diesen Plan.»

«Was denn für einen Plan?»

«Sieh mal, was ich weiß, das wissen auch verschiedene andere Menschen deiner Welt, aber jeder nur einen Teil davon. Alle zusammen verstehen sie fast alles, aber dennoch verstehen sie den Mechanismus nicht ganz. Ich träumte, dass du in eine Großstadt kommen wirst und vielen Menschen von mir und meinen Ideen und Ansichten berichten wirst. Du wirst das mit den Mitteln machen, die bei euch üblich sind, um Informationen zu verbreiten. Du wirst ein Buch schreiben. Vielen Menschen, die es lesen werden, wird sich auf diese Weise die Wahrheit offenbaren. Dann werden sie seltener krank werden, sie werden ihre Haltung gegenüber Kindern ändern, und sie werden sich neue Methoden der Bildung erarbeiten. Die Menschen werden sich mehr lieben, und die Erde wird mehr lichte Energie ausstrahlen.

Künstler werden Porträts von mir malen, und das werden ihre besten Werke sein. Ich werde versuchen, sie zu inspirieren. Man wird einen so genannten Kinofilm über mich drehen, und das wird der allerschönste Film sein. Du wirst dir alles ansehen und dich an mich erinnern.

Wissenschaftler, die den Wert meiner Worte erkannt haben, werden zu dir kommen und dir viele Zusammenhänge erklären. Ihnen wirst du mehr Glauben schenken als mir. So wirst du erkennen, dass ich keine Hexe bin, sondern ein Mensch, der bloß mehr Wissen hat als andere.

Dein Buch wird auf großes Interesse stoßen, und du wirst reich werden. In neunzehn Ländern wirst du Bankkonten haben. Du wirst eine Pilgerfahrt zu den heiligen Stätten unternehmen und so von allem Schlechten, das in dir ist, geläutert werden.

Du wirst dich an mich erinnern und mich lieb gewinnen. Du wirst den Wunsch haben, mich und deinen Sohn wieder zu sehen. Und deines Sohnes würdig zu sein.

Es war ein sehr lebendiger Traum, aber vielleicht wirkte er auch wie eine Bitte. Und wahrscheinlich ist deshalb alles gekommen, wie es gekommen ist. SIE nahmen das als einen Plan an und haben sich dafür entschieden, die Menschen über die Zeit der Dunkelmächte zu tragen. Das ist zulässig, wenn ein detaillierter Plan auf Erden entsteht, das heißt in der Seele und in den Gedanken eines Erdenmenschen. Vielleicht waren SIE von diesem Plan begeistert, vielleicht haben SIE auch selbst etwas hinzugefügt, weil die Dunkelmächte ihre Aktivität sehr verstärkten. So etwas hatte es noch nie gegeben.

Ich merkte es an der klingenden Zeder, denn ihr Strahl wurde viel stärker. Sie klingt jetzt auch lauter, da sie sich beeilt, ihr Licht und ihre Energie abzugeben.»

Während ich Anastasia zuhörte, kam ich mehr und mehr zu dem Schluss, dass sie doch irrsinnig war. Vielleicht war sie aus einer Heilanstalt entlaufen und lebte jetzt im Wald – und ich hatte mit ihr geschlafen! Jetzt war es durchaus möglich, dass ein Kind geboren würde. Wirklich eine tolle Geschichte! Sie sprach ernst und aufgeregt, und ich versuchte sie zu beruhigen:

«Keine Sorge, Anastasia, dein Plan ist sowieso unerfüllbar, deshalb brauchen die dunklen und lichten Kräfte nicht miteinander zu kämpfen. Du kennst unser Leben mit all seinen Regeln und Gebräuchen nicht gut genug. Tatsache ist, dass bei uns zurzeit eine Unzahl von Büchern herausgegeben wird, aber noch nicht einmal die Werke der bekannten Schriftsteller verkaufen sich gut. Und ich bin überhaupt kein Schriftsteller; weder habe ich das Talent noch die Fähigkeiten oder die nötige Bildung, um etwas zu schreiben.»

«Vielleicht bisher nicht, Wladimir, aber jetzt hast du sie», hielt Anastasia mir entgegen.

«Nun gut», beruhigte ich sie weiter, «selbst wenn ich es versuche – niemand wird es drucken. Niemand wird an deine Existenz glauben.»

«Aber ich existiere. Ich existiere für diejenigen, für die ich existiere. Sie werden es glauben und dir genauso helfen, wie ich ihnen helfen werde. Und wir und diese Menschen …»

Ich konnte ihr nicht folgen und versuchte nochmals, sie zu beruhigen: «Ich werde nicht einmal versuchen, etwas zu schreiben. Es hat keinen Sinn. Du musst das endlich verstehen.»

«Doch, du wirst schreiben. Sie haben bereits ein ganzes System von Umständen ersonnen, die dich dazu bringen werden, es zu tun.»

«Was denkst du – bin ich etwa eine Marionette?»

«Nein, vieles hängt auch von dir ab. Die dunklen Kräfte werden versuchen, dich mit allen möglichen Mitteln zu stören. Sie werden nicht einmal davor zurückschrecken, dich in den Selbstmord zu treiben, indem sie dir Hoffnungslosigkeit vortäuschen.»

«Genug, Anastasia, Schluss damit! Ich bin es leid, deinen Phantasievorstellungen zuzuhören.»

«Denkst du etwa, ich phantasiere?»

«Ja, genau das tust du …» Ich hielt plötzlich inne, denn ein Gedanke schoss mir durch den Kopf. Ich ließ die Ereignisse der letzten Zeit vor meinem geistigen Auge Revue passieren und erkannte, dass alles, wovon Anastasia erzählte, während sie von ihren Träumen sprach – auch von unserem Sohn –, von ihr schon im vorigen Jahr geplant worden war, als ich sie noch nicht so nah gekannt und noch nicht mit ihr geschlafen hatte. Jetzt, nach einem Jahr, geschah alles genau so.

«Also nimmt alles bereits seinen Lauf?», fragte ich sie.

«Natürlich. Hätten SIE und ich nicht nachgeholfen, wäre deine zweite Schiffsreise nicht möglich gewesen. Nach deiner ersten Reise warst du beinahe mittellos, und auch das Schiff stand nicht mehr zu deiner Verfügung.»

«Hast du etwa die Reederei und die Unternehmen beeinflusst, die mir geholfen haben?»

«Ja.»

«Dann hast du mich in den Ruin getrieben und ihnen Schaden zugefügt. Welches Recht hast du, dich da einzumischen? Jetzt habe ich sogar das Schiff verlassen und hänge mit dir hier im Wald herum. In der Zwischenzeit wird dort vielleicht alles gestohlen. Bestimmt hast du auch die Fähigkeit zu hypnotisieren. Oder noch schlimmer, du bist eine Hexe. Ja, genau das bist du! Oder eine verrückte Einsiedlerin. Du hast nichts, noch nicht einmal ein Haus, und spielst dich vor mir als große Philosophin auf, du dumme Hexe! Ich bin ein Geschäftsmann. Verstehst du eigentlich, was das bedeutet? Ein Geschäftsmann! Mag ich selber vor die Hunde gehen, aber immerhin befahren meine Boote den Fluss, um den Menschen Waren zu bringen. Ich gebe den Leuten Waren, und auch dir kann ich die nötigen Waren geben. Was aber kannst du mir geben?!»

«Ich? Was ich dir geben kann? Himmlisch reine Zärtlichkeit gebe ich dir und die nötige Ruhe. Du wirst zum Genius des Lichten und ich zur Muse deiner Inspiration.»

«Muse? Wer braucht so was schon? Was soll der Quatsch?»

«Sie wird dir eine Hilfe sein, deine Bücher zu schreiben.»

«Na bitte, da haben wir's – schon wieder du mit deiner ewigen Hexerei!»

«Nie und nimmer tue ich jemandem etwas Böses. Ich bin ein Mensch! Wenn irdische Güter und Geld dir so viel bedeuten, dann warte nur ein wenig – du wirst alles zurückbekommen. Ich fühle mich dir gegenüber irgendwie schuldig, denn in meinen Träumen habe ich geplant, dass du eine Zeitlang Schwierigkeiten haben wirst. Aber ich konnte es mir damals einfach nicht anders ausdenken. Ich weiß, du verstehst das nicht, aber dich muss man durch die Lebensumstände zu deinem Glück zwingen.»

«Also doch – zwingen!», rief ich aufgebracht. «Und dann willst du noch, dass ich dich für einen normalen Menschen halte.»

«Ich bin ein Mensch – eine Frau!», rief Anastasia erregt. «Ich habe immer nur Gutes gewollt. Ich will einfach, dass du geläutert wirst. Deshalb habe ich deine Pilgerreise und dein Buch geplant. Und SIE haben meinen Plan übernommen. Obwohl die dunklen Kräfte immer mit ihnen kämpfen, siegen sie nie in den wirklich wichtigen Dingen.»

«Und du, Anastasia – mit deinem Intellekt, deinen Informationen und deiner Energie –, wirst du dabei etwa nur zusehen?»

«Bei einer solchen Konfrontation dieser beiden großen Kräfte spielt meine eigene Bemühung nur eine sehr geringe Rolle. Viele andere aus eurer Welt müssen mithelfen. Ich werde sie suchen und auch finden – wie ich es schon tat, als du im Krankenhaus lagst. Aber auch du solltest etwas tun, indem du wenigstens etwas bewusster lebst und das Schlechte in dir überwindest.»

«Was habe ich denn Schlechtes in mir, und was habe ich im Krankenhaus Böses getan? Und wie hast du mich geheilt, wenn du noch nicht einmal in meiner Nähe warst?»

«Du hast meine Gegenwart einfach nicht bemerkt, aber ich war sehr wohl bei dir. Als ich auf dem Schiff war, ließ ich dort einen Zweig der klingenden Zeder zurück – den Zweig, den meine Mutter abgebrochen hatte, bevor sie starb. Ich ließ ihn in deiner Kajüte liegen, als du mich eingeladen hattest. Du warst damals schon krank gewesen. Ich hatte es gespürt. Erinnerst du dich noch an den Zweig?»

«Ja», antwortete ich, «der Zweig hing in der Tat lange Zeit in meiner Kajüte. Viele Leute der Besatzung haben ihn gesehen. Bis nach Nowosibirsk habe ich ihn dabeigehabt. Doch maß ich ihm keine Bedeutung bei.»

«Du hast ihn einfach weggeworfen.»

«Ich habe ja nicht gewusst ...»

«Ja, du hast es nicht gewusst und ihn weggeworfen. So konnte der Zweig meiner Mutter dir nicht helfen, gesund zu werden ... dann hast du im Krankenhaus gelegen. Wenn du wieder zu Hause bist, solltest du dir mal aufmerksam deine Krankengeschichte durchlesen. Du wirst dort lesen, dass trotz der besten Medikamente keine Besserung eintrat. Aber dann wurde dir Zedernöl eingespritzt. Die Ärztin, die sonst strikt die Vorschriften beachtete, hätte das nicht tun dürfen, sie tat es aber doch, auch wenn eine solche Behandlung in keinem Nachschlagewerk für Medikamente zu finden ist, ja überhaupt noch nie angewandt wurde. Weißt du das noch?»

«Ja.»

«Dich behandelte eine Ärztin, die die Abteilung einer der besten Kliniken der Stadt leitete. Diese Abteilung beschäftigte sich sonst gar nicht mit Krankheiten wie der deinen. Die Ärztin behielt dich in ihrer Abteilung, obwohl die Abteilung, die auf deine Krankheit spezialisiert ist, eigentlich eine Etage höher lag. Erinnerst du dich noch?»

«Ja.»

«Sie setzte dir die Nadeln und ließ dabei Musik in dem halbdunklen Zimmer laufen.»

Anastasia erzählte genau das, was tatsächlich geschehen war.

«Erinnerst du dich an diese Frau?»

«Ja, sie war Leiterin einer Abteilung der ehemaligen Klinik für Parteifunktionäre.»

Anastasia sah mich ernst an und sprach plötzlich zusammenhanglose Sätze, die mich erschütterten, sodass mir ein kalter Schauer den Rücken herablief. «Welche Musik hätten Sie gern? Ist es so gut? Etwas leiser vielleicht?» Sie sprach mit der Stimme und dem Tonfall der Abteilungsleiterin, die mich behandelt hatte.

«Anastasia!», rief ich.

Sie unterbrach mich: «Hör bitte einfach zu und wundere dich nicht. Versuch endlich zu begreifen, was ich dir sage. Reiß dich zusammen!»

Sie fuhr fort: «Diese Frau ist von Herzen gut; sie ist eine richtige Ärztin. Die Zusammenarbeit mit ihr fiel mir sehr leicht. Sie ist herzlich und aufgeschlossen. Ich war der Grund, warum du nicht in der anderen Abteilung behandelt wurdest. Sie bat ihre Vorgesetzten: ‹Lasst ihn mir. Ich werde ihn wieder auf die Beine bringen.› Sie ahnte, dass sie dich heilen kann. Sie wusste, dass deine Krankheiten nur die Folge von etwas anderem waren. Und gegen dieses ‹andere› wollte sie kämpfen. – Und was hast du getan? Trotz deines schlimmen Magengeschwürs hast du weiter geraucht und getrunken, Scharfes und Salziges gegessen und auf kein Vergnügen verzichtet. Du wusstest es natürlich nicht, aber irgendwo in deinem Unterbewusstsein warst du dir sicher, dass dir nichts Schlimmes passieren kann. Ich habe nichts Gutes bei dir erreicht, eher das Gegenteil. Das Dunkle in deinem Bewusstsein ist nicht weniger geworden. Dein Verständnisvermögen und dein Wille sind nicht gestärkt worden. Als du wieder gesund warst, schicktest du deine Mitarbeiterin zu der Frau, der du dein Leben verdankst, um ihr Grüße für einen Feiertag zu übermitteln. Du hast sie nicht einmal persönlich angerufen. Sie wartete so sehr darauf. Sie liebte dich genauso wie …»

«Sie oder du, Anastasia?»

«Wir beide, wenn es dir so verständlicher ist.»

Ich stand auf, und ohne zu wissen warum, entfernte ich mich zwei Schritte von Anastasia, die auf einem umgestürzten Baum saß. Das Durcheinander von Gefühlen und Gedanken in mir machte mein Verhältnis zu ihr immer unklarer.

«Da haben wir es. Schon wieder verstehst du nicht, wie ich es tue. Du bekommst Angst. Aber es ist so einfach zu verstehen. Ich tue es mit Hilfe der Vorstellungskraft und einer genauen Analyse aller möglichen Situationen. Und du hast wieder gedacht, dass ich …»

Sie schwieg und ließ ihren Kopf auf die Knie sinken. Ich stand sprachlos in der Nähe. Ich dachte: «Warum nur spricht sie immer wieder über diese unglaublichen Dinge? Und dann verzweifelt sie, wenn ich sie nicht verstehe. Anscheinend begreift sie nicht, dass kein normaler Mensch ihre Worte und damit auch sie selbst als normal akzeptieren kann.» Dann ging ich zu Anastasia und strich ihr die Haarsträhnen aus dem Gesicht. Aus ihren großen, graublauen Augen rollten Tränen. Dann lächelte sie und sprach einen Satz, der gar nicht zu ihr passte:

«Weib bleibt Weib – klar? Jetzt verwirrt dich die Tatsache meiner Existenz; du traust deinen eigenen Augen nicht. Du kannst meinen Worten nicht völlig glauben, und du verstehst nicht, was ich dir sage. Du bist erstaunt über meine Existenz und meine Fähigkeiten. Du nimmst mich gar nicht mehr wie einen normalen Menschen wahr, aber glaube mir: Ich bin ein Mensch und keine Hexe. Meine Lebensweise kommt dir merkwürdig vor, aber warum findest du nicht Folgendes merkwürdig und paradox: dass nämlich die Menschen die Erde mit all ihren wunderbaren Phänomenen als die größte Schöpfung des Allgeistes anerkennen, aber andererseits keine Bemühung scheuen, unseren Planeten zugrunde zu richten.

Für euch sind Raumschiffe oder Flugzeuge etwas Natürliches, aber all diese Maschinen sind aus zerstückelten oder geschmolzenen Teilen des kosmischen Mechanismus gebaut. Stell dir mal ein Wesen vor, das ein fliegendes Flugzeug zerstört, um sich aus dessen Teilen einen Hammer oder einen Schaber zu machen, und dann stolz darauf ist, ein so primitives Werkzeug angefertigt zu haben. Dieses Wesen versteht nicht, dass man ein fliegendes Flugzeug nicht endlos demontieren kann. Warum versteht ihr nicht, dass ihr die Erde nicht quälen sollt?

Der Computer gilt als eine Errungenschaft des Verstandes, aber nur wenige verstehen, dass man ihn mit einer Gehirnprothese vergleichen kann. Kannst du dir vorstellen, was mit einem gesunden Menschen passiert, der an Krücken geht? Seine Beinmuskeln würden bestimmt verkümmern. Eine Maschine kann niemals das menschliche Gehirn übertreffen, sofern es ständig geschult und beansprucht wird.»

Sie wischte sich eine Träne ab, die ihr über die Wange rollte, und fuhr fort, ihre unglaublichen Gedanken darzulegen.

Damals konnte ich nicht ahnen, dass ihre Worte so viele Menschen bewegen und sogar Wissenschaftler aus der Fassung bringen würden, ja dass sie, selbst wenn nur als Hypothesen betrachtet, nicht ihresgleichen finden würden.

Nach Anastasia ist die Sonne eine Art Spiegel, der eine von der Erde ausgehende und für das Auge unsichtbare Strahlung reflektiert. Diese Strahlung stammt von den Menschen, die Liebe, Freude und andere lichte Gefühle empfinden. Reflektiert von der Sonne, gelangt sie in Form von Sonnenlicht zurück zur Erde und gibt allem Irdischen das Leben. In diesem Zusammenhang führte sie eine Reihe von Beweisen an, die schwer zu verstehen waren.

«Würden die Erde und die anderen Planeten das Gnadenlicht der Sonne lediglich verbrauchen», sagte sie, «so würde die Sonne nicht mehr gleichmäßig scheinen und allmählich verlöschen. Im Weltall gibt es keinen einseitigen Vorgang. Alles hängt zusammen.»

Sie erinnerte mich an die Worte der Bibel: « … und das Leben war das Licht der Menschen.» Sie behauptete, dass die Gefühle eines Menschen durch die Reflexionen der Himmelskörper auf einen anderen Menschen übertragen werden.

Sie erläuterte dies an einem Beispiel.

«Kein Mensch auf Erden kann bestreiten, dass er spürt, wenn ihn jemand liebt. Diese Empfindung ist besonders stark, wenn man in der Nähe der betreffenden Person ist. Ihr nennt so etwas Intuition. In der Tat gehen von einem Liebenden unsichtbare Lichtwellen aus. Auch wenn der Liebende nicht in der Nähe ist, kann man sie wahrnehmen, wenn die Liebe stark genug ist. Mithilfe dieses Gefühls kann man Wunder wirken, wenn man sein Wesen versteht. Ihr nennt so etwas Wunder, Mystik oder übernatürliche Fähigkeiten. – Sag mal, Wladimir, fühlst du dich jetzt wohler bei mir? Ich meine, ist dir irgendwie wärmer und leichter? Fühlst du dich erfüllter?»

«Ja», antwortete ich, «irgendwie fühle ich mich wärmer.»

«Nun pass auf, was passiert, wenn ich mich noch mehr auf dich konzentriere.»

Anastasia senkte ein wenig die Wimpern, machte langsam ein paar Schritte rückwärts und blieb stehen. Ich spürte, wie eine angenehme Wärme meinen Körper durchströmte. Diese Wärme nahm zu, aber sie brannte nicht, und mir wurde nicht heiß. Anastasia drehte sich um, ging weiter fort und versteckte sich hinter dem dicken Stamm eines hohen Baumes. Die Empfindung der angenehmen Wärme blieb, aber jetzt machte sich ein neues Gefühl bemerkbar, so als fließe mein Blut durch eine helfende Wirkung intensiver durch die Adern, als erreiche mein Blut in wirbelnden Strömen sehr schnell jedes Äderchen meines Körpers. Meine Füße schwitzten und wurden ganz feucht.

«Siehst du? Ist dir jetzt alles klar geworden?», sagte Anastasia, die triumphierend hinter ihrem Baum hervortrat, als hätte sie mir etwas bewiesen. «Du hast doch alles empfunden, als ich mich hinter dem Baum versteckte, nicht wahr? Deine Empfindungen haben sich sogar gesteigert, als du mich nicht sahst. Erzähl mir davon.»

Ich erzählte es ihr und fragte sie: «Was wolltest du denn mit dem Baumstamm zeigen?»

«Verstehst du, die Informations- und Lichtwellen strömten von mir direkt zu dir. Als ich mich dann versteckte, hätte sie der Baumstamm stark verzerren müssen, denn er hat seine eigenen Informationen und seine eigene Ausstrahlung, aber das ist nicht geschehen. Die Gefühlswellen erreichten dich weiterhin, nun reflektiert durch die Himmelskörper, und verstärkten sich sogar. Dann habe ich etwas getan, was ihr ein Wunder nennt: Deine Füße schwitzten plötzlich. Das hast du allerdings verschwiegen.»

«Ich dachte, es sei nicht wichtig. Was ist denn am Schwitzen der Füße so wunderbar?»

«Ich habe deinen Organismus durch das Schwitzen viele Giftstoffe und Krankheitserreger ausscheiden lassen. Du solltest dich jetzt wesentlich besser fühlen. Das sieht man sogar äußerlich. Du gehst nicht mehr so gebeugt wie zuvor.»

In der Tat fühlte ich mich physisch bedeutend besser.

«Also du konzentrierst dich und träumst von etwas, und dann geht alles in Erfüllung – so, wie du es dir gewünscht hast. Ist das richtig?»

«So ungefähr.»

«Gelingt dir das immer, auch dann, wenn du nicht von einer Heilung träumst?»

«Ja, immer – vorausgesetzt, der Traum ist nicht abstrakt und ist bis ins kleinste Detail durchdacht. Auch darf er den Gesetzen des geistigen Daseins nicht widersprechen. Manchmal gelingt es nicht, einen solchen Traum entstehen zu lassen. Man muss äußerst schnell denken, sodass die Gedanken rennen, und die Intensität der Gefühle muss sehr hoch sein; dann aber wird der Traum auf jeden Fall in Erfüllung gehen. Das ist ganz natürlich. Es geht vielen so im Leben. Frag doch mal deine Bekannten. Vielleicht findet sich unter ihnen auch jemand, der einen Traum hatte, welcher dann ganz oder auch nur teilweise in Erfüllung ging.»

«Detailliert … schnell denken, sodass die Gedanken rennen … sag mal, hast du an alle Einzelheiten gedacht, als du von den Dichtern, den Malern und von dem Buch geträumt hast? Hast du schnell gedacht?»

«Ja, ungewöhnlich schnell und konkret, in allen Einzelheiten.»

«Meinst du, dass sich dieser Traum erfüllen wird?»

«Ja, der wird sich erfüllen.»

«Hast du vielleicht noch von etwas anderem geträumt? Hast du mir alles von deinem Traum erzählt?»

«Nein, alles habe ich dir nicht erzählt.»

«Dann tu es doch bitte.»

«Du … du willst mir also zuhören? Willst du das wirklich, Wladimir?»

«Aber ja!»

Anastasia strahlte wie eine Flutlichtanlage. Voller Enthusiasmus und Aufregung sprach sie dann ihren unglaublichen Monolog.

# 27

## Die Entrückung aus dem Zeitalter der Dunkelmächte

«In jener Nacht meines Traumes dachte ich darüber nach, wie ich die Menschen vor dem Einfluss des Zeitalters der Dunkelmächte erretten könnte. Mein Plan war exakt und realistisch, und SIE haben ihn angenommen.

In dem Buch, das du schreiben wirst, werden unscheinbare Kombinationen und Formeln aus Buchstaben enthalten sein, die bei den meisten Menschen positive, lichte Gefühle hervorrufen werden. Diesen Gefühlen wohnt die Kraft inne, physische und psychische Leiden zu überwinden und zur Entstehung eines neuen Bewusstseins beizutragen, das den Menschen der Zukunft eigen sein wird. Glaube mir, Wladimir, das ist keine Zauberei; es geschieht im Einklang mit den kosmischen Gesetzen.

Alles ist sehr einfach: Du wirst dieses Buch schreiben und dich dabei ausschließlich von deinen Gefühlen und deiner Seele leiten lassen. Anders kannst du es nicht tun, denn die Kunst zu schreiben beherrschst du nicht, aber mithilfe der Gefühle ist ALLES möglich. Diese Gefühle sind bereits in dir – sowohl meine als auch deine –, auch wenn sie dir jetzt noch nicht bewusst sind. Aber sie werden von vielen Menschen verstanden werden. In Form von Schriftzeichen und Wörtern werden sie stärker sein als das Feuer des Zarathustra. Verschweige nichts, was du erlebt hast, auch nicht die vertraulichen Dinge. Überwinde alle Schamgefühle, und hab keine Angst, dich lächerlich zu machen. Auch deinen Stolz musst du aufgeben.

Ich habe mich dir völlig geöffnet, in Körper und Seele. Durch dich will ich mich allen Menschen öffnen, denn jetzt ist es mir erlaubt. Ich weiß, zahlreiche dunkle Kräfte werden mich angreifen und die Erfüllung meines Traumes zu verhindern suchen; doch ich fürchte mich nicht vor ihnen, denn ich bin stärker als sie. Ich bin gewiss, dass ich Zeuge der Erfüllung meiner Pläne sein werde: Ich werde einen Sohn gebären – unseren Sohn, Wladimir – und ihn aufziehen.

Mein Traum wird viele Mechanismen der Dunkelmächte zerstören, die seit Jahrtausenden ihren verderblichen Einfluss auf die Menschheit ausüben, und viele von ihnen werden gezwungen sein, zum Wohl der Menschen beizutragen.

Ich weiß, du kannst mir jetzt noch nicht glauben – die gesellschaftlichen Konventionen und Ansichten, die sich dir aufgrund des Lebens in eurer Welt tief eingeprägt haben, hindern dich daran. Du kannst nicht an die Möglichkeit glauben, sich in eine andere Zeit zu versetzen. Eure Begriffe von Zeit und Entfernung sind jedoch bedingt. Denn nicht die Sekunde und der Meter, sondern die Stufe der Erkenntnis und des Willens sind das Maß dieser Größen.

Der Grad der Reinheit in Gedanken, Gefühlen und Empfindungen, der für die meisten Menschen charakteristisch ist, bestimmt ihren Ort des Aufenthaltes im Weltall und auch die Zeit.

Ihr glaubt an Horoskope, an eure absolute Abhängigkeit von der Stellung der Planeten. Dieser Glaube ist das Ergebnis des Einflusses der dunklen Kräfte. Dieser Glaube verlangsamt die Zeit der lichten Parallelen; so bekommen die dunklen Kräfte die Gelegenheit, sich in den Vordergrund zu rücken und an Masse zu wachsen. Dieser Glaube führt euch weg von der Erkenntnis der Wahrheit und des Sinnes des irdischen Daseins. Denke gut darüber nach. Vergiss nicht, dass Gott den Menschen nach Seinem Bild geschaffen hat. Dem Menschen ist die größte Freiheit gegeben, das heißt die Freiheit, zwischen den lichten und dunklen Kräften zu wählen. Dem Menschen ist die Seele gegeben. Alles Sichtbare ist ihm untergeordnet, und er, der Mensch, ist auch frei gegenüber Gott: Er kann Ihn lieben oder auch nicht. Nichts und niemand kann den Menschen zwingen, etwas gegen seinen Willen zu tun. Gott will die Liebe des Menschen, als Antwort auf Seine eigene Liebe, aber Er will die Liebe eines freien, vollendeten, ihm gleichgestellten Menschen.

Gott schuf alles Sichtbare, darunter auch die Planeten. Sie dienen zur Sicherung der Ordnung und Harmonie alles Lebenden, der Pflanzen und der Tiere. Die Planeten helfen dem menschlichen Körper, aber sie besitzen absolut keine Macht über seine Seele und seinen Verstand. Nicht sie lenken den Menschen, sondern der Mensch steuert alle Planeten durch sein Unterbewusstsein.

Wenn nur ein Mensch den Wunsch hat, dass eine zweite Sonne am Himmel scheint, so entsteht sie nicht. Das ist deshalb so, damit keine kosmische Katastrophe stattfindet. Wenn aber alle Menschen gleichzeitig eine zweite Sonne wollen, so erscheint sie.

Bei der Zusammenstellung eines Horoskops muss man vor allem die wesentlichen Kriterien berücksichtigen: das momentane Bewusstsein des Menschen, die Kraft seines Willens und seines Geistes, die Bestrebungen seiner Seele sowie den Grad ihres Mitwirkens am gegenwärtigen Dasein.

Günstige und ungünstige Tage, magnetische Stürme, hoher oder niedriger Luftdruck – sie alle sind bei Weitem nicht so stark wie Willenskraft und Erkenntnis.

Hast du nicht auch bei trübem Wetter glückliche und zufriedene Menschen gesehen, oder umgekehrt: traurige und niedergeschlagene Menschen an einem sonnigen Tag?

Du denkst, dass ich wie eine Irrsinnige phantasiere, wenn ich sage, dass die von mir gefügten Buchstabenkombinationen die Menschen heilen und erleuchten werden. Du glaubst mir nicht, weil du es nicht verstehst. In der Tat aber ist alles sehr einfach.

Ich spreche jetzt mit dir in deiner Sprache, gebrauche deine Redewendungen und bemühe mich manchmal, auch deinen Tonfall nachzuahmen. Es wird dir nicht schwerfallen, meine Worte zu behalten, denn ich spreche deine eigene Sprache, die aber auch von vielen anderen verstanden wird. Es gibt darin keine unverständlichen Wörter, die nicht zum alltäglichen Sprachgebrauch gehören. Die Sprache ist schlicht und für die meisten Menschen verständlich. Nur gebrauche ich manchmal eine etwas ungewöhnliche Wortstellung. Du bist jetzt aufgeregt, und deshalb wirst du dich an alles erinnern, wenn du dich an diesen Zustand erinnerst. Folglich wirst du in der Lage sein, meine Worte niederzuschreiben.

So wird es geschehen, dass auch meine Buchstabenkombinationen in deinen Text einfließen werden. Sie sind sehr wichtig. Sie können Wunder wirken, wie ein Gebet. Viele von euch wissen ja, dass Gebete bestimmte Wortverbindungen und Buchstabenkombinationen sind, die von erleuchteten Menschen mit Gottes Hilfe zusammengestellt wurden.

Die dunklen Kräfte strebten immer danach, den Menschen die Möglichkeit wegzunehmen, die Gnade, die von diesen Kombinationen ausgeht, für sich in Anspruch zu nehmen. Dazu änderten sie auch die Sprache, führten neue Wörter ein, verwarfen alte Wörter und entstellten den Sinn der Wörter. Zum Beispiel gab es in eurer Sprache früher 47 Buchstaben, jetzt sind nur noch 33 übrig. Sie führten ihre eigenen Verbindungen und Formeln in die Sprache ein, die das Niedrige und Dunkle im Menschen ansprechen, und versuchten die fleischlichen Begierden und die Leidenschaften des Menschen zu fördern. Ich hingegen habe mich der ursprünglichen Kombinationen bedient, unter Verwendung der heutigen Schriftzeichen, und sie werden auch heute wirksam sein. Bei der Suche nach den richtigen Worten habe ich mich so sehr bemüht – aber es hat sich gelohnt! Ich habe das Beste aus allen Zeiten zusammengestellt und in dem Buch versteckt, das du schreiben wirst.

Wie du siehst, handelt es sich dabei lediglich um eine Übersetzung der Zeichenkombinationen der tiefen Ewigkeit und des endlosen Kosmos, eine genaue Übersetzung nach dem Sinn, der Bedeutung und dem Zweck.

Schreibe über alles, was du gesehen hast. Verheimliche nichts, weder das Gute noch das Schlechte noch die vertraulichen Dinge.

Nur so werden die zeitlosen Wahrheiten in dem Text erhalten bleiben.

Bitte glaube mir, Wladimir. Du wirst dich selbst davon überzeugen können, wenn du schreibst. Bei vielen Menschen, die das Buch lesen, werden Gefühle und Emotionen hervorgerufen werden, die ihnen unbekannt sind und die sie zunächst gar nicht richtig einordnen können. Sie werden dir das bestätigen, du wirst es selbst erleben. Und mithilfe der lichten Gefühle, die in ihnen erwachen werden, werden sie viel mehr verstehen, als du geschrieben hast. Fang einfach an zu schreiben, auch wenn es nur ein bisschen ist. Dann wirst du dich selbst davon überzeugen können, dass die Menschen diese Kombinationen wahrnehmen. Wenn dann zehn, hundert oder tausend Menschen es dir bestätigen, wirst du es glauben und weiterschreiben. Du musst nur glauben – an dich selbst und an mich.

Im Folgenden werde ich über noch bedeutendere Dinge sprechen, und sie werden es verstehen und fühlen – nämlich über die Erziehung der Kinder. Du wolltest etwas über Flugscheiben und deren Mechanismen, über Raketen und Planeten erfahren. Mein eigentlicher Wunsch aber war es, über Kindeserziehung zu sprechen, und ich werde das auch tun, sobald es mir gelungen ist, deine Erkenntnisfähigkeit zu steigern. Über diese Dinge sollte man nur lesen, wenn man nicht von der Geräuschkulisse der künstlich geschaffenen Maschinen und Mechanismen gestört wird. Diese Geräusche sind sehr schädlich und führen den Menschen weit weg von der Wahrheit. Nur die Geräusche der von Gott geschaffenen Naturwelt sollten hörbar sein. Sie enthalten Informationen über die Wahrheit und die Gottesgnade, und sie sind für Erkenntnis förderlich. Dadurch wird auch die Heilung viel wirksamer.

Du zweifelst natürlich wieder daran und glaubst nicht an die heilende Kraft des Wortes. Du glaubst noch immer, dass ich … Aber das hat nichts mit Hexerei oder mit Phantasieren zu tun; es steht in keinem Widerspruch zu den Gesetzen des geistigen Daseins.

Wenn in einem Menschen lichte Gefühle entstehen, üben sie auf jeden Fall einen heilsamen Einfluss auf alle menschlichen Organe aus. Gerade die lichten Gefühle sind das stärkste und wirksamste

Mittel gegen alle Krankheiten. Mithilfe solcher lichten Gefühle hat Gott geheilt, und die Heiligen taten das Gleiche. Lies das Alte Testament, und du kannst dich selbst davon überzeugen. Mithilfe dieser Gefühle heilen auch einige Menschen in eurer Welt. Viele eurer Ärzte wissen davon. Frage sie, wenn du mir nicht glaubst. Dir fällt es ja leichter, ihnen Glauben zu schenken. Je stärker und lichter dieses Gefühl ist, desto wirksamer ist es für den Menschen, auf den es gerichtet ist.

Ich verstand es immer, mit meinem Strahl zu heilen. Mein Urgroßvater hat es mir in meiner Kindheit beigebracht und mir alles erklärt. Dieses Wissen habe ich oft an meinen Kleingärtnern angewandt.

Mein Strahl ist jetzt viel stärker als der meines Großvaters und meines Urgroßvaters. Sie sagen, das kommt daher, dass in mir ein Gefühl entstanden ist, das Liebe genannt wird. Es ist so groß und angenehm, und es brennt ein wenig. Ich habe den Wunsch, es allen Menschen zu schenken, auch dir. Ich möchte, dass es allen gut geht, dass alles gut ist, so wie Gott es sich gewünscht hat.»

Anastasia hatte ihren Monolog mit ungewöhnlicher Begeisterung und Überzeugung vorgetragen – es war wie ein Schuss in Raum und Zeit. Dann schwieg sie. Ich sah Anastasia an, überwältigt von ihrer Leidenschaft und Überzeugung. Dann fragte ich sie: «Ist das alles, Anastasia? Gibt es in deinen Plänen und Träumen keine weiteren Details?»

«Das Übrige ist nicht wichtig, Wladimir, es handelt sich nur um Kleinigkeiten, die mir nebenbei in den Sinn kamen, ohne dass ich darüber weiter nachdachte. Es gab da allerdings noch eine Schwierigkeit, die dich betrifft, aber ich habe sie bereits geregelt.»

«Stopp mal, sag mir auf der Stelle mehr darüber! Was ist das für eine Schwierigkeit, die mich betrifft?»

«Verstehst du, ich habe dich zum reichsten und noch dazu zum berühmtesten Mann auf Erden gemacht. Im Laufe der Zeit wird dieser Plan in Erfüllung gehen. Aber während der Traum in allen Einzelheiten entstand und bevor er mit Hilfe der lichten Kräfte in die Höhe stieg, strebten die dunklen Kräfte danach, ihren negativen

Beitrag zu leisten. Sie versuchen immer, demjenigen, für den der Traum bestimmt ist, und auch anderen zu schaden.

Meine Gedanken rannten sehr schnell, aber auch die dunklen Kräfte schliefen nicht. Sie ließen viele andere Dinge auf Erden außer Acht und konzentrierten sich darauf, ihre Energien gegen meinen Traum einzusetzen. Da habe ich mir etwas ausgedacht ... und führte sie an der Nase herum. Ich zwang ihre Energien, zum Guten wirksam zu sein. Die dunklen Kräfte waren nur einen Augenblick verwirrt, aber das reichte, dass mein Traum, aufgenommen von den lichten Kräften, abhob und in die unerreichbaren Höhen der Unendlichkeit fort flog.»

«Was hast du dir denn ausgedacht, Anastasia?»

«Unerwartet für sie, verlängerte ich ein wenig die Zeitspanne des Einflusses der dunklen Kräfte, in der du bestimmte Schwierigkeiten zu überwinden hast. Außerdem verzichtete ich auf die Möglichkeit, dir mit meinem Strahl zu helfen. Sie waren überrascht, da ihnen meine Handlungsweise unlogisch erschien. In der Zwischenzeit erleuchtete ich ganz rasch mit meinem Strahl die Menschen, die in der Zukunft mit dir zu tun haben werden.»

«Was hat das alles zu bedeuten?»

«Es gibt Menschen, die dir und der Verwirklichung meines Traums helfen werden. Sie tun das mit ihren kleinen, fast unsteuerbaren Strahlen. Aber es wird ihrer viele geben, und ihr alle zusammen werdet dem Traum zur materiellen Realität verhelfen. Ihr überspringt den Wirkungszeitraum der dunklen Kräfte. Ihr werdet auch anderen helfen, das Gleiche zu tun. Und du wirst nicht hochmütig und habgierig sein, wenn du reich und berühmt bist; denn du wirst verstehen, dass Geld nicht die Hauptsache ist, weil man sich damit nicht die Wärme und das aufrichtige Wohlwollen der menschlichen Seele erkaufen kann. Du wirst das während dieses Zeitraums verstehen, wenn du jene Menschen sehen und kennenlernen wirst. Und auch sie werden das verstehen. Und was die Kniebeugen betrifft – deine Beziehung mit den Banken habe ich mir ausgedacht, weil du auf deinen Körper überhaupt nicht Acht gibst. Jetzt wirst du, im Beisein der Bankangestellten, beim Erhalten des Geldes eben ein paar gymnastische Übungen absolvieren. Das mag zwar etwas lächerlich wirken, aber dafür wird dein Stolz ein wenig gedämpft.

Folglich ist es nun so gekommen, dass alle Schwierigkeiten und Hindernisse, die die Dunkelmächte für dich erfunden haben, dich und deine Umgebung stärker und bewusster machen werden. Später werden diese Schwierigkeiten euch sogar gegen die Versuchungen der Dunkelmächte, auf die diese so stolz sind, schützen. Deshalb also waren sie für einen winzigen Augenblick verwirrt. Jetzt wird es ihnen nie mehr gelingen, meinen Traum einzuholen.»

«Anastasia, meine liebe Träumerin! Was für eine Phantasie du hast!»

«Oh, wie schön du das gesagt hast! ‹Meine Liebe!›, hast du gesagt. Vielen Dank!»

«Bitteschön. Aber ich habe dich auch eine Träumerin mit einer reichen Phantasie genannt. Nimmst du mir das nicht übel?»

«Nein, überhaupt nicht. Du weißt ja noch nicht, wie genau meine Träume sich verwirklichen, wenn sie so licht und detailliert sind. Dieser Traum wird auf jeden Fall in Erfüllung gehen. Es ist mein absoluter Lieblingstraum. Die Sache mit deinem Buch wird klappen. Es wird außergewöhnliche Gefühle in den Menschen erwecken, und diese Gefühle wiederum werden andere Menschen herbeirufen …»

«Warte, Anastasia, du kommst schon wieder ins Schwärmen. Beruhige dich.»

* * *

Es war noch nicht sehr lange her, seit ich die leidenschaftliche Rede Anastasias unterbrochen hatte, die mir wie reine Phantasie erschienen war.

Der Sinn von Anastasias Monolog war mir nicht ganz klar. Alles, was sie gesagt hatte, erschien mir einfach zu phantastisch. Nur ein Jahr später gab mir der Chefredakteur der Zeitschrift *Wunder und Abenteuer* die neueste Ausgabe dieses Blattes (Mai 1996), nachdem er mein Manuskript mit Anastasias Monolog gelesen hatte.

Beim Durchblättern der Zeitschrift stieß ich auf die Artikel zweier Gelehrter – der Akademiemitglieder Anatoli Akimow und Wlail Kasnatschejew. Wie gebannt las ich darin über die Existenz des höchsten Geistes, die enge Wechselbeziehung des Menschen zum Kosmos und die für das bloße Auge unsichtbaren Strahlen, die vom Menschen ausgehen. Mit speziellen Geräten war es gelungen, sie optisch nachzuweisen. Es waren sogar zwei Fotos abgedruckt, auf denen man diese Strahlen sehen konnte.

Die Wissenschaft begann sich mit einem Phänomen zu befassen, das Anastasia seit ihrer Kindheit gekannt und im täglichen Leben angewandt hatte, um Menschen zu helfen.

Wie hätte ich ein Jahr zuvor ahnen können, dass Anastasia – wie sie in ihrem alten und einzigen Rock und ihren plumpen Gummischuhen vor mir stand und nervös an den Knöpfen ihrer Jacke nestelte – solch enormes Wissen besaß und in der Lage war, menschliche Schicksale zu beeinflussen? Und dass die Regungen ihrer Seele tatsächlich den dunklen, verderblichen Einflüssen entgegenwirken konnten?

Auch hätte ich mir nicht vorstellen können, dass der bekannte Volksheiler W. Mironow, Vorsitzender des russischen Heilerverbandes, eines Tages vor seinen versammelten Helfern erklären würde: ‹Verglichen mit ihr, sind wir so groß wie Ameisen.› Er meinte sogar, dass die Welt eine solche Kraft wie die Anastasias noch nie gesehen habe. Und er bedauerte, dass ich das so lange nicht bemerkt hatte.

In der Zukunft sollten viele Menschen spüren, dass von dem Buch eine sehr starke Kraft ausgeht.

So wie der Frühlingsregen allen Schmutz fortspült, so regnete es nach der ersten, kleinen Auflage des Buches, das meiner Meinung nach von Anastasia mitverfasst wurde, Gedichte. Nun halten auch Sie dieses Buch in Ihren Händen, sehr geehrter Leser. Ob es in Ihrer Seele irgendwelche Empfindungen hervorruft, können nur Sie selbst beurteilen. Was fühlen Sie? Was bewegt das Buch in Ihnen?

Anastasia, die nach meiner Heimkehr allein in der Taiga zurückblieb, wirkte von ihrer Lichtung aus mit ihrem Strahl der Güte allen Hindernissen entgegen, die sich der Verwirklichung ihres Traumes in den Weg stellten. So führte sie immer neue Menschen zusammen und begeisterte sie, damit sich ihr Traum erfüllen konnte.

In der folgenden schweren Zeit standen mir drei Moskauer Studenten zur Seite. Ohne für ihre Arbeit einen angemessenen Lohn zu erhalten, waren sie mir sogar materiell behilflich. Sie verdienten sich mit Gelegenheitsjobs ihren Unterhalt und tippten nachts den Text von «Anastasia» auf ihrem Computer ein – vor allem Ljoscha Nowitschkow.

Selbst während schwerer Prüfungen an der Universität hörten sie nicht mit dem Tippen auf.

Ohne die Hilfe eines Verlags erschien das Buch in einer Auflage von 2000 Exemplaren, gedruckt bei der Elften Moskauer Druckerei. Zuvor aber berichteten Ewgenia Kwitko, eine Redakteurin der *Bauernzeitung,* und Katja Golowina von der *Moskauer Prawda* in verschiedenen Artikeln über Anastasia. Auch die *Zeitschrift für Forstwirtschaft,* das Blatt *Neues in der Welt* und verschiedene russische Radiosender taten dies. Die Zeitschrift *Wunder und Abenteuer,* in der Beiträge der akademischen Prominenz veröffentlicht werden, widmete wider alle Tradition einige Ausgaben Anastasia, und zwar mit folgender Begründung: «In ihren kühnsten Träumen bleiben die Gelehrten weit hinter den Visionen Anastasias zurück, einer Hellseherin aus der sibirischen Taiga. Die Reinheit des Geistes kann den Menschen allmächtig und allwissend machen. Der Mensch ist die Krone der Schöpfung.»

Nur seriöse Moskauer Zeitschriften veröffentlichten Berichte über Anastasia, gerade so, als hätte Anastasia sie selbst ausgewählt – unter Vermeidung der Regenbogenpresse, um die Reinheit ihres Traumes zu bewahren.

Aber all dies wurde mir erst ein Jahr nach der Begegnung mit ihr klar. Damals jedoch hatte ich sie noch nicht verstanden und ihr auch nicht alles so recht glauben können, und so versuchte ich zunächst, das Thema zu wechseln und mit ihr über etwas zu sprechen, was mir vertrauter war: über Unternehmer.

# 28

## Starke Menschen

*Die beste Einschätzung deiner Persönlichkeit ist die Einschätzung deiner Mitmenschen.*

Anastasia sprach viel über die Menschen, die wir Unternehmer nennen, und über deren Einfluss auf die Spiritualität der Gesellschaft. Dann nahm sie einen kleinen Stock und zeichnete einen großen Kreis auf den Waldboden. In den Kreis zeichnete sie viele weitere, kleinere Kreise mit je einem Punkt in der Mitte. Neben diesem Kreis zeichnete sie weitere Kreise. So entstand gleichsam eine Karte der Planeten im Einflussbereich der irdischen Welt. Dann zeichnete sie noch viele Details hinzu und sagte:

«Der große Kreis ist die Erde – der Planet, auf dem die Menschen leben. Die kleinen Kreise sind kleinere Menschengruppen, die miteinander verbunden sind. Die Punkte sind die Menschen, die an der Spitze der einzelnen Gruppen stehen. Die Art und Weise, wie diese Leiter die Menschen behandeln, was sie sie tun lassen, welche Atmosphäre unter ihrem Einfluss entsteht, all diese Kriterien sind dafür bestimmend, ob es den Menschen in ihrer Umgebung gut oder schlecht geht. Wenn es der Mehrheit gut geht, geht von jedem von ihnen eine lichte Strahlung aus und folglich auch von der Gruppe insgesamt. Geht es ihnen aber schlecht, so wird ihre Ausstrahlung entsprechend dunkel sein.»

Sie strichelte einige der Kreise dunkel.

«Natürlich wird ihr Zustand noch durch viele andere Faktoren beeinflusst, aber solange sie Teil dieser Gruppe sind, ist ihre Beziehung zum Leiter entscheidend für ihr Wohlbefinden. Für den Kosmos ist es von großer Bedeutung, dass von der Erde insgesamt eine lichte Strahlung ausgeht, eine Strahlung der Liebe und Güte. Bereits in der Bibel steht: ‹Gott ist Liebe.›

Die Menschen, die ihr Unternehmer nennt, tun mir sehr leid, denn sie sind am ärmsten dran. Ich würde ihnen gern helfen, aber für mich allein ist das eine schwere Aufgabe.»

«Du irrst dich, Anastasia. Am ärmsten dran sind bei uns Rentner und Arbeitslose, die nicht imstande sind, für ihre Unterkunft, Kleidung und Nahrung zu sorgen. Der Unternehmer hingegen ist jemand, der von allem mehr hat als der Großteil der Bevölkerung. Ihm stehen all jene Vergnügungen offen, von denen die anderen nicht einmal träumen können.»

«So? Welche zum Beispiel?»

«Selbst ein durchschnittlicher Unternehmer hat ein modernes Auto und eine gute Wohnung. Mit Kleidung und Nahrung hat er überhaupt keine Probleme.»

«Aber ist er auch zufrieden? Woraus zieht er seine Freude?»

Anastasia bat mich, mich wieder ins Gras zu legen, und zeigte mir verschiedene Bilder, ähnlich wie beim letzten Mal, als ich die Gärtnerin gesehen hatte.

«Siehst du? Da sitzt er nun in seinem ‹flotten Schlitten›, wie du sagen würdest, allein auf der Rückbank, mit Klimaanlage und eigenem Chauffeur. Doch sieh nur sein Gesicht, diese angespannten, nachdenklichen Züge! Er grübelt über etwas nach, schmiedet Pläne, macht sich Sorgen. Jetzt greift er zum Telefon. Er bekommt Informationen. Die muss er jetzt schnell auswerten und eine Entscheidung treffen. Keine leichte Sache, er muss angestrengt nachdenken. Jetzt hat er sich entschieden. Jetzt – sieh mal, nach außen wirkt er ruhig, doch auf seinem Gesicht sind Spuren von Zweifel und Unrast zu sehen. Von Freude keine Spur. Und draußen ist es Frühling, aber davon sieht und merkt er nichts.»

«Das ist seine Arbeit, Anastasia.»

«Nein, es ist seine Art zu leben, und in einem solchen Leben gibt es keinen Lichtblick, den lieben langen Tag nicht – morgens vom Aufstehen bis abends zum Schlafengehen, ja noch nicht einmal im Schlaf. Er hat keinen Sinn für sprießende Blätter und Frühlingsbäche. Er ist von Menschen umgeben, die ihm sein Eigentum nicht gönnen und es gern für sich selbst hätten. Auch sein Versuch, sich in sein festungsartiges Eigenheim zurückzuziehen, mit eigenem Überwachungssystem, verhilft ihm nicht zu der erhofften Ruhe, denn die Angst und die Sorge haben sich in ihm selbst festgesetzt. Sie lassen sich nicht vertreiben – bis zu seinem Tode geht das so. Kurz vor seinem Lebensende dann bedauert er, dass er alles zurücklassen muss.»

«Das sehe ich nicht so. Der Unternehmer freut sich doch auch, zum Beispiel über seine Gewinne und über seine verwirklichten Pläne.»

«Nein. Er hat gar keine Zeit, sich über seine Errungenschaften zu freuen. Denn sogleich kommt ein neuer, komplizierterer Plan, und der Kreislauf fängt von vorne an, nur mit noch größeren Schwierigkeiten.»

Die Schönheit aus der Taiga zeichnete vor meinen Augen ein sehr trübes, düsteres Bild von der privilegierten Schicht unserer Gesellschaft. Dieses Bild war für mich keineswegs akzeptabel, und so konterte ich:

«Anastasia, du vergisst ihre Fähigkeit, ein gesetztes Ziel zu erreichen, sich die angenehmen Dinge im Leben zu leisten. Außerdem ernten sie die bewundernden Blicke der Frauen und genießen allgemeine Achtung.»

Darauf entgegnete sie: «Das ist Illusion. Es stimmt einfach nicht. Bist du schon mal einem Menschen begegnet, der jemand anders Achtung und Bewunderung entgegenbringt, bloß weil dieser ein schickes Auto oder ein teures Haus hat? Kein Mensch wird dir in diesem Punkt zustimmen. Die Blicke, die der Reiche erntet, sind voller Missgunst, Gleichgültigkeit oder Unmut. Und auch die Frauen können diese Menschen nicht lieben, denn ihre Gefühle sind mit dem Wunsch gemischt, außer dem Mann auch sein Vermögen zu besitzen. Der Mann seinerseits kann eine Frau ebenfalls nicht richtig lieben, denn er kann es sich nicht leisten, dass ein so großes Gefühl so viel Platz in seinem Leben einnimmt.»

Die Suche nach weiteren Argumenten war sinnlos, denn nur die Menschen, von denen sie sprach, hätten ihre Worte entweder bestätigen oder ihnen widersprechen können. Als Unternehmer hatte ich nie darüber nachgedacht, wovon Anastasia jetzt sprach. Ich hatte nie den Anteil der freudigen Minuten in meinem Leben errechnet, bei anderen natürlich erst recht nicht. In Unternehmerkreisen klagt und stöhnt man nicht; man zeigt sich gern erfolgreich und zufrieden. Das ist wohl auch der Grund, warum ein Unternehmer als ein Mensch gilt, der sich uneingeschränkten Wohlergehens erfreut. Anastasia sah nicht auf das äußere Erscheinungsbild der Gefühle, sie sah durch die Fassade hindurch und sah das innere Wesen eines Menschen. Sie beurteilte den Zustand eines Menschen nach seiner Ausstrahlung, und die konnte sie wahrnehmen. Mir schien, die Bilder und Situationen, die sie sah, waren für mich allein durch ihre Stimme sichtbar. Diesen Umstand erklärte ich Anastasia. Sie antwortete:

«Ich werde dir helfen. Es ist nicht schwer. Du machst die Augen zu, legst dich ins Gras, die Arme zur Seite ausgestreckt, und entspannst dich. Nun stell dir die ganze Erde vor und versuche, ihre Farbe und die von ihr ausgehende bläuliche Ausstrahlung zu sehen. Jetzt bündle den Strahl deiner Imagination, sodass du nicht mehr die ganze Erde siehst. Bündle deinen Strahl so weit, bis du konkrete Einzelheiten erkennen kannst. Menschen findest du dort, wo die bläuliche Ausstrahlung stärker ist. Jetzt konzentriere deinen Strahl noch mehr, bis du einzelne Menschen oder nur noch einen Menschen siehst. Versuch es nur, ich werde dir helfen.»

Sie nahm mich bei der Hand, legte ihre Finger auf die meinen und ließ ihre Fingerspitzen auf meiner Handfläche ruhen. Die Finger ihrer anderen, im Gras liegenden Hand waren nach oben gerichtet. Ich tat in Gedanken alles, was sie mir gesagt hatte, und sah vor mir ein undeutliches Bild: Drei Menschen saßen an einem Tisch und sprachen erregt miteinander. Ich verstand ihre Worte nicht.

«Nein», sagte Anastasia, «das sind keine Unternehmer. Gleich werden wir welche haben.»

Eine Zeitlang richtete sie ihren Strahl aus und peilte die verschiedensten Lokalitäten an. Dabei gelangte sie in große und kleine Büros, in geschlossene Clubs, in Festsäle und Bordelle. Die bläuliche Ausstrahlung war entweder schwach oder gar nicht sichtbar.

«Sieh nur, es ist schon Nacht dort, aber er sitzt noch immer in seinem Büro. Irgendwas stimmt nicht mit diesem Unternehmer. Und der da – scheint ganz zufrieden zu sein in seinem Swimmingpool, mit ein paar Mädchen dabei. Er scheint etwas getrunken zu haben, aber eine Ausstrahlung hat er nicht. Er will sich betäuben, um etwas zu vergessen. Seine Selbstzufriedenheit ist gespielt.

Der hier ist zu Hause. Da ist seine Frau, das Kind fragt ihn etwas … Das Telefon klingelt. Siehst du? Jetzt ist er wieder ernst geworden, hat sogar seine Familie ganz vergessen.»

Auf diese Weise zeigte uns der Strahl eine Situation nach der anderen, scheinbar gute und wieder nicht so gute, bis wir eine ganz grausige Szene sahen. Plötzlich erblickten wir ein Zimmer, wahrscheinlich in einer ziemlich vornehmen Wohnung, aber …

Auf einem runden Tisch lag ein nackter Mann; seine Hände und Füße waren an die Tischbeine gebunden, sein Kopf hing herab, und sein Mund war mit braunem Klebeband zugeklebt. Hinter dem Tisch saßen zwei junge, robuste Burschen; der eine war kurz geschoren, der andere hatte glatt gekämmte Haare. Etwas weiter weg saß eine junge Frau in einem Sessel. Ihr Mund war ebenfalls verklebt, und unter ihrer Brust sah man eine Wäscheschnur, mit der sie an den Sessel gebunden war. Ihre Füße waren an die Sesselbeine gefesselt. Sie war lediglich mit einem zerrissenen Unterhemd bekleidet. Neben ihr saß ein älterer, hagerer Mann und trank etwas, wahrscheinlich Cognac. Auf dem Tischchen vor ihm lag eine Tafel Schokolade. Die Männer am runden Tisch tranken nicht. Sie gossen etwas Flüssiges – Wodka oder Spiritus – auf die Brust des gefesselten Mannes und zündeten es an. «Erpressung», verstand ich.

Anastasia zog ihren Strahl von dieser Szene zurück. Ich aber rief: «Nein, kehre zurück dorthin! Tu etwas!»

Sie kehrte zu der Szene zurück und antwortete: «Das geht nicht. Es ist schon in vollem Gange. Das ist jetzt nicht mehr aufzuhalten. Man hätte es früher tun müssen. Jetzt ist es zu spät.»

Wie gebannt starrte ich auf die Szene, dann plötzlich sah ich die Augen der Frau; sie waren voller Entsetzen, ohne ein Anzeichen des Flehens.

«Tu doch etwas, wenn du nicht völlig herzlos bist!», rief ich Anastasia zu.

«Das geht über meine Kräfte; es ist früher programmiert worden, aber nicht von mir, und deshalb darf ich mich nicht direkt einmischen. Sie sind jetzt stärker.»

«Wo bleiben denn da deine Güte und deine besonderen Fähigkeiten?»

Anastasia schwieg. Die schreckliche Szene trübte sich etwas. Dann verschwand plötzlich der ältere Mann, der Cognac trank. Auf einmal spürte ich eine Schwäche im ganzen Körper; meine Hand, die Anastasias Hand berührte, wurde gefühllos. Ich hörte ihre seltsam schwache Stimme. Sie sprach mit Mühe: «Nimm deine Hand weg, Wladimi...» . Sie konnte nicht einmal meinen Namen aussprechen.

Ich stand auf und ließ Anastasias Hand los. Mein Arm hing schlaff und leblos herab, als sei er mir eingeschlafen, und alle Farbe war aus ihm gewichen. Ich bewegte meine Finger, und langsam kehrte das Gefühl wieder in ihn zurück.

Ich sah Anastasia an und erschrak. Ihre Augen waren geschlossen, ihr Gesicht war leichenblass. Ihre Haut, ihre Arme und ihr Gesicht schienen völlig blutleer zu sein, und sie lag wie tot da. In einem Umkreis von drei Metern war das Gras um sie herum ausgebleicht und verwelkt. Ich begriff, dass etwas Schreckliches geschehen sein musste, und rief: «Anastasia! Was ist los mit dir, Anastasia?!»

Sie reagierte aber nicht auf mein Rufen. Da packte ich sie bei den Schultern und schüttelte ihren starren, leblosen Körper. Ihre Lippen waren ganz blass. Sie antwortete nicht.

«Hörst du mich, Anastasia?»

Ihre Wimpern hoben sich ein wenig, und ihre erloschenen Augen blickten mich ausdruckslos an. Ich nahm meine Wasserflasche, hob ihren Kopf und versuchte ihr etwas zu trinken zu geben, doch sie konnte nicht schlucken. Ich sah sie an und dachte fieberhaft nach, was ich machen sollte. Endlich bewegten sich ihre Lippen, und sie flüsterte: «Bring mich fort von hier ... zu einem Baum ...»

Ich nahm ihren schlaffen Leib auf, trug ihn aus dem Kreis mit dem ausgeblichenen Gras und legte ihn unter die nächste Zeder. Nach einiger Zeit kam sie wieder zu sich, und ich fragte sie: «Was ist geschehen, Anastasia?»

«Ich habe versucht, deine Bitte zu erfüllen», antwortete sie leise und fügte nach einer Pause hinzu: «Ich denke, es ist mir gelungen.»

«Aber du siehst so elend aus. Beinahe wärest du dabei umgekommen.»

«Ich habe die Naturgesetze verletzt. Ich habe mich in etwas eingemischt, in das ich mich nicht einmischen darf. Das hat alle meine Energien und Kräfte aus mir herausgesaugt. Ich wundere mich, dass sie noch ausgereicht haben.»

«Warum hast du das denn riskiert, wenn es doch so gefährlich ist?»

«Ich sah keinen Ausweg. Du wolltest es so. Ich befürchtete, dass du alle Achtung vor mir verlieren und denken würdest, ich mache nur große Worte.»

Sie sah mich flehentlich an, und ihre leise Stimme zitterte ein wenig.

«Ich kann dir nicht erklären, wie man das macht, wie dieser natürliche Mechanismus funktioniert. Ich spüre ihn nur, kann ihn aber nicht so beschreiben, dass du es verstehst. Und die Wissenschaftler können es bislang auch nicht.»

Sie senkte den Kopf und schwieg eine Weile, um Kräfte zu sammeln. Dann blickte sie mich wieder mit ihren flehenden Augen an und sprach: «Jetzt wirst du mich wahrscheinlich erst recht für eine Irrsinnige oder eine Hexe halten.»

Ich hatte plötzlich den Wunsch, etwas Gutes für sie zu tun – aber was? Ich wollte ihr sagen, dass ich sie für einen normalen Menschen, für eine schöne, kluge Frau halte, aber gerade diese Empfindung –

dass meine Beziehung zu ihr ein gewöhnliches Verhältnis zwischen Mann und Frau war – hatte ich nicht … und mit ihrer Intuition hätte sie mir das sicher auch nicht abgenommen.

Da fiel mir die Geschichte ein, wie ihr Urgroßvater sie in ihrer Kindheit begrüßte: Er kniete sich vor sie hin und küsste ihr die Hand. So kniete auch ich mich vor Anastasia hin, nahm ihre noch blasse und kühle Hand, küsste sie und sprach: «Falls du irrsinnig bist, so bist du die Beste, die Gütigste, die Klügste und die Schönste aller Irrsinnigen.»

Endlich zeichnete sich ein Lächeln auf ihren Lippen ab, und ihre Augen sahen mich dankbar an. Sie bekam auch wieder etwas Farbe im Gesicht.

«Anastasia, diese Szene war fürchterlich. Hast du sie extra ausgesucht?»

«Ich habe ein positives Beispiel gesucht, aber keines gefunden. Sie sind alle in der Klemme. Jeder ist für sich allein mit seinen Problemen. Sie haben kaum Umgang auf der geistigen Ebene.»

«Was kann man da tun? Was kannst du ihnen sonst noch anbieten außer deinem Mitgefühl? – Eines muss ich dir noch sagen: Sie sind starke Menschen, diese Geschäftsleute.»

«Sehr stark», stimmte sie zu, «und auch interessant. Sie führen gleichsam zwei Leben in einem. Eines davon ist nur ihnen selbst bekannt. Nicht einmal ihre engsten Bekannten und Verwandten ahnen etwas davon. Das andere ist nach außen gerichtet, als Aushängeschild sozusagen. Ich denke, um ihnen zu helfen, müsste man sie dazu bringen, aufrichtigen geistigen Umgang miteinander zu pflegen. Sie müssen sich gewissenhaft um die Reinheit ihrer Gedanken bemühen.»

«Anastasia, ich denke, ich werde versuchen, deiner Bitte nachzukommen. Ich werde mich bemühen, ein Buch zu schreiben und eine Vereinigung von Unternehmern mit reinen Absichten zu gründen – aber so, wie ich es verstehe.»

«Das wird nicht leicht für dich sein. Ich kann dir nicht viel helfen, denn ich habe jetzt kaum noch Kraft, und es wird lange dauern, bis sie wiederhergestellt ist. Auch werde ich mit meinem Strahl einige Zeit nicht mehr in die Ferne schauen können. Im Moment kann ich dich selbst aus der Nähe kaum erkennen.»

«Was hast du, Anastasia? Wirst du blind?»

«Ich denke, ich werde schon wieder in Ordnung kommen. Schade, dass ich dir eine Zeitlang nicht helfen kann.»

«Du brauchst mir nicht zu helfen, Anastasia. Kümmere du dich um den Sohn und hilf anderen Menschen.»

* * *

Es war Zeit für mich, loszufahren, um mich wieder der «Handelskarawane» anzuschließen. Ich wartete noch, bis Anastasia sich einigermaßen erholt hatte, sodass sie zumindest wieder normal aussah, und machte mich dann in ihrer Begleitung auf den Rückweg. Am Flussufer angekommen, bestieg ich dann mein Motorboot. Anastasia packte das Boot am Bug und stieß es vom Ufer ab. Die Strömung ergriff den Kutter und trug ihn fort. Anastasia stand bis zu den Knien im Wasser. Der Saum ihres langen Rocks war nass und trieb auf den Wellen. Ich zog die Antriebsschnur. Der Motor heulte auf und zerriss die Stille, an die ich mich in den drei letzten Tagen gewöhnt hatte. Das Boot entfernte sich mit zunehmender Geschwindigkeit von der Taiga-Eremitin, die da einsam im Wasser stand.

Plötzlich stieg Anastasia aus dem Wasser und lief am Ufer entlang, mir hinterher. Ihre Haare flatterten im Wind und wirkten wie ein Kometenschweif. Sie rannte so schnell sie konnte, um das davonfahrende Boot einzuholen, was eigentlich unmöglich war. So etwas konnte nicht einmal sie schaffen. Die Entfernung zwischen uns wurde immer größer. Sie tat mir leid, und um ihren sinnlosen Bemühungen dieser bedrückenden Abschiedsszene ein Ende zu machen, gab ich Vollgas. Mir schoss der Gedanke durch den Kopf, Anastasia könnte denken, ich hätte wieder Angst vor ihr und flüchtete.

Der heulende Motor ließ den Bug des Boots über das Wasser heraustreten, und das Boot schoss noch schneller vorwärts, sodass die Entfernung zwischen uns weiter zunahm.

Und Anastasia … o Gott, was machte sie? Sie riss sich im Laufen den nassen Rock vom Leib, weil er sie in ihrer Beweglichkeit behinderte, und warf ihn fort. Jetzt lief sie schneller, mit unglaublicher Geschwindigkeit, und ein Wunder geschah, denn die Entfernung zwischen uns verringerte sich allmählich. Vor ihr auf dem Weg erhob sich ein Steilhang fast senkrecht in die Höhe. Ich dachte, der werde sie bestimmt aufhalten, sodass die bedrückende Szene ein Ende hätte, und drückte kräftig aufs Gas.

Aber Anastasia setzte ihren ungestümen Lauf fort, wobei sie ab und zu ihre Arme vor sich ausstreckte, als würde sie sich vorantasten.

«Hat sich ihre Sehkraft etwa so sehr verschlechtert?», dachte ich. «Sieht sie denn den Steilhang nicht?»

Ohne ihren Lauf zu verlangsamen, stürzte Anastasia auf den Steilhang zu, kam ins Straucheln, fiel auf die Knie, hob die Hände zum Himmel und schrie in meine Richtung. Durch den Motorenlärm und das Wasserrauschen drang ihre Stimme wie ein Flüstern zu mir:

«Da vorn ist eine Saaandbaaank, eine Saaaandbaaaank!»

Noch bevor ich recht verstanden hatte, was sie mir sagen wollte, riss ich das Steuerrad herum und drehte so stark bei, dass das Boot beinahe gekentert und mit Wasser vollgelaufen wäre. Es streifte einen riesigen Baumstamm, dessen eines Ende im Sand steckte. Bei einem direkten Zusammenstoß wäre der leichte Aluminiumboden des Bootes mit Sicherheit aufgeschlitzt worden.

Als ich mich wieder im Fahrwasser befand, wandte ich mich um und flüsterte in Richtung der einsamen, auf dem Steilhang knienden Gestalt, die bald auf die Größe eines Pünktchens zusammenschrumpfte: «Danke, Anastasia!»

# 29

## Wer bist du, Anastasia?

Das Schiff hatte die ganze Zeit im Hafen von Surgut gelegen. Der Kapitän und die Besatzung erwarteten meine Anordnungen. Aber ich konnte mich nicht darauf konzentrieren, die weitere Route festzulegen; daher befahl ich, den Aufenthalt in Surgut zu verlängern, Vergnügungsabende für die einheimische Bevölkerung zu veranstalten und eine Ausstellung unserer Konsumgüter und Dienstleistungen zu organisieren.

In Gedanken war ich noch bei Anastasia und meinen Erlebnissen bei ihr. Ich besorgte mir eine Menge populärwissenschaftliche Literatur sowie Bücher über außergewöhnliche Phänomene und Landeskunde. Dann schloss ich mich in meiner Kajüte ein und suchte in den Büchern nach Erklärungen.

Bezüglich unseres Lebens haben sich eine Reihe von Fragen ergeben.

Eine von ihnen beschäftigt mich auch noch heute immer wieder: Kann unser Erziehungs- und Bildungssystem jedem einen Sinn des Daseins und echte Werte vermitteln? Hilft oder behindert es uns dabei, Wesen und Vorherbestimmung des Menschen zu verstehen?

Wir haben ein sehr komplexes Bildungssystem geschaffen. Auf der Grundlage dieses Systems unterrichten wir unsere Kinder und auch uns gegenseitig: im Kindergarten, in der Schule und an der Universität. Dieses System ermöglicht es uns, Erfindungen zu machen und in den Weltraum zu fliegen, und nach ihm richten wir unser Leben ein und versuchen Glück zu finden. Wir sind bestrebt, das Weltall, das Atom und übernatürliche Phänomene zu verstehen. Darüber wird gern und ausführlich in der Sensationspresse, in Magazinen und wissenschaftlichen Werken berichtet. Nur ein Phänomen wird dabei grundlos und beharrlich außer Acht gelassen, ja geflissentlich vermieden. Man kann sich des Eindrucks nicht erwehren, als fürchteten wir uns, darüber zu sprechen. Dieses Phänomen entzieht unserem Bildungssystem und unseren wissenschaftlichen Erkenntnissen auf der Stelle die Grundlage und lässt unser Leben dagegen trivial erscheinen. Wir tun so, als gäbe es dieses Phänomen gar nicht. Aber es existiert und wird immer existieren, auch wenn wir es noch so sehr vermeiden und verschweigen. Ist es nicht höchste Zeit, uns damit eingehend auseinanderzusetzen und mit vereinten Kräften zu versuchen, folgende Frage zu beantworten: Wie kommt es, dass praktisch alle großen Denker und Religionsstifter, nach denen sich der größte Teil der Menschheit richtet oder zumindest zu richten versucht, zunächst der Welt entsagten und ein Einsiedlerleben führten? Die meisten von ihnen zogen sich in den Wald zurück. Ist es nicht interessant, dass sie, statt eine namhafte Bildungsstätte zu besuchen, in den Wald gingen?

Warum zog sich beispielsweise Moses für lange Zeit in einen Bergwald zurück, bevor er der Welt die Weisheit der Gesetzestafeln überbrachte?

Warum zog sich Jesus sogar von seinen Jüngern zurück und lebte in der Wüste, in den Bergen und im Wald?

Warum begab sich Siddhartha Gautama, der Mitte des sechsten Jahrhunderts vor unserer Zeitrechnung in Indien lebte, in den Wald? Erst sieben Jahre spater kehrte er zu den Menschen zurück, nachdem er seine Lehren geschaffen hatte, die noch heute großen Anklang finden. Seine Anhänger erbauten große Tempel und nannten die Lehre Buddhismus, nach dem Namen Buddha, den er später erhielt.

Warum gingen auch unsere eigenen Vorfahren der jüngeren Vergangenheit als Eremiten in den Wald? Da gab es beispielsweise

Serafim von Sarow und Sergius von Radonesh, die nach einiger Zeit solche Weisheit erlangten, dass sogar Könige sie in ihren unwegsamen Einsiedeleien besuchten, um bei ihnen Rat zu suchen. Später gingen sie als bedeutende Persönlichkeiten in die Geschichte ein.

Wo sie einst in der Abgeschiedenheit meditierten, entstanden Klöster und herrliche Kathedralen. Die Dreifaltigkeitskirche in Sergiew Posad, einer Stadt in der Umgebung von Moskau, ist heute eine Attraktion für viele Besucher. Zu Anfang lebte dort bloß ein Walderemit.

Wie war das möglich? Wer oder was half diesen Menschen, Erkenntnisse und Weisheit zu erlangen und den Sinn des Daseins zu begreifen? Wie lebten sie, was taten sie, worüber dachten sie nach, während sie in jenem Wald lebten?

Diese Fragen beschäftigten mich später, nach meinem Zusammensein mit Anastasia, als ich begann, verschiedene Bücher über Eremiten zu lesen. Die Antworten darauf habe ich aber bis heute nicht gefunden. Nirgends wird beschrieben, was dort mit ihnen geschah.

Ich glaube, die Antwort kann nur durch gemeinsames Bemühen gefunden werden. Deshalb beschreibe ich die Begebenheiten meines dreitägigen Aufenthaltes im sibirischen Taigawald sowie meine Gefühle und Eindrücke vom Umgang mit Anastasia. Ich hoffe, dass sich jemand findet, der das Wesen dieses Phänomens und auch die Probleme unseres modernen Lebensstils verstehen kann.

Nach allem, was ich selbst erlebt und gehört habe, steht für mich eines fest: Die Menschen, die ein Eremitendasein im Wald führen, sehen unser Leben von einer ganz anderen Warte aus. Manche Ansichten Anastasias stehen in völligem Gegensatz zu den allgemeingültigen. Wer ist der Wahrheit näher? Wer kann das entscheiden?

Meine Absicht ist lediglich darzulegen, was ich gesehen und gehört habe. So erhalten andere eine Chance, die Antworten zu geben.

Unter anderem interessierte mich die Frage, ob einfach dadurch, dass Anastasia einem Dorfmädchen helfen wollte und rief: ‹Ich liebe dich, Wladimir!›, in ihr tatsächlich ein Gefühl der Liebe geboren werden konnte. Wie nur hatten solch einfache Worte, wie wir sie so oft gedankenlos dahersagen, Anastasia so stark beeinflussen können, trotz unserer Unterschiede in Bezug auf Alter, Weltanschauung und Lebensweise?

Die populärwissenschaftliche Literatur hatte keine Antwort darauf. Dann griff ich zur Bibel ... und wurde fündig. Am Anfang des Johannesevangeliums heißt es nämlich: «Im Anfang war das Wort, und das Wort war bei Gott, und das Wort war Gott ...»

Wieder war ich überrascht, wie einfach und genau die Feststellungen dieses erstaunlichen Buches sind. Sofort wurde mir alles klar. Anastasia, die weder List noch Betrug kennt, kann nicht einfach etwas sagen, ohne dass es Folgen hat. Ich erinnerte mich dabei an einen Satz von ihr: «Ich hatte in dem Moment gar nicht daran gedacht, dass ich nicht einfach so etwas daherreden kann. Worte müssen von Gefühlen und Verwirklichung untermauert sein, und sie müssen verlässliche, natürliche Informationen enthalten.»

O Gott!! Was hatte sie doch für ein Pech mit mir! Wieso hatte sie diese Worte an mich gerichtet, einen nicht mehr jungen Familienvater mit so vielen weltlichen Lastern? Mit ihrer Reinheit hatte sie einen ganz anderen Mann verdient. Wer aber könnte sie schon so lieben, wie sie ist – mit ihrer sonderbaren Denk- und Lebensweise und ihrem außergewöhnlichen Intellekt?

Auf den ersten Blick ist sie ein gewöhnliches, wenn auch sehr schönes, attraktives Mädchen, aber im Laufe unserer Bekanntschaft verwandelte sie sich gleichsam in ein Wesen, das jenseits unserer Vernunft existiert.

Mag sein, dass nur ich sie so sehe, einfach weil ich nicht genügend Wissen habe und das Wesen unseres Daseins nicht verstehe. Andere würden sie vielleicht anders wahrnehmen.

Mir fiel ein, dass ich sogar beim Abschied keinen Wunsch verspürte, sie zu küssen oder zu umarmen. Ob sie das wollte, weiß ich nicht. Was wollte sie denn überhaupt? Ich erinnerte mich, wie sie mir von ihren Träumen erzählt hatte. Wie sonderbar ihre Philosophie der Liebe war: Ich sollte eine Vereinigung von Unternehmern ins Leben rufen, um ihnen zu helfen. Ich sollte ein Buch schreiben mit ihren Ratschlägen an die Menschen. Die Menschen sollten aus der Zeit der Dunkelmächte entrückt werden.

Und sie glaubte fest daran! Sie war überzeugt, dass all dies tatsächlich geschehen würde. Und ich? War ich nicht auch verrückt? Ich hatte ihr versprochen, eine «Vereinigung für Unternehmer» zu gründen und ein Buch zu schreiben. Jetzt würde sie bestimmt noch intensiver davon träumen. Hätte sie sich doch nur etwas Realistischeres ausgedacht!

Ich wusste nicht warum, aber Anastasia tat mir leid. Ich stellte mir vor, wie sie in ihrem Wald warten und davon träumen würde, dass sich alles verwirklicht. Es wäre gut, wenn sie einfach nur im Wald warten und träumen würde, aber damit wird sie es wohl nicht bewenden lassen. Vielmehr wird sie sich bemühen, ihren Strahl der Güte auf Menschen zu richten, und wird ihre enormen geistigen Energien verschwenden und an das Unmögliche glauben. Obwohl sie mir die Möglichkeiten ihres Strahls vor Augen geführt und mir seine Wirkungsweise zu erklären versucht hatte, kam er mir wie etwas Irreales vor. Aber bilden Sie sich Ihr eigenes Urteil! Wie sie sagt, richtet sie ihren Strahl auf einen Menschen, erleuchtet ihn mit einem unsichtbaren Licht und schenkt ihm ihre Gefühle, ihr Streben nach dem Guten und Lichten.

«Nein, nein, denke nicht, dass ich mich in die Psyche der Menschen einmische, dass ich die Seele und den Verstand zu etwas zwinge. Dem Menschen steht es frei, zu nehmen oder auch nicht – in dem Maße, wie er mag, wie es seiner Seele entspricht und wie viel er verkraften kann. Dementsprechend wird er auch äußerlich mehr Ausstrahlung haben und von allen Krankheiten völlig oder zumindest teilweise geheilt werden. Urgroßvater und Großvater haben solche Heilkräfte, und auch ich hatte sie immer. Großvater hat mir das beigebracht, als er in meiner Kindheit mit mir gespielt hat. Aber jetzt ist mein Strahl um das Vielfache stärker als ihre Strahlen. Sie sagen, das kommt daher, dass in mir ein Gefühl entstanden ist, das Liebe genannt wird. Es ist ein so großartiges und angenehmes, prickelndes Gefühl, dass man den Wunsch hat, es zu verschenken.»

«Wem, Anastasia?», hatte ich sie gefragt.

«Dir und allen Menschen, die es annehmen können. Ich möchte, dass es allen gut geht. Wenn du damit beginnst, wovon ich geträumt habe, werde ich viele von ihnen zu dir schicken, und ihr zusammen ...»

Während ich mich daran erinnerte und sie mir vorstellte, begriff ich, dass ich zumindest versuchen musste, das zu tun, was sie wollte, sonst würden mich für den Rest meines Lebens Zweifel quälen. Ich würde immer das Gefühl haben, dass ich Anastasias Traum verraten habe. Es mochte ein unerfüllbarer Traum sein, aber sie hatte sich so leidenschaftlich gewünscht, dass er wahr würde.

Also traf ich meine Entscheidung und ließ das Schiff auf direktem Wege Nowosibirsk ansteuern.

Dann beauftragte ich den Manager meines Unternehmens, das Schiff zu entladen und die Ausstellung zu demontieren. Nach einer kurzen Aussprache mit meiner Frau fuhr ich nach Moskau.

Ich fuhr los, um Anastasias Traum zu verwirklichen ... oder es zumindest zu versuchen.

# Über den Autor

Wladimir Megre (geb. am 23. Juli 1950 in der Ukraine) war Photograph und später als Besitzer eines Handelsunternehmens ein erfolgreicher Geschäftsmann in Nowosibirsk. Während einer Geschäftsreise mit einem seiner Versorgungsschiffe in die Taiga veränderte sich sein Leben durch die Begegnung mit Anastasia 1994 grundlegend.

Er wurde im Jahre 1996 mit der Publikation seines ersten Buches *Anastasia* in Russland nicht nur zum Bestsellerautor, sondern rief dort auch eine ökologisch und spirituell orientierte Bewegung ins Leben, die inzwischen zur regelrechten Volksbewegung mit einer großen Anzahl verschiedener Non-Profit-Organisationen und alternativer Wohnprojekte – sogenannte «Familienlandsitze» – wurde.

Anastasias Botschaft berührte die Herzen von Millionen von Menschen, und die überwältigende Resonanz löste eine revolutionäre Dynamik aus, die inzwischen weit über den russischen Sprachraum hinausgeht. So gibt es in ganz Europa und auch im deutschen Sprachraum bereits zahlreiche Projekte, die im Begriff sind, die wertvollen Ideen Anastasias umzusetzen in eine lebendige Realität.

Seine Bücher werden mittlerweile in zwanzig Sprachen mit einer Gesamtauflage von über 11 Millionen Exemplaren gedruckt. In Deutsch erscheinen sie im Govinda-Verlag (Band 1 bis 5 sowie 10) und im Silberschnur-Verlag (Band 6 bis 8.2).

# *Information von Wladimir Megre an alle Leser*

*Liebe Leserin, lieber Leser!*

*Im Internet ist in den vergangenen Jahren eine Reihe von Webseiten in verschiedenen Sprachen aufgetaucht, die thematisch den Ideen ähneln, wie sie von Anastasia, der Heldin der vorliegenden Buchreihe, dargelegt werden.*

*Viele dieser Webseiten geben sich einen offiziellen Anstrich und beantworten in meinem Namen – als Wladimir Megre – Leserbriefe.*

*In diesem Zusammenhang halte ich es für erforderlich, Sie, meine geehrten Leserinnen und Leser, auf meinen Entschluss hinzuweisen, eine offizielle internationale Webseite einzurichten, welche die einzige von mir autorisierte Quelle für Korrespondenz mit Lesern in allen Sprachen der Welt darstellt:*

www.vmegre.com

*Das Registrieren auf dieser Webseite (in Russisch oder Englisch) und das Abonnement des Newsletters geben Ihnen die Möglichkeit, sich über Daten und Orte von offiziellen Leserkonferenzen sowie über andere Neuigkeiten zu informieren. Der Info-Channel unserer Webseite wird Sie zudem über die weltweiten Aktivitäten der Bewegung der «Klingenden Zedern Russlands» auf dem Laufenden halten.*

*Mit freundlichen Grüßen,*
*Ihr Wladimir Megre*

Kontakt zu Wladimir Megre:
Postadresse: PO Box 44, Nowosibirsk 630021, Russland
Telefon: 007-913-383 05 75
Skype: rc.press

Megre-Zedernprodukte &
Ökotourismus in die Taiga:
Website: www.megrellc.com

# ANASTASIA-INDEX

## *WELTNEUHEIT: Das unverzichtbare Nachschlagewerk für alle Leserinnen und Leser der Anastasia-Buchreihe.*

*Konstantin Kirsch / Lutz Rosemann*

**ANASTASIA-INDEX**

**Gesamtindex für die Bände 1 bis 10**

Erstausgabe
369 Seiten, gebunden, mit Lesebändchen
ISBN 978-3-905831-29-0
€ 29,90 / Fr. 38.00

Die Buchreihe «Anastasia» von Wladimir Megre ist eine der erfolgreichsten und zukunftsweisendsten Publikationen unserer Zeit und wurde mittlerweile in zwanzig Sprachen mit einer Gesamtauflage von über 11 Millionen Exemplaren gedruckt. Die Bücher enthalten als zentrale Kernbotschaft die Erkenntnis, dass der moderne Mensch es wieder erlernen sollte, im Einklang mit Mutter Erde und ihrer Natur zu handeln, um glücklich und erfüllt zu sein – und auch, um überhaupt langfristig zu überleben. Das zehnbändige Werk ist prall gefüllt mit wertvollen Gedanken, Gefühlen und Geschichten, mit Analysen und Anregungen, Ritualen und Rezepten, Gedichten und vielem mehr.

Mit dem vorliegenden Anastasia-Gesamtindex bekommen alle Leserinnen und Leser der «Anastasia»-Buchreihe ein unverzichtbares Hilfsmittel an die Hand, das es ihnen ermöglicht, Anastasias Gedanken und Empfehlungen jederzeit nachzuschlagen und sie auf diese Weise mehr und mehr in den eigenen Alltag zu integrieren.

Der Index umfasst über 23.000 Einträge, davon über 5.000 Ober-, rund 18.000 Untereinträge sowie insgesamt mehr als 30.000 Fundstellen. Die Indexeinträge sind gebündelt nach Themen und Oberbegriffen; verzeichnet sind aber auch Einzelbegriffe, Personen, Orte, Werke sowie Stichworte und Zitate. Das Buch eignet sich damit für den Schnellzugriff ebenso wie als thematischer Leseindex, welcher Kenner, Liebhaber und Einsteiger gleichermaßen zu neuen Perspektiven und Textstellen führen kann.

Die beiden Autoren, Konstantin Kirsch und Lutz Rosemann, haben über fünf Jahre lang an diesem Gesamtindex gearbeitet. Er erscheint nun als Weltneuheit zunächst in Deutsch. (Etwas Vergleichbares ist weder in Russisch noch in einer anderen Sprache erhältlich.)

Inhalt:
- Kurzbeschreibung aller zehn Anastasia-Bände (mit Kapitelübersicht)
- Listen aller in der Anastasia-Buchreihe erwähnten Personen, Tiere, Pflanzen und Orte
- Register mit über 23.000 Einträgen und über 30.000 Verweisen auf Seiten der Anastasia-Buchreihe

# ANASTASIA-BUCHREIHE

Anastasia ist die Botschafterin eines uralten Volkes, dessen Nachkommen auch heute noch vereinzelt in der Taiga leben, von der Zivilisation unbeeinflusst und immer noch im Besitz «paranormaler» Kräfte, die der moderne Mensch weitgehend verloren hat.

Kurz nach der Öffnung Russlands war die Zeit anscheinend reif, dass die Welt von der Existenz dieser Menschen erfahren sollte. So ließ es die junge Einsiedlerin Anastasia im Jahr 1994 zu, dass ein «Zivilisierter» – der Geschäftsmann Wladimir Megre aus Nowosibirsk – mit ihr in Kontakt kam und im darauffolgenden Jahr für drei Tage Zeuge ihres Lebens auf einer entlegenen Taiga-Lichtung wurde. Diese Begegnung sollte Wladimir Megres Leben grundlegend verändern. Als einfacher Geschäftsmann, der nur den Atheismus des kommunistischen Russlands kannte, sah er sich plötzlich mit Phänomenen konfrontiert, die alles bisher Gekannte um Dimensionen übertrafen: Telepathie, Präkognition, Teleportation, Unverletzlichkeit, Verbindung mit höherdimensionalen Welten usw.

Anastasias Person und Lebensstil provozieren Fragen zu weltbewegenden Themen wie die Herkunft des Menschen, Gesundheit, kosmische Heilkraft, richtige Ernährung, göttliche Naturverbundenheit, die Ursache von Krankheit, Hintergründe der Weltpolitik oder die Zukunft der Menschheit.

Seit dem ersten Erscheinen von Band 1 in Russland (1996) hat sich dort Unglaubliches getan. Die Bücher riefen eine ökologisch und spirituell orientierte Bewegung ins Leben, die inzwischen zur regelrechten Volksbewegung mit einer großen Anzahl verschiedener Non-Profit-Organisationen und alternativer Wohnprojekte – sogenannte «Familienlandsitze» – wurde. Anastasias Botschaft berührte die Herzen von Millionen von Menschen, und die überwältigende Resonanz löste eine revolutionäre Dynamik aus, die inzwischen weit über den russischen Sprachraum hinausgeht. So gibt es in ganz Europa und auch im deutschen Sprachraum bereits zahlreiche Projekte, die im Begriff sind, die Ideen Anastasias umzusetzen in eine lebendige Realität.

## ANASTASIA-BUCHREIHE

Die «Anastasia»-Bücher wurden mittlerweile in mehr als zwanzig Sprachen mit einer Gesamtauflage von über 11 Millionen Exemplaren gedruckt. In deutscher Sprache sind sämtliche zehn Bände erschienen; fünf davon sind inzwischen auch als Hörbuch lieferbar.

| | | | |
|---|---|---|---|
| Band 1: | Anastasia – Tochter der Taiga | 199 Seiten | Hörbuch 400 Minuten |
| Band 2: | Anastasia – Die klingenden Zedern Russlands | 226 Seiten | Hörbuch 470 Minuten |
| Band 3: | Anastasia – Raum der Liebe | 216 Seiten | Hörbuch 458 Minuten |
| Band 4: | Anastasia – Schöpfung | 226 Seiten | Hörbuch 495 Minuten |
| Band 5: | Anastasia – Wer sind wir? | 237 Seiten | Hörbuch 522 Minuten |
| Band 6: | Anastasia – Das Wissen der Ahnen | 274 Seiten | |
| Band 7: | Anastasia – Die Energie des Lebens | 264 Seiten | |
| Band 8.1: | Anastasia – Neue Zivilisation | 208 Seiten | |
| Band 8.2: | Anastasia – Die Bräuche der Liebe | 208 Seiten | |
| Band 10: | Anastasia – Anasta | 260 Seiten | |

jeder Band € 16,00 / CHF 24.00 | jedes Hörbuch € 12,90 / Fr. 15.50

Weitere Informationen auf der Website des Verlages:

www.govinda.ch/unsere-autoren/wladimir-megre.html

## NEU: CHRISTINA-BUCHREIHE

# CHRISTINA

Die nächste Phase der globalen Transformation.

*Bernadette von Dreien*

**CHRISTINA**

**Band 1: Zwillinge als Licht geboren**

Erstausgabe
319 Seiten, gebunden, mit Lesebändchen
ISBN 978-3-905831-48-1
€ 19,90 / Fr. 28.00

Die Leser der «Anastasia»-Buchreihe wissen es längst: Seit geraumer Zeit inkarnieren sich immer mehr hochschwingende, göttliche Seelen auf unserem Planeten Erde, um gemeinsam ein neues Zeitalter der Naturverbundenheit, der Harmonie zwischen Mensch und Schöpfung sowie der Überwindung der alten destruktiven Muster einzuläuten.

Die Taiga-Einsiedlerin Anastasia ist ein herausragendes Beispiel einer solchen Vorbotin des globalen Wandels hin zum Positiven und Konstruktiven, und ihre Botschaft berührt seit zwanzig Jahren die Herzen von Millionen von Menschen weltweit. *Jetzt ist diese Entwicklung in eine nächste Phase eingetreten,* da etwa seit dem Jahre 2000 eine völlig neue Generation von Kindern geboren wurde – Kinder überall auf der Welt, deren Bewusstsein von Natur aus in einer deutlich höheren Frequenz schwingt als bei den vorangegangenen Generationen. Diese Kinder treten nun allmählich in die Öffentlichkeit und beginnen, ihre Aufgaben im Dienste der globalen Transformation wahrzunehmen und eine nächste Stufe der menschlichen Evolution zu manifestieren.

Das jüngste Beispiel einer solch hochschwingenden, geistig hochbegabten Jugendlichen ist die Schweizerin Christina von Dreien (Jahrgang 2001). Christina wurde mit einem stark erweiterten Bewusstsein und einer multidimensionalen Wahrnehmung geboren und offenbart ohne jegliche Überforderung einen völlig natürlichen Umgang mit einer Vielzahl von paranormalen Begabungen wie Aura-Sichtigkeit, Hellsichtigkeit, Telepathie, Telekinese, Jenseitskontakte, Tier- und Pflanzenkommunikation und dergleichen. Von Geburt an steht sie in einer bewussten Verbindung mit höherdimensionalen Sphären und Zivilisationen des Lichts. Überdies zeigt sie einen bemerkenswerten Durchblick im heutigen Weltgeschehen und verblüfft mit ihrer hohen Ethik sowie mit einer Weisheit und einem inneren Frieden, die eine neue Dimension des Menschseins erahnen lassen.

# NEU: CHRISTINA-BUCHREIHE

Soeben ist im Govinda-Verlag der erste Band der neuen Buchreihe «Christina» erschienen. Er erzählt – aus der Sicht ihrer Mutter Bernadette – die Geschichte von Christinas außergewöhnlichen Geburt, Kindheit und Jugend bis zu ihrem 16. Lebensjahr. Es sind Jahre des Angewöhnens an die Dreidimensionalität, des Geschultwerdens und der Prüfungen, um sich auf ihre Lebensaufgabe vorzubereiten. Diese fasst Christina mit den drei Kernbegriffen *Freiheit, Wahrheit und Liebe* zusammen.

Die Botschaft dieses Buches wird unser Leben von Grund auf verändern! Denn vielen Menschen ist heute bereits bewusst, dass wir in veralteten dreidimensionalen Systemen leben, die nicht imstande sind, die zunehmend komplexeren Herausforderungen der Gegenwart und der Zukunft zu bewältigen. Wie wohl noch nie zuvor sehnen sich die Menschen nach Entschleunigung und Harmonie, nach neuen Denkmodellen, nach neuen menschlichen Umgangsformen und Lebensstrukturen, doch vielen von ihnen fehlt es derzeit noch an der Überzeugung, dass ein solcher globaler Wandel überhaupt möglich ist. Durch ihr eigenes Beispiel vermag Christina uns allen Hoffnung und Zuversicht zu vermitteln, indem sie die Tatsache verkörpert, dass wir uns bereits mitten in diesem Wandlungsprozess befinden. Das Licht ist bereits da, doch viele Menschen vermögen es derzeit noch nicht zu erkennen. Christina sagt: ***«Alle Menschen sind Licht, sie haben es nur vergessen.»***

Christina beschreibt die bevorstehende evolutionäre Veränderung der Menschheit äußerst vielschichtig und regt dazu an, philosophische, wissenschaftliche und gesellschaftspolitische Themen allesamt aus einem multidimensionalen Blickwinkel zu betrachten. Sie vermittelt auf lichtvolle Art und Weise, welche umwälzenden Ausmaße die positiven Veränderungen haben werden, die all jenen bevorstehen, die dafür offen und dazu bereit sind.

Dabei stellt sie klar: ***«Ich bin nicht auf dieser Welt, um die Fehler anderer aufzudecken oder über sie zu urteilen. Ich will den Menschen einfach das Licht und den Frieden zurückbringen. Dann löst sich das Unlicht von alleine auf.»***

## *Neuerscheinung im Govinda-Verlag*

**Der Philosoph und Dichter Ronald Zürrer legt sein neuestes Werk vor: ein kleines, feines Büchlein über die Schönheit und Heilkraft von Tugenden, ergänzt durch ein Kartenset mit 170 Tugendkarten. Für alle, denen es mit der Veredelung ihres Charakters tatsächlich ernst ist.**

*Ronald Zürrer*

### SCHÖNHEIT DES INNEREN

**Taschenbuch und Kartenset**

65 Seiten, Taschenbuch
ISBN 978-3-905831-39-9
€ 8,00 / CHF 12.00

170 Kärtchen in handlicher Papp-Box
ISBN 978-3-905831-40-5
€ 20,00 / CHF 30.00

Dieses Buch richtet sich an Menschen, deren Wunsch es ist, Zeit und Aufmerksamkeit auf das Entfalten von Tugenden zu richten – also von erhebenden Charaktereigenschaften, die beitragen zur Schönheit des Inneren.

Hierfür hat der Autor einige der bedeutsamsten und glückverheißendsten Früchte vom Baum der Tugenden gepflückt und sie in Form von kleinen Lebensvorsätzen aus seiner persönlichen Sicht erläutert. So werden in diesem Aufschlagewerk beispielsweise die folgenden Tugenden und ethischen Werte beleuchtet:

Achtsamkeit | Ausgeglichenheit | Authentizität | Begeisterungsfähigkeit | Dankbarkeit | Demut | Eigenverantwortung | Einfachheit | Einzigartigkeit | Entschlossenheit | Erwartungslosigkeit | Frieden | Fürsorge | Gastfreundlichkeit | Geduld | Gelassenheit | Gerechtigkeit | Gewaltlosigkeit | Glaube | Hilfsbereitschaft | Hingabe | Hoffnung | Humor | Individualität | Klarheit | Kreativität | Kritikfähigkeit | Lernfähigkeit | Liebe | Maßhaltung | Mitgefühl | Mut | Naturverbundenheit | Phantasie | Schweigsamkeit | Tiefgründigkeit | Treue | Unbekümmertheit | Unterscheidungskraft | Urvertrauen | Verantwortungsbewusstsein | Vergebung | Weisheit | Zuversicht.

Mit Hilfe des Kartensets kannst du – wie bei den sogenannten «Engelkarten» – in einer bestimmten Lebenssituation eine Tugendkarte ziehen, um zu erfahren, welcher Engel in diesem Moment zu dir kommen und dir bei deinen aktuellen Fragen oder Entscheidungen beistehen möchte. Oder du kannst regelmäßig eine Karte ziehen und dann die entsprechende Tugend zu deiner persönlichen «Tagestugend» oder «Tugend der Woche» oder «Tugend des Monats» erklären.